おれは失敗作か

及川清美・及川のり子

［編集］森浩義

共同文化社

それでも私は結婚したい

本書は及川清美が口述し、及川のり子が筆記した原稿と、二人が交わした書簡を森浩義が加筆、編集したものです。本書に登場する人物・団体名等は一部を仮名にしています。

なお、冒頭の肖像画は及川のり子の手によるものです。（第四章の「似顔絵だけの手紙」参照）

【目次】

序章　新しい世界へ――一九七一年五月三一日

北海道の南西部、内浦湾に面した伊達市の海岸にJR室蘭本線「黄金駅《こがね》」がある。一九八〇(昭和五五)年に無人駅となるまで、ここの切符は縁起をかつぐ人たちに人気だった。

実際の黄金は、有珠《うす》山と樽前《たるまえ》山の火山灰がいく度も降り積もった痩せ地で、わずかに灌木が茂るだけの殺風景な場所だ。黄金という地名は、アイヌ語の「オコンプシュベ」(コンブのある河口)に黄金《おこん》蘂《しべ》という漢字を当てたものにすぎない。

一九七一(昭和四六)年三月。この黄金駅から十五分ほど西に歩いたところに一軒の平屋があった。あたりに民家はなく、たくさんの雑品に囲まれていたことから、すぐ近くの国道三七号を走るドライバーの目を引く建物だった。

三月のある日。伊達町(一九七二年四月より市制施行)役場の車がこの家の前で止まり、車から降りた役人は「及川清二」と書かれた表札のある玄関を叩いた。しばらくして、チョビ髭を生やした小太りの男が出てきた。

「及川さんですか。息子さんの件で、役所から来ました。おじゃましていいですか」

役人は電器部品や家電製品などが足の踏み場もないほど積み重なった室内にたじろぎながらも、いくつかの書類を取り出し、この家の主、及川清二にこんな話を始めた。

「昨年、『心身障害者対策基本法』という法律が施行されて、障害者の福祉を行政がしっかり責任を持ってやることになったんです。それで、今度、岩見沢の『桜の園』という施設に大人の身体障害者の施設ができたんですよ。お宅の息子さんには入所資格があるんですが、入ってみる気はないかなと思って、書類を持ってきました」

役人は、清二と並んで話を聞いていた及川清美に目をやった。

清美は、清二の三番目の子どもで、この年二十五歳になろうとしていた。清二には女二人、男二人の子どもがいたが、二人の姉はすでに嫁ぎ、清美の弟の浩二も社会人となっていた。

役人が持参したパンフレットに目をやりながら清美は

〝これで自由になれる。この家から出られる！〟と心が沸き立った。

一方、黙って話を聞いていた清二は、ようやく口を開いた。

「どうせおまえなんか、三日ともたないだろうが、せっかくだから入ってみるか」

五月二五日。入所決定の通知が及川家に届いた。

「おい清美。入れるとよ」

清二は、通知書を清美の目の前でヒラヒラと振った。

清美は〝我が家という牢獄〟から離れられるという喜びで胸がいっぱいになった。しかし、すぐに喜びを押し殺した。

五月三一日。苫小牧で働いている弟の浩二が休みをとり、清美と清二をトラックに乗せ岩見沢へと向かった。

これといった会話もない三時間あまりのドライブ。岩見沢市内に入ってから三人を乗せたトラックは、芦別岳に連なる山地の裾野をゆっくりと上っていった。

斜面を切り開いた赤土の上に施設は建っていた。真新しいコンクリートがまぶしい鉄筋平屋の建物が三棟、斜面に沿って階段状に並び、その間を通路が結んでいる。正面玄関の右側には病室らしき窓があり、遠目からもパジャマ姿が何人か見えた。

〈あぁ、ここはパジャマで生活するのかな〉と清美は思った。

「車で待ってな」と清二は言い残し、浩二と二人で建物の中に消えていった。

数分ほど待つと、白衣を着た職員とともに二人は戻ってきた。清美は車いすに移され、玄関横の面談室に案内された。部屋には指導員と名乗る職員が待っていた。車いすを押してきた職員が清美の荷物を調べている間、指導員は清美の障害の様子について細かく尋ねながらメモをとっていく。指導員は面接の最後にこう声をかけた。

「ここでは、できるだけ自分のことは自分でするようにしてください」

面接を終えた清美の車いすは、職員に押され、玄関から南北方向に真っすぐに伸びた渡り廊下を通って、面談室のある松棟から竹棟へと進み、梅棟に渡ったところで止まった。

清美の車いすの右手前には当時「寮母」と呼ばれていた介護スタッフの詰所があり、さらにその横に廊下がずっと奥まで続いているのが見えた。職員が詰所に入り、打ち合わせをしている間、清美はあたりを見渡した。この年まで自宅をほとんど出たことのなかった清美にとって、見るものすべてが別世界だ。

両側にずらっと並んだ居室からは、明るい笑い声が聞こえ、何人もの職員が働いている姿が見えた。その中で、ひときわ目を引いたのが、左側の居室から出てきた若い女性だった。その人は、雪のように色が白く、頭に三角折りにしたネッカチーフを巻いている。清美は〈どこかの国の留学生かな〉と思った。

　やがて清美を乗せた車いすは梅棟の奥に向かって動き始めた。

【一〇号室　及川清美】

　清美の新しい住まいは梅棟の端にあった。中には二つベッドが置いてある。すでに先輩がいるらしいのだが、姿は見えない。

「じゃ、なんかあったら、連絡くれよ」

　真新しいベッドの回りに荷物を置くと、清美を残して清二たちはそそくさと帰っていった。

　この日から清美は、重度身体障害者更生援護施設「岩見沢桜の園」の利用者、当時の呼び方で桜の園の「寮生」となった。

第一章　失敗作

誕生

及川清美は、一九四六（昭和二二）年一二月一六日に室蘭市本輪西《もとわにし》で生まれた。

輪西には富士製鉄の巨大な製鉄所があった。これを囲むように本輪西には何百棟もの社宅が並び、何千という工員が製鉄所の二十四時間操業を支えていた。清美が生まれたのもそんな社宅の一つ。戦争末期に受けた米軍の空襲から生き延びた四戸一棟の木造長屋の一つだった。

一二月半ば、製鉄所に行く夫を見送った妻のヤエは、突如、産気づいた。まだ妊娠八か月。予定日よりも二か月も早い。

近所の住民があわてて産婆を呼び、二間しかない社宅での出産が始まった。数時間の格闘の後、工場から呼び戻された清二とまだ幼い二人の姉がふすま越しに見守る中、男の子と女の子の二卵性の双子が産まれた。

二人とも極端な未熟児だった。産婆は「大丈夫、ちゃんと育つよ」と言って引き上げたが、障害は誰の目にも明らかだった。女の子は、重い呼吸器障害で顔が青黒く、呼吸停止を何度もくり返している。清美と名づけられた男の子も母乳を吸う力がなく、ヤエが乳をスプーンにしぼり、のどに垂らしていくと、やっとコクンと飲むような始末だった。

〈未熟児を二人も育てるのは無理〉

出産から二〇日後、清二とヤエはこう考えた。こうして女の子の顔に座布団がかぶせられた。女の子は翌日の一月六日に死亡。死因は自然死とされた。

清美にはおぼろげながら乳児の時の記憶がある。天井が見えていた。寝かされていた清美の上を仏壇が横切り、部屋の隅に置かれた。父と母、そして親戚の三人で運んできたような気がする。その後に、お寺の本堂のような、金色に輝くものがいっぱい見えた記憶がある。とりわけまっ赤な木魚がとても恐ろしく感じられた。清二とヤエ、そして清美の二人の姉が座り、箱のようなものに向かい、坊主がなにやら言っている雰囲気を断片的に覚えている。

両親

父親の及川清二は、一九一一(明治四四)年、宮城県の阿武隈川沿いで地主の家に生まれた。八人兄弟の次男坊だった。

母親は八人目の子を生んで間もなく亡くなり、連れ合いを亡くして気力を失った清二の父親は、土地を次々と切り売りして放蕩。家は、あっという間に傾いた。生活に困った父は、十三歳になった清二を年季奉公に出した。一年働いたら親が迎えに来るはずだったが、年季が明ける前に父親がさらに借金を重ね、清二は帰れなくなってしまった。

こんなことが数年続き、十八歳になった清二は、意を決して北海道に逃げた。

馬が好きな清二は、北海道で競走馬の騎手になる夢を抱き、札幌で馬の飼育の仕事についた。ところが三年目の春、清二は馬主でなければ騎手になることができないと知らされる。夢を絶たれた清二は自動車運転免許を取り、紋別の鴻之舞《こうのまい》金山でトロッコ運転手の職についた。ここで働いて数年。札幌時代の知人の勧めで、二歳年下のヤエと写真見合いをし、一九三七(昭和一二)年に北見で結婚した。

清美の母であるヤエは、一九一三(大正二)年、伊達町（現在の伊達市）で一卵生の双子として生まれた。

町内の製材所に勤めていたヤエの両親は、ヤエが五歳の時に札幌に引っ越し、羊ヶ丘の農業試験場に住み込み、麻を栽培する仕事についた。

ヤエの父親は弁当を持って仕事に出てもすぐに帰ってきてしまうような人。性格は温厚で、子どもに手を上げたこともなかった。用もないのに笛を吹き、祭りの神楽で活躍するようないわゆる〝花見百姓〟だった。母親は子どもを産み育てながら、夏は麻の栽培、冬は川原の砂利集めをし、父の分まで働いた。

おてんば盛りのヤエ姉妹のしつけ役は祖父だった。ヤエは、祖父に怒られると屋根の上まで逃げ、日が暮れてからこっそり窓から部屋に戻るのだった。

十四歳で、ヤエは母親と一緒に仕事に出るようになった。十八歳になると、行儀見習いのため、根室の網元が札幌に囲った妾の家に奉公に出された。

真っ黒に日焼けしたおてんばで、まだ幼さの残るヤエだった。その家で畳を掃く時は目に沿って掃く、縁を踏んではいけないなど、掃除からしっかりと家事を仕込まれた。雇い主である妾に気に入られ、当時珍しかったアイスクリームを食べさせてもらったりした。時々根室からやってくる旦那はチョコレートを土産にし、ヤエを喜ばせた。

数年でヤエの背丈はよく伸び、大人の女性に変身していった。そして二十四歳になった時。旦那様と呼んでいた人が、妾の留守に突然ヤエに襲いかかってきた。びっくりしたヤエは、実家に逃げ帰ってしまった。戻って間もなく、実家で結婚相手として見せられたのが「及川清二」という人物の写真だった。奉公を〝しくじった〟ヤエに、選択肢はなかった。


清二とヤエの新生活は紋別の鴻之舞金山の社宅で始まった。

ヤエの清二に対する第一印象は〝随分背の低い人ね〟。一方、清二の印象は〝この女はやたらデカイ〟というもの。島田髷を結い上げ、高下駄を履いた新妻ヤエを連れ、あいさつ回りをした時も、清二は「もっと道の端っこを歩け」と新妻を道端に追いやり、自分は道の真ん中のかまぼこ型に盛り上がったところを選んで歩いたものだった。

借金を抱えての新婚生活だった。ヤエの実家に結納金を渡してくれるよう札幌の友人に現金を送ったところ、そっくり持ち逃げされ、清二は結婚費用をすべて借金で賄わなければならなくなったのだ。こうして新婚早々、夫の借金を返すためヤエはハッカ栽培の出面として働くことになった。

一日十二時間、朝六時から晩六時まで働くヤエに対して、金山勤めの清二の勤務時間は八時間。「帰ったらすぐストーブに火を入れていてちょうだい」とヤエは先に帰宅する清二に頼むと「よし、わかった」と夫は胸を叩いた。

ハッカ畑から帰る途中、ヤエが社宅近くの空き地に目をやると、ほどけかけたゲートルをはためかせテニスを楽しんでいる夫清二の姿があった。ヤエに姿を見られた清二は、大慌てで家に戻り、ガタガタとストーブの灰をかき出して、ようやく火を点けるのだった。

新婚翌年の秋。畑からヤエが家に戻ると、夫のすさまじい形相があった。

「おい！　ここの隅に置いてあった手斧の柄にする木がないぞ。おまえ、どこへやった」

夫の指さす場所には、昨日までヤエが少しずつ運んで積んでおいた薪が無残にけ散らされていた。温厚な父のもとで育ったヤエが、初めて荒れ狂った男の怖さを知った瞬間だった。

結婚生活も二年がすぎた頃だ。

清二とヤエの間には「借金を返し、さらに百円貯まったらこの社宅を出よう」という約束があった。二人の社宅は鉱山の後背地にあり、そこは鉱物汚染がひどく、草一本生えない土地だったのだ。

貯金も八十円に達し、そろそろ引っ越しと思われたある日。清二は高価なドイツ製写真機一式を抱えて帰ってきた。

「友だちから借りた」と清二はヤエに嘘を言った。二人でやっと貯めた八十円をそっくりそのままはたいて買ったものだった。

全財産と引き換えに手に入れた写真機は、清二の男を上げた。結婚式や葬式の集合写真に引く手あまた。そうした席では酒がつきもので、写真機を抱えた清二には慰労の酒が振る舞われた。

その日も清二は写真機一式をかついで、勇んで式場に出かけた。酒が振る舞われ、清二はいい機嫌になった。式も終わり記念写真の時間になった。皆が整列する。清二は飲んだ勢いでフラッシュ用のマグネシウムを、「おまけだ！」とばかりに三倍にセットした。

「さぁ、みんなぁ、写すから動くんでねぇぞ」

シャッターを切ったとたん、フラッシュから強烈な閃光とともに炎が噴き上がり、欄間に張り巡らされた紅白幕に燃え移ったのだ。その場は騒然となった。

こんなことがあっても、懲りもせず清二は呼ばれると出向いていくのだった。


一九四〇(昭和一五)年、同じ社宅から養女を迎える話が持ち上がり準備を進めていた矢先、ヤエの妊娠がわかった。この年の六月に生まれた初めての子どもは女の子。美津子と名づけられた。養女の話は取りやめとなった。

一九四一(昭和一六)年一二月、日本の連合艦隊はハワイ真珠湾を襲った。戦争が激しくなってくると、産業統制の一つとして鴻之舞金山の従業員は炭鉱か製鉄所のどちらかに振り分けられることになった。落盤事故で死ぬのを恐れた清二は、富士製鉄を選んだ。四三年、一家は室蘭に移り住んだ。

富士製鉄では、南方まで広がった戦線を支えるため鉄の大増産が行われていた。一気に工員が増員されたため、社宅一軒に対し二家族が詰め込まれた。その社宅には四畳半と八畳の二間しかなく、台所もトイレも二家族一緒の生活だった。お腹をすかせた子どもたちは、準備のできた家の食卓に我先と座ってしまうのだ。

室蘭に来て一か月経った頃、清二に赤紙が来た。駅でバンザイとともに見送られた清二は、陸軍に入隊した。

入隊の翌日から古参兵によるしごきが始まる。生意気だった清二は目の敵にされ、制裁によってケガを負った。ひどい下痢も重なって兵舎に寝かされていたある日、上官が「運転免許のある者は前へ出ろ!」と命じたが、清二は名乗り出なかった。そのおかげで戦地に送られるのを免れたのだった。

一方、残されたヤエたちは、社宅の前に掘った塹壕に空襲警報が鳴ると子どもたちと必死で隠れる毎日を送っていた。兵役を解除された清二が戻ってくると、ヤエは二人目の子を妊娠した。清二は「次はきっと男の子だ」と期待した。臨月も近くなった頃から食糧事情が悪くなり、伊達の親戚に世話になったヤエはそこで次女佐恵子を出産。一九四三(昭和一八)年八月のことだった。

「また女かぁ」、清二はがっかりした。

この年の夏、ようやく本輪西に新しい社宅ができた。引っ越し先は富士鉄社宅七八号棟「い」。及川家は二家族同居の生活からようやく解放されたのだ。

清美の障害

清美は脳性麻痺だった。

両足は動かず、左手はかろうじて指が動いたものの、右手は手の平が開けなかった。発音も思うようにならず、時々ひきつけが全身を襲った。

二歳になっても、立つことも座ることもできなかった清美は、一日中、ふとんに寝かされていた。

ある日、ヤエが買い物から帰ると、清美が寝ているはずのふとんが空になっている。布団からはい出てストーブの上にあったヤカンの水を頭からかぶり、びしょびしょになっていたのだ。幸いストーブに火は入っておらず、ヤカンの水は冷たかった。

話を聞いた清二は「あぶねぇなぁ」と言いながら、木製のリンゴ箱に腰かけ用の台を取りつけ、清美にあてがった。清美はその日から箱の中での生活となった。

清美の箱は部屋の隅に置かれた。ヤエは掃除の時、出窓の上に箱を移して、清美に表の景色を眺めさせた。四軒長屋の右端が清美の家で、道路を挟み、銭湯のずっしりとした建物が真向かいに見えた。その右には小路があり、路に沿って同じ長屋が二棟並んでいるのが見えていた。

富士製鉄の社宅には内風呂がなかった。赤ん坊の清美を銭湯に連れていくのは清二の仕事だ。洗い場で、赤ん坊の清美を覗き込む常連客は顔見知りばかり。

「ちゃっこい子だなぁ。どっか悪いんでないかい？」

清二は産婆の言葉を思い出していた。

「この子はねぇ、未熟児で生まれてきたんだ。だから、このくらいの遅れはしょうがない。ちょっと足が開きづらいけど、なに風呂上がりによくマッサージして運動させれば良くなるもんさ」

「よくなる」と答えた清二だったが、いつもいらいらしていた。

脳性麻痺の障害がある清美は時々小さくひきつけを起こす。ひざの上では洗いづらいので洗い場に座らせようとするが、うまく座ることができない。浴場のコンクリートの固さに泣き声を上げる清美。

「こら、泣くな！　泣くなっていってるべや！」

そこには烈火のごとく怒った父の顔があった。それは清美にとって父に対する最初のトラウマとなった。

一九四九(昭和二四)年、清美が三歳の頃。社宅の婦人たちの間で「無尽会《むじん》」という組織がつくられた。会の参加者は、毎月一定額の会費を出す。お金の必要な人が集まった会費の中から借りられるという組織だった。

例会の会場となった家では、白い紙が参加者に配られ、お金を借りたい人はその紙に借用額と利子の金額を書く。そしてその中で一番高い利子を書いた人にお金が貸し出され、次の集会場はその人の家になるのだ。

無尽会の例会が清美の家で開かれることになり、清美はリンゴ箱ごと出窓の上に置かれた。

例会が終わって皆が帰った後に一人の婦人が残った。ヤエはその人の前で、おもむろに横になりスカートをたくし上げた。その婦人は、ヤエの股の間に手を入れ、何か話している。何が始まるのか。小さな清美は怖くなった。その後間もなく一九五〇(昭和二五)年五月に、弟浩二が生まれた。婦人は産婆さんだったのだ。


ヤエの妊娠がわかると、女の子の誕生を条件に清二は、子どものない三田夫妻に養女に出す約束をした。

赤ん坊が生まれて間もなく、知らせを聞いた三田の亭主が清二の家を訪ねてきた。

「産まれたってな。どっちだった」

「男の子だから、やんねぇよ」と清二は言い、清美を指さした。

「こいつでよかったら、持っていけや」

三田は清美をじっと見て言った。

「これかぁ。これならいらないな」

「そうだなぁ、こいつはおれの失敗作だからなぁ」

その後、三田家は他所から養子を迎え育てたが、子どもが大きくなると親に借金を負わせて出ていったという。


一九五〇(昭和二五)年。清美が四歳になる年のある日。

「室蘭に何でも治せるありがたい祈祷師《きとうし》がいるらしいぞ。清美をみてもらって来いや」

清二は会社から帰るなり、うれしそうに言った。

ヤエはさっそく清美をおぶって艀《はしけ》に乗り、祈祷師のいる室蘭港の対岸に連れていった。

「いいですか、皆さん」と言いながら祈祷師は、歩けない女の子を前に座らせた。紙の御札を出し怪しげな呪文を唱えながら、御札でその子の身体を二、三回なでた後、奇妙な声を張り上げた。

「さぁ、もう歩けるから立って歩きなさい！」

両手で女の子の背中をポンと叩いた。

女の子は少し足を引きながら、みんなの前を涙を流しながら歩いていく。

「ワーッ！」

歓声が上がり、ヤエたちは我先にと御札に殺到した。

家に帰ってからヤエは清美を自分の前に座らせ、「いいか清美、目をつむってじっとしてなさい」と言い、祈祷師から買った御札を取り出しておもむろに一礼。

「どうかこの子をお治しください。えーい！」

ヤエは祈祷師の真似をして、御札で清美の体をなで回した。

それからというもの朝のご飯支度もそこそこに、ヤエは毎日清美を背負い、艀乗り場に向かった。しかしヤエが苦労して一週間通っても清美には何の変化も見られず、しびれを切らした清二は、箱から乱暴に清美を出して叫んだ。

「こらぁ、歩いてみろ！」

父親の勢いに圧され、清美はバタバタと出窓の下まで這って逃げ、窓に左手を伸ばし必死でつかまり立ちした。清二とヤエはそれを見てたいそう喜んだが、きっかけがなかっただけで、清美にはすでに立つ力がついていたのだった。

その後、あの祈祷師は詐欺師で、あえなく御用になったと風の便りが知らせてくれた。


この年の夏、清美に遊び友だちができた。長屋のはす向かいのゆり子という女の子だった。三年に一度行われる畳表の張り替えの日。清美が玄関のあがりかまちに寝転がって外を眺めていると、ゆり子が遊びに来た。取り替えた古い畳表が丸められ玄関に立てかけてある。

「ねぇ、このゴザを広げて、ママゴトしない？」

ゴザを敷くと清美は外に這って出ることができた。それから二人は天気のよい日によくママゴト遊びをした。体が小さく、小便をさせやすいようにと着物を着せられていた清美は、もっぱら赤ちゃん役だった。

だが、清美の平和は長く続かない。

ある日、ゴザの上に出ている清美を、川向こうの悪童たち五、六人が見つけ、

「おーい、あそこに変なのがいるぞ」と言いながら、わらわらと集まってきた。

「おまえ、着物着て、侍かぁ」

「おまえは歩けねぇのかよ。子どもかぁ、赤ん坊かぁ」

悪童たちは清美のイガグリ頭をこづき回して去っていった。

清美は傷つき、その日を境に外に出るのをやめてしまった。

一九五一(昭和二六)年、五歳になる年の秋のこと。清二夫婦は一歳になった浩二と清美を連れ、近くの公民館へ笠置シヅ子主演の映画を観に行った。コンクリートの床の上にスノコが敷いてあり、各自が持参した敷物を敷いて座った。映画会は二本立てで一本目は「東京ブギウギ」。二本目は「買物ブギー」。開演と同時に場内は暗くなり、清美は驚いた。

小便の近かった清美をトイレに連れていくのは清二の役割だった。清二は、映画の途中、頻繁にトイレに立たされたことから「おまえのおかげで観た気がしなかった」と家に帰って怒り散らし、その後二度と清美を映画に連れていくことはなかった。

この年のある日、清美は、長女美津子の図工の教科書に、自動車のペーパークラフトが掲載されているのを見つけた。清美はページごと切り取り、メシ粒をノリの代わりに使って苦労して車をつくった。その日の夜、これを見つけた美津子とヤエは烈火のごとく怒った。まだ五歳の清美が誰にも教わらずに体の不自由を押してこれをつくり上げたことは驚くべきことだったが、二人は清美の才能など眼中にはなかった。

この頃、浩二に与えられるオモチャは、はずみ車からゼンマイ仕掛けになり、動きも精密になっていた。清美は、触りたい気持ちを我慢して、リンゴ箱の中からじっと見ていた。箱から出された時、清美は一目散にオモチャを触りに向かうが、手足の利く浩二が「ダメー」と阻む。

冬のある日、清美は悔し紛れに弟の背中を思いっきり噛んだ。「ギャー」という浩二の叫び声を聞くやいなや清二が部屋に飛び込み、清美を窓から雪の中へ放り出した。

着物はめくれ、股間まで雪の中に埋もれた清美を、抱き上げたのは姉の美津子だった。美津子は清美を抱きかかえながら「父さんに謝りなさい」と言った。清美は「おれは悪くない」とくやし泣きに泣くのだった。

この頃及川家の子どもたちは、部屋の中で柱の周りをぐるぐる回る追いかけっこをよくした。まだ幼い浩二が勢いあまって部屋の隅に置かれていた清美のリンゴ箱にぶつかったことがあった。箱に突き出ていた釘の頭が浩二のあごに刺さり、ひどい出血となった。ヤエは慌てて病院に走り、長女の美津子は帰ってきた清二にひどく叱られた。浩二が美津子の脇腹を鉛筆で突き刺してケガを負わせたり、佐恵子の頭を急須で殴って出血させ、清二を逆上させたりした。

こんなドタバタをくり返しながら、清美たちは育っていった。


五歳頃になると清美の体重もかなりの重さになった。

ヤエや美津子がトイレ介助で抱きかかえるのが大変になってきたので、トイレ回数を減らそうと、清美に対して節水制限が行われた。一日に清美に与えられた水は小さなアルミの急須に二杯だけ。食事も制限された。おやつのくず湯でも、オシッコが出るから、体重が増えるから、という理由で清美だけには与えられない。

こんな暮らしが続き、とうとう清美は排尿のたびに下腹部に痛みが走るようになった。両親は清美が変な病気にかかったと思い、他の兄弟たちにこう言った。

「おまえたち、清美が便所に入った後すぐには入るな。病気がうつるから」

清美の食事は家族から離され、台所に置かれた碁盤が食卓となった。

ヤエは清美と二人だけになると、清美のお昼を抜き、お腹を壊した時には三日も食事を干すことがあった。その一方で弟の浩二が「腹へった」と言って外から帰ると、すぐにご飯をよそい、卵をかけて食べさせた。ご飯が冷たいと言えば、ヤカンのふたを取り、茶わんを乗せて温めてやるのだった。


一九五三(昭和二八)年、清美が小学校に入学する年齢になった年の二月。清美は入学予定の小学校で就学前健診を受けた。

健診に当たった医者は清美に「何かしゃべってごらん」と言った。清美がなんと返事すればよいかわからずにモジモジしていると、清美の返答を待たずに医者は
「脳性麻痺による四肢麻痺と発語不能」と診断書に書き、ヤエに向かってこう言った。

「お母さん、この子はせいぜい生き延びても十二、三年の命でしょう」

この後、入学許可書の代わりに清美に交付されたのは、一種一級の障害者手帳だった。

小学校の入学式が終わった頃、若くきれいな女の先生が訪ねてきた。

「清美さんの義務教育が免除になってしまって、とても残念です」

先生はそう言って、文房具と絵の道具を出し、

「清美くん、これを使ってくださいね」と清美の前に置いた。先生が帰ったとたん、

「清美は使う必要がないから、おまえら三人で使え」とヤエは言い、一度も触れることなく清美の学

用品は姉たちや弟の餌食になったのだった。

家族

同年生まれが真新しいランドセルを背負って小学校に通い始めた一九五三(昭和二八)年の春の日。清二は社宅裏の空き地に小屋を建て、つがいの綿羊を飼い始めた。そして、ヤエには綿羊の餌《えき》をつくる畑仕事が命じられた。

本輪西の社宅住民には、数キロ離れた八幡神社がある山の斜面に賄い用の土地が与えられていた。戦中戦後の食糧難の時代には、ここに芋を植えて空腹を紛らわせていたのだが、あまりに険しい斜面だったため、清二が綿羊を飼う頃には、畑を耕す住民はいなくなっていた。及川家は、隣の畑地も借り受けて餌用作物を植えることにしたのだ。

清美はヤエに背負われて急な坂道を登っていき、畑の側に敷いたムシロに座らされる毎日となった。オシッコをさせやすいようにと下着をはかせず、一重の着物を一枚着ただけの姿だった。

坂の上にあった畑からは社宅の青いトタン屋根が連なり合っているのが一望できた。家々の屋根には五月のこいのぼりが青い風に気持ちよさそうに泳いでいる。空は晴れ、高いところからヒバリのさえずりが聞こえる。その向こうに眼をやると、汽車がトンネルに入っていくのが見えた。

畑に撒くため、清二とヤエはリヤカーに肥の入った大きな缶を並べ、その後ろに清美を座らせて畑に向かった。坂は急で二人が力を入れるたびに、リヤカーは大きく揺れる。缶からこぼれ落ちた肥で、清美は文字通りクソまみれになった。清二とヤエは慌てて清美を川に連れていき、冷たい川水で丸洗いした。清美はその冷たさに息が止まるかと思った。

翌年から、浩二も一緒に畑に連れていかれた。退屈になった二人は傍らに生えていた草を抜き始めた。清美は背負いひもを草の根元に苦労して巻きつけ、動く方の左手を使って力いっぱい引っ張った。とたんにひもは外れ、清美はあっという間に坂を五十メートルも転がり落ちていった。浩二が泣いて知らせ、ヤエが駆けてきた。泥だらけになった清美はひどく怒られた。

清美の畑通いは二年で終わりになった。不衛生という理由で、社宅での家畜の飼育が禁止されたのだ。清二は綿羊をロープで絞め殺し、その日のおかずにしてしまった。皮はムートンになった。

綿羊を禁じられた清二は、繁殖させてひと儲けしようと当時三千円もするカナリアをつがいで買ってきた。レッドローラーという種類のカナリアで色は鮮やかな赤だ。

オスにはかん高く美しい鳴き声があった。オスのきれいな鳴き声がすると、発情期が来たメスは羽をバタバタさせてオスを呼ぶ。発情期になるとメスは毎日卵を産み続けるが、発情と同時にオスをメスのカゴに入れ、交尾させなければ無精卵になってしまう。しかしオスをカゴに入れたままにすると卵を食べてしまうので、交尾が終わるとすぐにメスから離さなければならない。

そこで清美には交尾が始まるとすぐに「かかったよー」とヤエに知らせる仕事が与えられた。ヤエと清美のコンビは優秀で、八畳間の押し入れと出窓をいっぱいに使って五百羽近いカナリアを育てるまでになった。

二人の育てたカナリアは鳴き声、形、色とすべての審査で高得点を獲得し品評会で優勝した。そして札幌を除いて道内ではまだテレビ放送が始まっていないというのに、及川家にテレビ中継が入ることになった。清二は、三十人ほどいたカナリア仲間も全員テレビに出演できるように、放映に合わせて神主を招き、カナリアのお払い供養を企画した。

中継の日、いつものように清美は近所の家に預けられた。窓からは、自宅の前に何台もの黒塗りの車が並び、取材スタッフたちが慌ただしく出入りしているのが見えた。

取材騒ぎは終わっても、映像を見た者は誰一人いなかった。それでも清二はテレビ出演のお礼にと、カナリア仲間と花見をした。

夕方近く、清美が窓の外を眺めていると、路地の向こうに四、五人の仲間に抱えられた清二の姿が見えた。

「おい、上がって飲み直すべ」

「いやいや、及川は酔っているからこれで帰るよ。奥さん、すみませんねぇ。よろしく頼みます」

「なに！　上がらねぇってかい！」

千鳥足の清二は、帰りかける仲間を追ったが、石につまずきバタンと前に倒れた。立ち上がった顔は血だらけだった。前歯を折ってしまったのだ。それでも仲間を追いかけようとする清二をヤエが「すみませんねぇ」と謝りながら羽交い締めにし、再び清二を玄関に引きずり込んだ。

大損でもしたのだろう。テレビ出演までした清二のカナリア飼育はわずか一年で終わり、翌年から清二の趣味は鉄砲に変わった。

ある日、清二は見慣れないズック袋を肩にかついで製鉄所から帰ってきた。

「何なのそれ？」

「友だちに借りてきた」

おもむろに袋から出したのは、古い猿股にくるまれた散弾銃だった。その日から、清二は仲間とつるんで山を走り回るようになった。

得意になった清二は美津子たちに「犬に獲物を取ってこさせるから、訓練してみろ」と、この頃及川家で飼っていた犬のマリをしつけるように命じた。子どもたちの熱意が通じたのか、マリは投げたものを取ってくるようになった。猟期になり、清二は意気揚々とマリを連れて山に行った。もともとマリは猟犬ではなく、清二にもなついていない。鉄砲の大きな音に驚き、逃げてそれっきりいなくなってしまった。

それから幾日かして、清二の鉄砲仲間が猟犬のシェパードを連れて遊びにきた。「こいつが寂しがるから家の中に上げてもいいか」と愛犬を呼び寄せると、犬はおとなしく主人のそばに寄り添って伏せている。利口な犬に初めて出会った清二は感嘆の声を上げた。

清二は大きな犬にあこがれ、どこからか白い大きな犬を拾ってきてペスと名づけた。しかし相変わらず清二にはなつかず欲求不満で暴れ、エサ入れのアルミの洗面器をボコボコにする始末。

「このバカ犬。メシばかり食っていやがる」

いら立った清二は、ペスの手足を縛ってリヤカーに積み四、五キロ離れた港まで行き、海に放り投げた。必死のペスは縛られたまま岸壁をよじ登ろうとする。清二は大きな石をペス目がけてぶつけた。キャーンという一鳴きの後、静かになったのを確認し、清二は引き揚げた。

翌朝、窓から外を見ていた清美の目に、雪の中を近づいてくる血に染まった物体が見えた。清美は「ペスだ！」と叫んだ。ヨロヨロしながらシッポを振るペスを残酷にも清二は家の裏で首を絞めて殺したのだった。

一九五四(昭和二九)年の冬、珍しく清二が子どもたちに土産を持ってきた。真新しいハーモニカだった。清二は、子どもたちを前に誇らしげにハーモニカをかざし、大事に使えと訓示を垂れた後、こうつけ加えた。

「病気がうつるから清美には貸すな」

せっかくのハーモニカも、しばらくすると子どもたちに飽きられ、部屋の隅に放置されるようになった。それを見つけた清美は、誰もいなくなったのを見計らって、ラジオで聞いたことのあるメロディを吹いてみた。切ない音色が社宅に響き、清美の頬《ほほ》に涙が伝った。

この年美津子は中学生になった。

美津子は友だち同士で映画をよく見に行った。「木戸銭はどうした」と親に聞かれると「友だちが出してくれた」と言ってうそぶく。しかし清美は、家のサイフから姉がお金を盗み出すのを目撃している。深夜十二時過ぎに帰り、怒った清二に殴られる。夫婦喧嘩の絶えない家庭に美津子の居場所はなく、学校から親が呼び出しされるほどの〝つっぱり〟に美津子はなっていた。

一方、次女の佐恵子は堅実だった。家庭訪問の時など、美津子ならば清美を先生に見せないように四畳半に閉じ込めるのだが、佐恵子は先生の目の前で清美をトイレに連れていくのだ。

学校の成績もよく、障害のある弟の面倒をよく見るとして、小学校の卒業式で総代に選ばれた。

母からの虐待

清美は小さい頃から、八畳間の出窓から外の世界を見るのが好きだった。

道路を挟んで向かい側に建つ銭湯の建物とその前に広がる花畑が見えた。銭湯の親父さんはダリアの栽培を副業にしており、夏になると、色とりどりのダリアが風に吹かれ広い畑いっぱいに波のようにうねっているのだ。

天気の良い日に花の水撒きが始まると花畑は虹色に輝き、日が傾くと赤い空と建物の黒い影が微妙なコントラストを見せた。夕陽に染まるダリヤの色が、清美の目には時々、涙色に見えることがあった。

出窓と反対側の棚で一日中鳴っているラジオが清美の唯一の楽しみだった。清美の一日はラジオ体操から始まった。朝の子ども向けのドラマを聞きながら二人の姉たちを学校に送り、「ひるのいこい」では視聴者から寄せられた各地の情報に耳を傾け、午後のラジオ小説で社会を学んだ。夕方には「ヤンボウニンボウトンボウ」などの子ども番組があり、夕食の時間には「君の名は」というメロドラマがあった。このドラマの時間には銭湯の女風呂が空になるほどの人気だった。

清美は、このラジオという摩訶不思議な物体に惹かれていた。どのような仕組みになっているのか、知りたい気持ちを抑えられなかった。清美が七歳の夏。ヤエが無尽会に出かけて留守の時、弟の浩二に頼んでラジオを棚から引きずり下ろしてもらい、ストーブの横にあったデレッキを使って裏ぶたをこじ開け、真空管、コンデンサーなどを基板から引きはがしてバラバラにした。

帰ってきたヤエがこのありさまを見てすさまじい勢いで怒り、「お父さんに、言うからね」と吐き捨てた。夜中に帰ってきた清二は、ラジオの残骸を呆然と見つめた。

「おまえ、利きもしない手で、よくもまぁこんなこと、やれるもんだ！　このバカタレがぁ！」

ぶたれるかと身構えていると、清二はそれ以上何も言わず、ラジオの残骸を丁寧に拾い集め始めた。翌日、外箱とともに風呂敷に包み、電気屋に持って行った。しかしそれっきりラジオは帰らなかった。その半年後、清二は質屋からトランジスタラジオを買ってきた。


この年の夏は猛暑だった。かんかん照りの日に、清美は出窓につかまり立ちをして、いつものように外を眺めていた。

近所の小原さんのお母さんが窓際に近づき、清美の手に牛乳を持たせ、

「うちのケンが飲まないから清ちゃん飲んで。飲み終わったビンは窓に置いておいてね。後で取りに来るから」と言って帰った。

水分を制限されていた清美はいつも喉が渇いていた。

やがてヤエが外出から帰った。

「清美、このビンどうした」

「おばさんがおれにくれた」と答えると、ヤエは、まっ赤な顔で怒り、清美にビンタを張った。

「違う。これは浩二にくれたものだ。どうして飲んだ。このシッコたれが！」

夫への反発を表に出せないヤエは、清美を虐待することで心のバランスをとっていたのだった。

本輪西の社宅は怒鳴り声が絶えなかった。いつも清二の一方的な怒鳴り声で始まり、怒鳴り声で終

わる。物がなくなったといえば怒鳴り、ほしい物があるのに反対されたと言っては怒鳴る。

怒鳴り散らしている清二を尻目に、ヤエはデンと座ってだんまりを決めていた。

ヤエはお茶が好きで、茶箱や鉄瓶、急須など茶道具を買い集めるのが趣味だった。磨き込んだ鉄瓶をいくつも並べ、清二には「安かったから」と言い繕った。

ところが、この年の年末頃、清二は友だちからヤエが買い求めた鉄瓶が千五百円もする高価なものだと聞かされたのだ。

「おいおまえ、人が働いた金で、なんでそんな高いものを買った。いくつも買いやがって。なんぼ買ったら気がすむんだ！」

だんまりを決め込んだヤエに、清二はますます逆上し、荒々しく戸を開け外に出た。そしてスコップいっぱいの雪を、玄関からヤエ目がけてぶちまけた。

ヤエはさっと飛びのき、雪は部屋中に散らばった。

「ざまぁみろ、思い知ったか、このバカヤロウ！」

そう言い残し、清二はバーンと戸を閉めて出ていった。ヤエは「またか」という顔をして雪を掃き集めた。


翌一九五五（昭和三〇）年の正月。本輪西の社宅にヤエの母親が来て、一月ほど泊まって帰っていった。その後、母親は再び姿を現すと、今度はヤエの弟、夏夫を連れてきた。富士製鉄に勤めていた清二に息子の口利きを頼みに来たのだ。

夏夫の出現で、清美たちの小さな社宅の二部屋に七人が住むことになった。

清二の紹介で製鉄所の下請け工場に就職したものの、夏夫は、一週間も経つと会社に行かず、どこかで暇をつぶして帰るようになった。出社しても、雨ガッパや作業用安全靴など、現場のものを失敬する癖があった。

「おまえ、これどうした。盗ってきたんか」

清二に問い詰められても、夏夫はきょとんとしている。理由もなく無意識に持ってきてしまうらしい。夏夫の不始末は紹介者である清二の責任のように見られる。そのため清二は家に帰っても機嫌が悪く、夏夫の出現以来、夫婦の仲はますます険悪になっていった。

ある日、ついにヤエは清二から印導を渡されてしまった。

「ヤエ、おれはもうこのまま夏夫とやっていくわけにはいかねえ。そんなにおまえが夏夫を大事に思うのなら、夏夫と清美を連れて出ていってくれ。おれは残りの三人の子どもを引き取るから」

そして次の日、清二は会社を休み、荷物を運ぶためリヤカーに荷台をつくり始めた。

ヤエは朝からずうっと泣き通しだ。そして突然、隅っこで息をひそめていた清美に襲いかかった。

「おまえさえいなければ、何とでもできるのに」

ヤエは、清美の上に馬乗りになって首に手をかけた。

これで終わるんだ――。

清美が死を覚悟した時、ヤエの力がふっと抜けた。その場にくずれ、しばらくの間すすり泣く声が続いた。

その後、ヤエは外にいる清二のもとに行き、弟のことで頭を下げた。

この事件から間もなく夜中にヤエの母親が亡くなり、翌朝早く夏夫が先に札幌に向かった。

清二は妻の実母の死にもかかわらず、「約束したから」と言って鉄砲を撃ちに出かけてしまう。清二が帰ってきたのは夕方で、それから美津子に留守の間の細々したことを言い残し、ヤエをバイクの後ろに乗せて弔いに向かった。

葬儀の後、ヤエの兄も交え夏夫と今後を相談した。その結果、よく反省させた上でもう一度清二の家に来ることになった。しかしその後も相変わらずで、ついに札幌に強引に帰されたのだ。


ヤエの変貌はこの頃から始まった。誰もいなくなると流しの戸棚から一升瓶を取り出し、仁王立ちで酩酊状態になるまでラッパ飲みする。

ある日、酔っ払ったヤエが清美に向かってきた。ヤエは、びっくりして震えている清美の股間をまさぐり、もう一方の手で自分の股間を触り始めた。

そのうちヤエは「なめろ」と命じた。

身体の痛みとヤエへの恐怖で、清美の心は音を立てて壊れていった。そして清美の心に母への憎悪が広がっていった。

そんな行為は幾度となくくり返された。とうとう清美は「痛いからやめて！」と叫んだ。

ヤエは隣の部屋に行ったかと思うと、火の点いた線香を持ち引き返してきた。そしてうずくまって震えている清美を仰向けにして馬乗りになり、線香の火を押しあてたのだ。

このようなヤエと清美だけの地獄絵図は二年くらい続いた。

この間、母から逃れたい一心で清美は自分のことは自分でするように必死に頑張った。

トイレに行く時も、ヤエの手を借りずに自力で這っていった。大人の和式便器は清美には大きすぎ、ひきつけを起こした足が便器の中に落ちてしまうこともよくあった。冬は玄関から吹き込む雪があがりかまちを真っ白くした。清美はその上を裸で這っていき、凍った便器にかぶさるようにして用を足した。

こうして清美は、ヤエの手を借りずに何とか自分の生活動作ができるようになった。

一九五七(昭和三二)年、浩二は小学校に入った。

学校の音楽室にきれいなピアノがあり、浩二は毎日弾いて遊んでいた。音楽の先生が「上手だねぇ、どこで習ったの?」と声をかけ、自分のバイオリンを持ってきて弾いてくれた。浩二が熱心に耳を傾けていると、先生は「好きかい? もし習いたいならぼくがお父さんに頼んであげるよ」と言って、ある日清二の家にやって来た。

「お父さん、この子は素質があるのでぜひ習わせてあげてください。バイオリンはぼくがお安くお世話しますから」

音楽に興味のない清二は、バイオリンが安くても五千円すると聞き、逆上した。

「バカヤロウ。どこのボンボンだと思っている。帰れ!」

教師はほうほうの体で退散した。

それでも浩二の成績は優秀で、一年から六年まで体育も音楽も含めオール五で通過した。七つ年上の次女佐恵子が家庭教師並みに手ほどきをしていたからであった。

浩二の通知表を見るたびに清二は「おまえは優秀だから、物ごいをしてでも、絶対に大学に行かせてやるからな」と言うのが常だった。

中学校に入る年頃になっても清美は美津子に背負われていた。

ある日、二人は富士製鉄が経営する配給所へ出かけた。店の前にはいろいろな果物が並んでいる。美津子は紙でくるまれた高級な梨の前で立ち止まり、小声で清美に命じた。

「おまえ、手を出して取れ」

清美は〝いいのかな〟と思いながら、ドキドキしながら手を出した。

「紙がツルツルして取れない」と言うと美津子は、「チッ」と舌打ちをして、今度は少し小さく裸で並んでいる梨のところに立ち「早く」と言った。清美は慌てて一つ取り、服の中に隠した。

そして美津子は逃げるように家に帰り、二人で皮もむかずに食べた。それがまた異様に美味しかったのを清美は覚えている。これが清美の最初で最後の万引きだった。


すさんだ及川家を変えたのは、テレビだった。

社宅の隣家、高橋家の息子が工事現場の不慮の事故で亡くなり、三百万円という多額の保険金が入った。高橋家はその金で、その頃まだ珍しかったテレビを買った。

高橋家にテレビがやってきた日、同じ棟の清美一家も招待された。

スイッチをひねってもしばらくは砂嵐状態で、画像が安定するには時間がかかった。それでも、小さな箱の中で絵が動く様に、清美たちは釘づけとなった。

一九五八(昭和三三)年一一月。NHK室蘭テレビ局が開局すると、高橋家のテレビは鮮明な画像を映し出すようになった。これを見た清二はいてもたってもいられず、すぐに十四インチの白黒テレビを買った。そしてこのテレビが、怒鳴り声の絶えなかった及川家の日常を、笑いのある日々へと変えていったのだ。

思春期

一九五八(昭和三三)年一二月、清美は十二歳になった。経済白書が「もはや戦後ではない」と宣言してから二年。社宅の瓦がはがされトタン葺きになり、窓越しに見ていた清美の目からも、時代の移り変わりは明らかだった。

清美が窓から眺めていた銭湯の煙突がこの年、砂煙を上げて倒された。新装された銭湯に清美たちが行くと、女将が新しくなった番台からヤエにこう言った。

「いくら清ちゃんが知恵遅れだとは言っても、十二歳にもなれば他のお客が嫌がるので、もう女風呂には連れてこないでほしい」

家でこの話題になると清二は聞こえないふりを決め込み、清美の入浴は家でのたらい風呂になった。お湯を沸かすのがもったいないという理由で、たらいの湯は何かのゆで汁になることが多かった。ほうれん草のゆで汁の時は青汁になり、うどんのゆで汁の時は乳白色になる。うどんのゆで汁の時は最悪で、清美の体は三時間もするとすえ臭くなった。家族は「おまえ臭い」と鼻をつまんだ。

前年に中学校を卒業した長女美津子は、高校には行かず、親の勧めで洋裁学校に通っていた。洋裁学校の三年間、社宅の二部屋には、ミシン、アイロン台、裁ち台、布などが所狭しと置かれ、学校の課題をこなす美津子のミシンが夜中まで響いた。物音に我慢できなくなった清二夫婦は天井裏を改造し、はしごをかけて浩二と三人で寝た。

美津子は洋裁学校を卒業後、清二の口利きで富士製鉄の縫製課に就職。会社に出入りしていたサービスマンとつき合い始めた。一度家に連れてきて両親に紹介したものの、清二は「あいさつもろくにできないやつとは今後つき合うな」と言い出し、二人の交際は終わりになった。


一九六〇(昭和三五)年、及川家は本輪西の旧社宅から少し離れた海沿いの新社宅二〇七号棟「ニ」に引っ越した。部屋数は同じだったが、四畳半が六畳の押し入れ付きになり、出窓の下は袋戸棚になっていた。そこが清美にとって初めての専有空間、趣味の部屋になった。

清二は弟の浩二にはプラモデルを買って与えた。組み立てる時は、清美が図面を見て説明した。プラモデルを買ってもらえない清美は、せめてペーパークラフトをつくろうと、あり合わせのダンボール箱と格闘し、新聞紙をバームクーヘン状に巻いてタイヤをつくったこともあった。

清美にも買ってほしいものはたくさんあった。

中でも出始めたばかりのステレオがほしかった。しかし清二に「買ってほしい」と頼んでも、「そんなものは社長の息子がほしがるもの」と、いとも簡単にはねつけられる。

ある夜、酔っ払って寝ている清二のポケットからお札がはみ出しているのを見て、清美はそっと抜き取った。次の日、清美はそのお金を浩二に渡し、ラジコン飛行機のキットを買わせた。ラジコンの専門書も手に入れ二人で遊び方を研究した。しかし外に出て飛ばすのは浩二だけだった。

近所のラジコン仲間も清美の家に来るようになり、その中の一人が部品や雑誌、カタログなどをよく持ってきてくれた。清美はそれらから情報をむさぼるように集めた。

この年、清美は初めてヤエに反抗した。きっかけはヤエのいつものぼやきだった。

「おまえは年をとっても何の役にも立たないな。這って歩けば畳はすり切れてしまうしな」

何度も言われ続けてきたことだったが、この日の清美は違った。

「こんな身体に産んだのはおまえじゃないか。おれは今まで自分のことは自分で始末してきた。あんたの言うことだって何でも聞いてきたし、殺されそうになっても黙っていたじゃないか！　なんならもう一回やるかい！　やるなら中途半端なことはするなよ。おれは何の未練もないんだからな！　バカ女！」

ヤエの目がつり上がった。隅に転がっていた洋裁用のノミを持ったかと思うと清美のむき出しのひざをカン！と突いた。鮮血が吹き出し、ヤエは無言で外へ出ていった。

痛みもさることながら、清美は初めて言いたいことを言えたことに満足感を覚えた。しかし、母と子の間にある心の壁の厚さを強く感じたことも確かだった。


清美がタバコを吸い始めたのは、偶然からだった。

清二は洋服ダンスの上に一カートンのタバコを置いていた。そのタンスに、何かのはずみで清美がぶつかったのだ。タバコが一箱、目の前にポトンと落ちてきた。前々からタバコに興味のあった清美は、すかさず封を切り、ストーブの傍にあったマッチで火を点けた。

一口吸ってみた。クラクラといい気持ちになった。そしてもう一回吸うと、今度は吐き気が襲ってきた。こうして清美はタバコの味を知った。

一箱目のタバコがなくなると、タンスの上に手を伸ばさなくてはならない。ラジコンの発信機からアンテナを外し、先をL字に曲げて引っかけようとした。しかし長さが足りない。タンスの引き出しを二段開け、その上に乗ってアンテナを伸ばすと取ることに成功した。清美は慎重に一個ずつタバコをくすねていったので、清二に気づかれることはなかった。

清美が酒を覚えたのはもっと早かった。

五、六歳の頃までは、秋になると、及川家ではどぶろく造りをするのが恒例だった。ふかしたご飯に麹を混ぜ入れ、毛布などで包んであたたかいところに置き一、二週間経つと甘い匂いが家中に漂う。酒ができ上がると、家族みんなに振る舞った。その時ばかりは清美の口にも入った。

酒税法の改正で庶民の酒造りが禁じられてしまうと、及川家では焼酎に蜂蜜を入れた酒がどぶろくの代わりになった。蜂蜜酒の一升瓶が台所の下の戸棚にいつも入っているのを清美は知っていた。タバコの味に飽きてきた清美は、もっとふらっとするものがほしくなり、酒に目をつけた。誰もいなくなると戸棚まで這って一升瓶の栓を抜き、湯のみ茶わんに入れて一気に飲み干した。

一九六〇年代になるとラジオの深夜放送が始まった。それまで聞いたことのない外国のポップスが放送されていた。二つのギター、ラブミー・テンダー、太陽はひとりぼっち……。清美はたちまちそうした曲に魅せられていった。

清美はテレビもよく見た。中でもアメリカのホームドラマがお気に入りだった。そこには、優しく美しい母親と頼もしい父親、そして明るい家族が映し出されていた。

外国のポップスに聴き惚れていると、決まって清二は「何を言っているのかわかりもしないで、聴いて何になる?」と言ってちゃかした。清二が「こっちを聞け」と言った日本の演歌には生活の汚さ、醜さしか感じられず、何の癒やしもときめきも感じられなかった。

外国の音楽は言葉がわからないからこそイメージが膨らみ、その中に自分を置いて現実逃避ができるのだ。清美は好きな曲をリクエストしてくり返し聞きたいと思った。しかし字を書くことができず、リクエストはがきを出すこともできなかった。

一九六一(昭和三六)年、清美が十五歳になる年のある日。父の遊び仲間で中村という人が「太陽はひとりぼっち」というレコードとポータブルのステレオを抱えて現れ、「清ちゃん、これ聞いてみな」とステレオごと置いていった。しばらくは美津子たちと一緒に清美もそれを楽しんだが、レコードを高いところにあるプレーヤーにセットすることは清美一人では無理だった。家族が飽きてしまうと清美はレコードを聞けなくなってしまう。

このことを聞きつけた中村はテープレコーダーを持ってきて、マイクを使い、いろんな音を録音して見せてくれた。そして「しばらく貸しておくから、使っていいよ」と言うのだ。

〝これだ!〟

好きな曲を何度も聞きたかった清美はテープレコーダーに心を奪われた。ほしくなって清二に頼んだが、案の定、「そんな高いもの買えるか」と取りつく島もない。

そこで清美は決心した。

〝よーし、買ってくれないなら自分でつくってやる!〟

「模型とラジオ」という本に載っていたミニチュアテープレコーダーのキットを浩二に頼んで手に入れ、出窓の下の実験室にこもり組み立て始めた。

脳性麻痺の体に意思どおり動いてくれるところはなく、不随意運動とひきつけを必死で押さえ、かろうじて使える左手と口を必死に動かした。リード線の皮をむく時にはニッパーの代わりに前歯を使った。ハンダづけの時は部品を口にくわえ、ハンダゴテを左手に持った。ひきつけを押さえながら高熱のハンダを当てるため、唇を火傷することはしばしばだった。ニッパーやペンチの代わりをしていた前歯はすり減って他の歯の半分の長さしかなくなった。

一つのことをするのに、清美は人の何倍も時間がかかる。何か月もかけてようやくテープレコーダーができた時は、これまで味わったことのない幸せな気持ちになった。そして何度も何度も聞いてみた。しかしこれにはスピーカーがなく、イヤホンでしか聞くことができない。物足りなさが日増しに募っていった。そこで今度はアンプづくりが始まった。

商業高校の教材に真空管ラジオの工作キットがあり、浩二の友だちが壊れかかったものを清美にくれた。それをいじるうちに、指先で接触すると反応する部分があることに気づいた。そこにイヤホンの線をつないだ。すると音が増幅され、大きな音が出たのだ。

就学の機会を奪われた清美にとって電子工作は、考える力をつける学校だった。

自殺未遂

一九六二(昭和三七)年。二十一歳になる長女美津子は、清美にテープレコーダーを貸してくれた中村の弟、剛とつき合い始めた。

剛は二十五歳で自衛隊を辞めた後、兄の家族と同居をしていた。剛は清二に「居候なのでご飯のお代わりも遠慮しています」とよくこぼしていた。不憫に思った清二は、美津子との結婚を勧めた。美津子もまんざらでもないらしく交際が始まった。

清美との初対面のあいさつで剛は「おれが面倒を見てあげるからね」と言った。

清美はこう言いたかった。

〈おいおい、そんな簡単におれの面倒を見れんのかい。面倒を見るということがどういうことか、わかっているの〉

しかし立場上、清美は笑顔をつくらなければならなかった。この頃から、清美は自分の存在を真剣に考えざるをえなくなっていった。

三か月後、美津子と剛の結納が行われた。清美はいつものように部屋の隅からことの成り行きを見ていた。羽織袴の剛の兄が現れ、黒塗りの大きなお盆をうやうやしく置いた。盆には、まばゆい水引がついた祝儀袋らしきものが入っていた。

「えー、本日はお日柄もよろしく……」

仰々しいあいさつから始まった一連の儀式が型どおり進んでいき、両家は桜湯などを飲み交わした。結納が終わり、二人は婚約者になった。

数日後の夜、いつものように夜遅くまで洋裁をしていた美津子は、誤って太ももにアイロンを落として火傷をした。剛はここぞとばかり美津子を見舞いにやってきた。結婚前の二人に間違いがないように、清二とヤエは、見張りとして清美を美津子が寝ている部屋に入れたのだ。

そして半年後、清美は部屋で花嫁衣装をまとう美津子の着替えを一部始終見ることになった。

清美の自問自答が始まった。

なんで自分はこんな体で生まれたのか。

つらい時も笑って見せる。そんな人生に意味があるのか——。

清美は、自分の心を誰かに伝えたかった。

そんな時、アルファベットを日本語のカタカナに置き換えたカタカナタイプライターのテレビコマーシャルを見た。キャッチフレーズは「従来の和文タイプよりも小型で、家庭でもお買い求めいただける価格。ノート代わりとして使えます」というもの。これなら自分にも使えると確信した清美は、清二にねだった。しかし清二は「おまえは本も読めないくせにそんなもの使えるのか、ネコに小判じゃ必要ねぇ」と無情に突っぱねた。

清美は自暴自棄に陥っていった。


美津子たちの新生活は、実家に近い平屋の一戸建てから始まった。その後も二人は実家である及川家に事あるごとに出入りし、そのまま二人で泊まっていく、入り浸り、すねかじりの生活が続いた。

半年ほどして美津子は妊娠し、長女を出産した。剛は富士製鉄を辞め、給料が高いという理由で三笠の炭鉱に転職した。

美津子たちが三笠に引っ越す日、及川家の家族は清美一人を残して、家族総出で手伝いに行った。その留守を見計らい、清美はシンナーを染み込ませたタオルをビニール袋の中に入れ、それを頭からかぶった。

自分を取り巻く環境は容赦なく自分の存在をはねつける。これから先どんな気持ちで生きていけばいいのか。

誰か一人でもいいからひと言、

「おまえはそのままで、そのままでいいんだよ」と言ってほしかった。

けれども周りのどこを探しても、そんなことを言ってくれる人はいない。

そして清美は自殺という形で自分に結論を出したのだった。

シンナー入りのビニール袋を頭からかぶった清美は意識を失った。

しかし、永遠の眠りにつくはずだったのに意識が戻り、ひどい吐き気が残った。

あえなく自殺に失敗。この時キリスト教のラジオ番組で聞いた言葉が浮かんだ。

「艱難《かんなん》は忍耐を生み出し、忍耐は練達を生み出し、練達は希望を生み出す。そして希望は失望に終わることはない」

この言葉を力にして清美は自暴自棄の思いを吹っ切った。

〝よし、死ぬに死ねないなら、このまま生きてやろう!〟

こうして清美の心はリセットされた。


一九六五(昭和四〇)年。清美が十八歳の夏のある日。長年の水分規制のために、尿道から大出血を起こし、室蘭の総合病院に緊急入院となってしまった。

検査の結果、診断は「膀胱《ぼうこう》結石と結核性腎盂炎《じんうえん》」。この時、清美は結核にもかかっていたのだ。

医者の説明を聞く清二は酔っ払っていた。

「先生、ついでにこいつの玉も抜いてやってくれや」

「去勢ですか。それは後にしないと体力がもちませんよ」

翌日、朝十時に清美は手術室に入った。下半身に麻酔がかけられ、手術用の布が顔にかけられた。手術室には医者が二人と看護婦が三、四人いた。清美はバンザイ状態で手を縛られ、両膝上と足首を固定された状態で緊張していた。ところが医者たちは看護婦をからかい、じゃれ合っている。そんな雰囲気の中、下腹部から胸にかけて温かいものが広がるのを感じた。手術が始まったのだ。

およそ四十分で手術は終わり、清美は体から出たあめ玉ほどの結石三個を見せられた。

手術後、清美は生まれて初めてたくさんの看護婦から介護を受け、尿瓶《しびん》という代物を使用した。三日後、尿道の管が抜かれたので、そっと股間に触ってみた。

「あった！」

看護婦たちは清美の術後の世話をかいがいしくしてくれた。抜糸が終わった日、若い看護婦が清美のところに来て、「坊や、院内を見せてあげましょうか？」と言い、清美をひょいと抱き上げて、木製の大きな車いすに乗せ、病院のあちこちを回ってくれた。

その看護婦は、エレベーターでは行くことのできない屋上にも清美を連れていき、抱き上げて外の世界を見せたのだ。看護婦の胸はふわふわしていい匂いだった。清美はなんとも言えずドキドキしながら病室に戻った。同室の患者にうらやましがられた。それは清美が今までの生活の中では経験したことのない、人の手の温もりと優しさに触れた体験だった。

その時から週一回の医者通いが始まり、結核の治療のため臀部にカナマイシンの注射を打たれるようになった。

尿瓶の使用を覚えた清美は、小用を自分の部屋でできるようになった。そして子どもの頃から着せられてきた一重の着物ではなく、「ズボンをはきたい」と言った。ヤエはとりあえず浩二の学生ズボンを清美にはかせることにした。しかし清美は這って動き回るため、ひざがすぐに破れてしまう。そこで当時はまだ鉄板ズボンと呼ばれていたジーンズを買ってきた。上着は着せやすいポロシャツだったが、それも冬の長袖になると、すぐにひじが破れてしまう。ヤエはジーンズの上着を買った。

清美の体調が回復した頃、次女の佐恵子は、小学校時代からの顔見知りで近くに住む向井肇と付き合うようになった。

佐恵子は、清美に魚のフライのつくり方を教えてほしいと聞いてきた。肇とのデートの弁当にしたかったのだ。清美は台所に這っていき、フライのつくり方を事細かに教えた。清美は料理番組を見てつくり方を知っていたのだ。

フライの弁当がよかったからかどうかはわからない。間もなく肇があいさつに訪れ、「佐恵子さんをお嫁さんにください」と清二とヤエを前にして言った。

清二は「結納金はいくらだ？」と言った。

佐恵子たちは「形にこだわらずお金もかけずに内輪だけの結婚式をしたい」と言った。

佐恵子は帰っていく肇を見送った後、「なんであんなことを」と怒った。

雑品屋

一九六六(昭和四一)年。清二は五十五歳の定年を迎え、退職金で伊達町北黄金に家を建てた。七月に引っ越したが、まだ水道の整備がされていないため、清二は新居の脇に井戸を掘った。電気式ポンプを設置しようとしたのだが、スイッチを入れると砂利まで吸い上げてすぐに詰まってしまう。この様子を窓から見ていた清美は「あのなぁ、靴下を履かせてみたら？」と清二に声をかけた。それが見事に成功した。

「清美、おまえ頭いいなぁ」

それが清二の清美に対する初めての褒め言葉だった。

退職後清二は小型トラックを買い、農家を回って野菜を買い集め街に売りに行く仕事を始めた。しかし間もなく「割に合わない」と言って止め、雑品屋をすることになった。自宅近くに倉庫を建て、古新聞から空き瓶、古着など雑品を集めてきては倉庫で選別し、規格どおりに揃えて自動車工場などに売るのだ。

この頃から清二のアルコール量が増えていき、仕事に出かける時も酒を持ち、助手席のヤエが品物を集めるため車を降りると運転席で飲んだくれていた。

何はともあれ、集まってくるものは清美にとって宝の山だ。清美は古本の中に入ってくる雑誌のグラビアにも目を奪われた。気に入ったヌード写真を選んではダンボール箱に詰め込んだ。

新しい家には、茶の間と台所のほかに六畳間二つ、玄関の横に四畳半と風呂場があった。その四畳半が清美のお城となった。

次女の佐恵子は一家が伊達に引っ越す時に、家を出て肇と市営アパートで暮らし始めた。そして八月に両親だけを呼んで結婚式を挙げた。新築祝いにと、清美たちには卓上ステレオ、そして両親にはシステムキッチンが二人から贈られた。

浩二は高校生になっていた。ビートルズにはまり、ギターに熱中した浩二は英語の勉強に必要だからと言って、テープレコーダーを買ってもらい、その実、音楽を楽しんだ。二度ほど学校に持っていくと、ぞんざいな扱いのために取っ手が壊れてしまった。清二は怒った。

「そんな高いものを壊したってのか！、もう持って歩くな！」

そしてそれは清美のものとなった。


雑品屋を営むようになってから、清美の部屋にはテレビなどの中古家電製品やミシンなどが商品として運び入れられた。清美は、昼間は店番として、たまに来るお客に雑品を売り、夜になると十三歳の頃からの夢だったアンプづくりに没頭した。

白黒テレビからカラーテレビに変わる時期だったため、清美の部屋には壊れていない白黒テレビがごっそり入ってきた。テレビのアンプを改造し、音声回路の端子をテープレコーダーにつないでみた。低音と高音を分離する方法を見つけ、テレビのアンプを二台三台と増やした。しかし台数を増やすとブレーカーが落ちる。すぐさま清二に怒られる。

そこで電力を食うブラウン管を切ってみた。そうすると電気が流れなくなってしまう。テレビについていた回路図を研究した。集合回路のある部分に抵抗を取りつけると、映像回路を切っても音声回路は生かせることがわかった。しかし、集まってくる雑品の中に必要な抵抗はない。

清美はお金が必要になった。

雑品屋の番頭に慣れ始めると、物を買う客と、そうではない客と見分けがつくようになってきた。

そして清美はピンハネを覚えた。

清二に「この品は二千円で売れ」と言われた品があるとすると、それを清美は「五千円です」と吹っかけた。「高いなぁ」と言ったら、すかさず「父には怒られるかもしれませんが、四千円でいいですよ」とたたみかけた。すると客は、負けてもらえたと思い、いい気持ちで買っていく。むろん清二には二千円だけ渡す。

浩二は高校の学園祭をきっかけに友だち四人でバンドを組んだ。浩二はリードギターをやりたかったのだが、彼よりもギターが格段にうまい仲間がいたため、やむなく目立たないベースを担当することになった。

清美は浩二のために、ピンハネしたお金でエレキのベースギターを買ってやった。アンプまで買うと怪しまれるので清美がつくり、浩二は清美の部屋で練習した。学園祭ではアンコールがかかるほどの人気だった。それを境に浩二はバンドマンを目指すようになった。


その頃の清美の生活は、朝はご飯は抜き、誰もいない昼にはつくり置きのご飯を食べ、それがない時は台所まで碁盤を押していき、これを踏み台に簡単な料理をつくった。

それから店で客の相手をする。

客の中には「兄ちゃん、そんな体であそこは使えるのかい」と冷やかす者もいた。

「いやぁ、まだ試したことがないから」

「なんならいいとこへ連れてってやろうか」

言語障害がある清美は電話の取り次ぎに苦労した。電話の相手に、「おまえ、昼間っから酔っ払っているのか」とからまれたりした。「ハ、はい、オ、及川です」と答えると、

そして夕方に両親たちが帰ってくると「どこどこの誰それさんが、品物をいつごろ取りにきてほしいそうだ」「何と何がこれこれの値で売れた」と引き継ぎをする。清美はメモができないのですべて暗記した。その後夕飯をみんなで食べ、後は四畳半の自分だけの世界に入るのだった。

若かった清美は寝るのを忘れて機械をいじった。

仕事に没頭し、ふと気づくと外は朝もやになっている。窓を開けると、青い光の中を汽笛を鳴らして走る力強い蒸気機関車の姿が見えた。鉄路の向こうには防風林があり、そのさらに向こうには海が広がっていた。時々ポンポン船のボーッという霧笛の音が聞こえてくる。田んぼにキラキラと映る夕陽によって、汽車の走る姿が黒い竜のように見え、この世界のどこかに自分を待っている誰かがいるような気がしてくるのだった。

そんな生活が二十四歳で家を出るまで続いた。

第二章　ネッカチーフの人

初めての夜

父と弟が立ち去り、岩見沢桜の園の梅棟十号室に、清美は一人残された。五分ほど待っただろうか。

「及川さん、こちらが武田さんですよ」

寮棟主任が相部屋の武田治夫を車いすに乗せて連れてきた。武田は三十歳くらいで、サリドマイドの重い障害があった。清美には随分先輩に見えたが、武田は一週間前に入所したばかりだった。

紹介がすむと主任は部屋を出ていき、二人だけになった。清美はベッドの横に伊達から持ってきた小型の食卓テーブルを広げながら、武田に声をかけた。

「初めてなのでいろいろ教えてください。あなたは家にいた時、何をやっていたの」

「野球」

「どこのポジション」

「ピッチャー」

「……」

顔は大人でも、中身は子どもがほかにもたくさんいそうだと清美は思った。

やがて夕食の時間となり、寮母は、清美の食卓テーブルに運んできたお膳を置いた。寮母が出ていくと、武田は寮母の名前を自慢げに清美に教えた。

そして消灯時間となった。本当ならば静まり返る時間になっても、寮のどこからかヒーヒーという叫び声や、コンコンと何かを叩く音が響く。寝つけないまま時間が過ぎていった。

十二時を回り、清美がウトウトし始めた時、人影が清美の枕元に近づいてきた。影は枕灯を無言でともし、布団をはがして清美のパンツをいきなり下ろそうとした。

「！……」

びっくりした清美は腰をひねって逃げた。

人影の手に尿瓶が握られているのを見て、ようやく事態がのみ込めた。清美はかろうじて「自分でできます」と言った。

〝影〟は予防着を着た寮母だった。

「この時間はこうして回るのが当直の仕事ですから。尿瓶はまた後で取りにきますので、このまま置いてください」

不機嫌そうにそう言うと、寮母は出ていった。

毎晩こんなことをされるのはたまらない。清美は次の朝、主任に話をして尿瓶をあてがうのをやめてもらった。

一方、武田は武田で、車いすの乗り降りができるにもかかわらず、キャラメルの包み紙を落としたと言ってはボタンを押して寮母を呼んでいる。

清美が拾ってあげようとすると、よけいなことをするなとばかりに、「いいよ、寮母さんが来てくれるから」と言う。

呼び出された寮母は案の定、

「そんなことで寮母を呼ばないで、あなたはそれぐらいできる人なんだから」と怒って行ってしまった。

すると、武田はめそめそと泣き始めた。涙をためながら部屋を出ていき、詰所の前にあった赤電話でなにやら言いつけている。

次の日、七十歳くらいの母親が来た。「かわいそうに」と言いながら武田の頭をなで、詰所に掛け合いに向かった。

この棟にはほかにどんな人が住んでいるかわからない。清美は部屋の外に出るのが怖くなった。寮母に諭されるまでの一週間ほど用便も我慢しながら清美は梅棟十号室から出なかった。その時の清美の持ち物は少しの衣類と洗面用具、そしてトランジスタラジオだけだった。


周りの様子もだんだん見えてきた頃、清美は「訓練室に出てきなさい」と指示を受けた。この時から車いすを自力でこぐ練習が始まった。左の手で車輪のリングは握れたものの、手の平が開かない右手では手の甲をタイヤとリングに強く押しつけるしかなかった。そのため清美の右手の甲はみるみる赤くなり皮がむけた。

訓練室は竹棟にあり、そこにたどり着くには、斜面になった渡り廊下を十メートルほど上っていかなければならない。両手が使えたとしても、車いすの人にとってはこの上り坂はかなりの重労働だ。清美は上りだけは職員の手を借りるしかなかった。

梅棟の廊下を行き来しながら、車いすに慣れる訓練に励んでいた清美を呼び止める声があった。

「及川さーん！　ちょっとこっちに来て」

清美は誰だろうとキョロキョロした。声はしても姿は見えない。

「こっちこっち」

恐る恐る声の方に向かった。ある部屋まで近づくと寮母が顔を出した。

「ねえ、及川さん、もし暇があったらこの人の相手をしてあげて」

清美は重度の脳性麻痺で寝たきりの多島メイコという若い女性を紹介された。

「いいですよ」

清美は二つ返事で引き受けた。

一か月ほど経って、車いすにも慣れ、渡り廊下の上りさえ手伝ってもらえれば、独力で訓練室に顔を出せるようになった。

訓練室の真ん中にはマットが敷かれ、車いすから降りて運動できるようになっている。寝たきりのメイコはストレッチャーから降ろされ寝返りの訓練を受けていた。訓練室でメイコに会うと、清美はマットに降りてメイコの周りをぐるぐると這って回り、相手をした。そして暇を見てはメイコの部屋に行って話し相手になった。

タイプライター

清美が桜の園に入所して一か月ほど経った六月のある日。相部屋の新しい住人として小川啓一という十九歳の男性を紹介された。代わりに武田は竹棟に移動になった。

数日後、雑多な日用品とともにカタカナタイプライターを小川の両親が持ってきた。

夢にまで見たタイプライターだ。恐る恐る触らせてもらう。

〝やった！　おれにも使える！〟

さっそく、清美は訓練室の馬場というマッサージ師に相談を持ちかけた。

「それだったら家にあるよ。使わないから安く譲ってあげようか」

思いがけない返事だった。

清美は年金から二万円をつぎ込み、ブラザーのカタカナタイプライターを手に入れた。

その日から清美はタイプライターに没頭した。頭の中にだけあった言葉が真っ白い紙の上にタイプの活字となっていく喜びに、時を忘れるほどだった。

ある日、メイコからお呼びがかかった。部屋に行くとメイコがベッドの上で待っている。

「わたしもタイプを使いたい。できるかな」

清美は自分のタイプライターを取りに戻り、うつ伏せになっているメイコの前に置いた。

メイコは手の動きを制するのにも苦労するようだった。

「口にくわえて打つのはどう？」

清美はアドバイスして、宝物のタイプライターをメイコに預けた。

口で操作ができることがわかったメイコは自分も買うと言い、タイプライターは清美に返された。

訓練室の隣の部屋で、木を削っている若い男がいるのに清美は気づいていた。

訓練が終わった後、清美は思い切ってその若者を訪ねた。藤田光男という大学一年生のボランティアで、施設から頼まれて表札をつくっているという。何度か声をかけているうちにすっかり親しくなった藤田に、清美は自分の体のことを調べてほしいと頼んだ。

自分の障害がどういうものなのか、清美は教えてもらったことがない。本当のことは何一つ知らされず、他人に伝染するのではないかと恐れていた。

清美から頼まれた藤田は大学図書館で専門書にあたり、脳性麻痺について調べてきてくれた。

清美の脳性麻痺は出産時の負荷が脳の機能に損傷を与えたことからくる「未熟児性障害」というもので、遺伝性のものではないという。

「遺伝しない」「伝染しない」と聞かされ、清美の胸を覆っていた暗雲がからりと取り払われたような思いがした。


桜の園での生活が落ちついた頃、清美は〝福祉施設の入所者〟という現実に直面することとなった。

清美は、下の姉に頼んで愛用のステレオ一式をホームに運び込ませた。ところが「持ち込みは認められない」と担当寮母からクレームがついたのだ。「配線が多く、掃除がしづらい」というのがその理由だった。そして清美が不在の間に、ステレオは強引に部屋から撤去されてしまった。

清美は施設長のところに行った。施設長は「そんな規則はない」と言う。寮母を問い詰めると、あやふやな返事しか返ってこない。

ステレオの撤去は寮母の独断だったのだ。清美は腹立ち紛れに、彼女がかぶっていたヘアピースを引きはがし床に叩きつけた。しかしそれでも、ステレオは戻ってこなかった。

ネッカチーフの寮母

初日に強い印象を残した色の白い女性を再び見たのは、一週間ぶりに梅棟の自室から出たその日だった。

女性は竹棟の廊下を掃除していた。清美は担当寮母に「あの人は誰？」と尋ねると、外国人留学生ではなく、藤本のり子というれっきとした日本人で、竹棟の担当寮母であることがわかった。

その後、詰所前の公衆電話でたびたび電話する姿を目にした。のり子にはほぼ毎日、外から電話が来ているようだった。

〈あの人には彼氏がいるのかな。もう結婚しているのかな〉

そんな思いが清美の頭の中に芽生え、膨らんでいった。

メイコが、藤本寮母について詳しかった。

「ねぇ、あの人、なんでネッカチーフをかぶっているかわかる？」

のり子はいつもネッカチーフを三角折りにして頭に巻いていた。

「ファッションでしょう」と清美は答えた。

「本当はねぇ、髪が真っ白いそうだよ。それを隠すために小さい時から染めているんだって」

それを聞いて清美は、髪の毛が白いくらいでどうして隠すのだろうと思い、いつか「染めなくてもいい」と言ってあげようと思った。

ある日の午後、清美がいつものようにタイプを打っていると、向かいの部屋からのり子の話し声が聞こえてきた。寮生の家族と会話しているようだ。

清美はタイプを止めた。会話の相手はおばさんらしい。

「藤本さん、あなた結婚相手はいないの」

「わたしは神様と結婚しているの。将来は尼さんになろうかと思っているの」

〈へぇ、もったいない〉と清美は思った。

数日後、清美が訓練室から出ると、竹棟の廊下で洗濯物を干しているのり子を見つけた。周りに人がいないのを確認し、清美は車いすの車輪をゆっくり回し、彼女に近づいた。そして覚悟を決めて言った。

「よけいなことを言うようだけど、藤本さんは髪を染めるのをやめてもいいんじゃない？　そのままでいいんじゃないかな」

アルビノの子

藤本のり子は、栗沢町茂世丑《もせうし》の貧しい農家の次女として生まれた。一九四五(昭和二〇)年七月一日。清美よりも一年早い。

のり子の母フサは、孤児だった。フサの両親は、フサを産んだ翌年に北海道で大流行したスペイン風邪にかかり、夫婦そろって亡くなったのだ。母はまだ乳飲み子だった我が子の名を「フサー！　こっちへ来ーい！」と最後まで呼び続けたという。

両親を失ったフサは親戚中をたらい回しにされた。十五歳になると親類宅に奉公人として住み込み、子守りに明け暮れる毎日となった。ただフサはここで初めて教育らしい教育を受けることができた。

十歳年上の従妹のハナが読み書きの手ほどきをしてくれたのだ。

もっともそれは教育というよりしごきだった。裁縫を教える時、物差しの目盛りの読み方さえわからなかったフサにいらいらしたハナは「こんなものもわからんのか！」と、物差しでフサの手を強く打った。

必死でしごきに耐えたフサは、二十二歳で結婚するまでに女として生きるすべをこの家で身につけたのだ。


フサの結婚相手は、藤本繁と言った。

結婚を機に二人は、フサの亡き母が持っていた沢伝いの荒れ地を譲り受けて農業を始めた。掘っ立て小屋に、ちゃぶ台代わりの空き箱とわずかの家材道具、そして農耕馬が一頭の貧しい新婚生活が始まった。一九四〇(昭和一五)年のことだ。

翌年、長男の真一が産まれ、父母は喜んだ。ところが、フサが育児に手がかかり始めると繁の態度が一変した。

夫の繁は農業にはズブの素人で、フサは一つひとつの作業を一から教えなければならなかった。しかし末っ子だった繁は、甘やかされて育ったため短気で乱暴者。その上、プライドだけは人並み以上に高かった。たえず癇癪を起こし、八つ当たりが激しい。

出産でフサが子どもにかかり切りになると、フサの愛を子どもに奪われたと思った繁は、持ち前の癇癪を爆発させた。それでもフサは、夫をなだめすかして畑に送り出し、二年後には長女千鶴を出産した。

さらにその二年後、アルビノの子、のり子が産まれた。

アルビノは、先天的にメラニンが欠乏する遺伝子疾患で、先天性色素欠乏症・白子症などとも呼ばれる。髪の毛は白髪に近い黄色だった。色素が足りないため、視力が弱く眼球に小刻みな横揺れがあり、日の光が極端にまぶしい。

のり子が障害を意識するようになったのは小学生になってからだった。

小学校入学前に遊ぶのは兄弟たちだけだったので、自分だけがひどく日焼けすることが気になった以外は、自分が他の子と〝違う〟ことを意識することはなかった。

小学校入学を控え、のり子を見ながら母が「困ったね」とため息をつくことが増えていった。

入学式の前夜、母は、茶の間に洗面器を取り出し、油紙を広げた。そしてひざに頭を乗せるよう指示した。そして高価だった白髪染めを取り出し、のり子の髪に塗り始めた。母のひざ枕を他の兄弟がうらやましそうに眺めている。

母がのり子だけに髪を染める理由がわからず、「どうして」と尋ねると、母は「一年生に上がるんだから染めるんだよ」と答えるばかりだった。

入学後、のり子は髪染めの意味を知る。

家から数キロの距離。畑の中にあったその学校には近所の農家の子どもたちが通っていた。日焼けで黒々とした肌が当たり前の学校で、のり子の白い肌はことさら目立った。すぐにのり子は悪童たちのいたずらの対象となった。帰り道で悪童たちは待ち伏せし、はやし立てた。

校庭でクラスの仲間と遊ぼうとすると、姉が陰に引っ張り、「のり子、みんなが見るから運動場に出て遊ばないで」と言う。

のり子の下には五つ違いの妹がいた。子育てに忙しい母は、のり子の髪まで手が回らなくなり、髪を染めるのは夜になった。朝になると、乾いてごわごわだ。本来ならばここで余分な染料を落とすためもう一度洗髪しなければならないのだが、母は忙しくて洗う暇がない。そのままの姿でのり子は学校に向かった。この髪の毛もからかいの標的になった。

「おーい、こいつの頭変だぞ。どうしたんだ？」

みんなはのり子を取り囲み、代わる代わる硬くなったのり子の髪を指で触る。そして、のり子の動く目をのぞき込む。

「なぁ、こいつの目、動いてるぞ！」

「どれ、見せて」

休み時間を、のり子は机に突っ伏してやり過ごした。

帰り道でも待ち伏せされ、はやし立てられる。

「やぁい、白ん坊！」

こんな生い立ちを持つのり子にとって「髪を染めない」という選択肢があることなど、想像もできないことだった。

清美に呼び止められ「髪を染めなくていい」と言われたことに、のり子は軽いショックを受けた。そしてすぐに「もし、髪を染めなかったらどうなるのだろう」という興味がわいてきた。

のり子は、次の休日に美容室を訪ね、髪染めを止めたらどうなるのかと聞いた。

「髪染めを脱色しなければならないので、最初は真っ白というか黄色くなると思うけど、伸びてくればそれなりの色になるんじゃないの」

この言葉に勇気づけられたのり子は、まずショートカットにして髪染めを落とし、栗色のカツラをつけた。初めは白さが目立ったものの、髪が伸びると見事なブロンドになった。幼い頃から髪を染め続けてきたのり子は、本当の髪の色を知らなかったのだ。

カツラを外し、ブロンドのまま職場に出勤しても「いいじゃない」という声はあっても、子どもの頃のように好奇の目にさらされることはなかった。

一九七〇年代、女性が髪の色を変えることは、当たり前になろうとしていた。

画才

桜の園の寮母となるまで、のり子が歩んできた道も決して平坦なものではなかった。

茂世丑の小学校に通い始めたのり子は、いじめから逃れるため、次第に学校をずる休みするようになった。

学校に行くふりをして家を出ても、他の兄弟から「母さん、のり子はまた学校へ行ってなかったよ」と報告されてしまう。母のフサはずる休みに厳しかった。

「どうしてこんなに早いんだ。また学校に行ったと嘘をついたな！」と母は火箸でのり子を叩いた。

どこにも居場所のなくなったのり子の支えとなったのは絵だった。友だちと遊ぶこともなく、教室に一人でいることの多いのり子は、いつからかノートの端に似顔絵を描き始めるようになった。

やがてのり子は中学校に進んだ。

人気のマンガをそっくりに写して書くと、家では買うことのできなかったマンガ雑誌を貸してくれる友だちも現れた。絵の才能が、孤独から少しずつのり子を救おうとしていた。

皇太子ご成婚で祝賀に沸くある日、クラスの女の子が持っていたコミック雑誌のグラビアページに載っていた「美智子さんの写真」を写すと、クラスの評判となった。

三年生の時、のり子の画才に着目した教師が空知管内写生大会の学校代表に選んだ。

会場に入ると教壇に人形が置いてあった。大会では、この人形をデッサンし、その出来栄えを競う。目の悪いのり子は、かろうじて人形らしい形はわかるものの、頭がどうなっているのかが見えない。事情を話して、いすを前に持っていくこともできただろうが、それまでずっといじめられてきたのり子には、言い出す勇気はなかった。

結果は落選だった。

卒業の日、あこがれの男子が卒業記念の交換ノートを差し出した。開くと次の言葉。

「その忍耐強さを忘れるな」

黙って見てくれていた人がいたんだ——。このひと言がのり子の人生を支えた。

高校に行ってまで集団生活を続ける意欲を失っていたのり子は、貧しい家にこれ以上の負担をかけられないとの思いも手伝って、中学校卒業後、実家で家畜の世話係となった、しかし、小さな頃からかわいがっていた豚を屠畜場に送ることが悲しく、一年遅れで地元の農業高校へ進んだ。

心を通わせる友人のいない高校生活の中で、学校の用務員夫妻との交流が唯一の温もりだった。

桜の散り始めた頃、高校から自宅方面に向かうバスを一人で待っていると、用務員のおじさんが

「あんたどこから来ているの」と声をかけてきた。

バスの時間を聞かれ、だいぶ待ち時間があることを告げると、

「バスが来るまで、うちに来てストーブにあたっていきなさい」と言う。

本間というその人は母と同じ大正七年生まれで、子どもがいない。

これをきっかけに、のり子はしばしば本間家を訪れるようになった。おじさんは「うちの娘にならんか」と言ってくれるほどのり子をかわいがってくれた。

のり子が高校をやめて働き始めてからも交流は続いた。

働き始めてから何年か後、おばさんが病で亡くなったとの知らせを聞いた。男やもめになったことを心配したのり子は、おじさんの家を訪ねて「ご飯支度でも手伝いましょうか」と声をかけた。

ところが、おじさんは「もう、来ないでくれ」ときっぱりと言った。

年の差こそあれ、独身となった男の家に若い娘が通えばあらぬ噂が立ち、娘の将来に傷がつくという男らしい配慮だったが、まだ若いのり子には理解できず、おじさんの言葉に傷を負った。

見られた日記

一九六三(昭和三八)年三月、高校生活に意義を見出せなかったのり子に、隣からこんな声がかけられた。

「岩見沢駅前で洋服の仕立屋をやっている親類がいて、手伝いをほしがってるんだわ。住み込みだけど、のりちゃん、働いてみないかい」

早く家を出たい一心で、のり子はその誘いに飛びついた。この頃には兄が家業を手伝い始めていたが実家の貧しさは変わらず、家計の負担になっているという負い目がのり子にはあった。

テーラー山本というその店は、岩見沢駅のすぐ近くにあった。高級紳士服を仕立てる店にふさわしいモダンなたたずまいで、のり子は二階に四畳半の一室を与えられ、住み込みで働くこととなった。

朝早く起きて、店主である山本一家の居室から店舗までの掃除をし、ご飯支度を手伝った後に仕事場に出る。夜は十時過ぎまで仕事場の後始末。テーラー山本は、二人の子どもを持つ主人一家に、住み込みの職人が二人、通いの職長が一人の大所帯。のり子に土日はなかった。

洋服店の仕事は細かな針仕事が多い。目が悪いのり子にも切りびつけ、ズボンの直しなど針仕事が回ってくる。店主の山本文夫は「この子は何をやらせてもだめだな」という目で見る。

成り行き上、仕方がないから置いてやっているという態度をあらわにし始めた主人に対し、帰る家のないのり子は、自然とご機嫌うかがいをするようになった。山本家に二人いた小さな子どもの面倒を見て、店主夫人の和子に気に入られた。また姑が体を悪くした時などに、気を利かせてお粥をつくり喜ばれた。

こうして針仕事の不得手なのり子には、店主一家の家政婦としての仕事が多くなっていった。

店主一家と良好な関係を築き始めていた矢先、一冊の日記が関係を暗転させる。

のり子は高校中退後、ずっと日記をつけていた。この日記帳は、高校時代に優しい言葉をかけてくれた本間のおじさんが、学校を去るのり子に、文字を書く習慣を失わないようにと贈ってくれたものだ。

洋服店の住み込みの身になってからの日記では、どうしても職場の愚痴が多くなってしまう。それを店主夫人の和子に見られてしまったのだ。

日記を読んだ夫人は、激怒した。

「のりちゃんがこんな気持ちでいたなんて知らなかったわ。今までだまされていたんだ。信じて置いてあげていたのに、こういう裏があったのね」

仕事で信頼を失った上、店主一家との関係まで壊れてしまえば、この店での存在理由を失ってしまう。しかし、今さら実家には戻れない。


こんなのり子のを支えたのが、この家に住み始めてから始めた読書だった。

貧しい農家だったのり子の実家には、成長した兄が買い求めるまで一冊の本もなかった。子どもの時代にのり子には、字を読むためにメガネをあつらえるという発想すらなく、細かな字を追わなければならない読書は苦痛以外のなにものでもなかった。

テーラー山本には、針仕事の補助に使う虫眼鏡があった。これを手にとってみると、読みにくかった文字がくっきりと見える。成長して、子どもの頃よりも視力が落ちついてきたこともあって、のり子はここで初めて虫眼鏡を使って文字を読むことを覚えた。

のり子を読書に導いたのは四つ違いの兄、藤本真一だった。

真一は、棒切れを振り回して、近所の子どもを集めてチャンバラをするような腕白で、いつも母親をはらはらさせていたが、中学に入るとがらっと性格が変わり、本好きな少年となった。「朝早く畑に出なければいけないから、早く寝ろ」と父親に怒鳴られても、明け方まで本を読みふける。そんな子だった。

しかし、藤本家は貧しく、真一が知識欲を高めても、進学の道は限られていた。中学校を出た真一は、大学に行きたい気持ちを抑えて、地元の定時制の農業高校に進み、父の跡を継いだ。谷間の痩せ地から始まった藤本家の営農も、兄の真一が父を手伝うようになってからようやく経営が安定し始めた。

一九六〇年代は学生運動の時代。ヘルメットをかぶった学生が、「安保反対」を叫んで機動隊とやり合った。こうした時代のうねりは農村にも波及し、真一は農民運動に身を投じた。若く正義感の強かった真一は農民運動を通して農政に不信感を高めたものの、父は「百姓は黙って鍬《くわ》を振ればよい」という態度だった。昔気質の父親との摩擦、そして社会への不信が真一をキリスト教へと走らせた。

針を使う仕事にはなじめず、親切にしてくれていた店主一家とも日記の一件以来気まずい関係となっていたのり子は、悩みを兄に打ち明けた。兄は「こころの友」というキリスト教のパンフレットを差し出し、これを読むように薦めた。

それは毎月発行されていた教会の定期刊行物で、のり子は店主から「電気代がもったいないから早く寝ろ」と言われても、遅くまで布団の中で読みふけった。

孤独にさいなまれたのり子の心にキリストの言葉は染み込んでいった。

一九六六(昭和四一)年の正月。里帰りをしたのり子は、休みの最後の日に「教会に行ってみたい」と言った。

兄が通っている日本キリスト教団岩見沢教会は、岩見沢の市街地にあり、テーラー山本からも歩ける距離。建物は横に長い平屋で、十年前に建てられたばかりだった。

兄に従って牧師館の玄関に入ると、牧師が和服姿で現れ、洋装を想像していたのり子を驚かせた。

気後れするのり子に兄は「何でもいいから、話してみれや」と言い、のり子一人を残して帰っていった。

和服姿の牧師は正月らしい晴れやかな表情で、書斎にのり子を招き、「とりあえずは、こういうお祈りがあるんだけど、書いてあげましょう」と言って、目が悪いのり子のために、大きな字で「主ののり」を書いて渡してくれた。のり子のことは、兄を通じておおよそのことを知っているようだった。

続いて、びっしりと本が並んだ書棚の中から一冊の本を取り出し、裏表紙に牧師の名前である渡辺英俊と書いてのり子に手渡した。視力の弱い人用に特別に活字を大きくした聖書だった。こんな気遣いのある本を今まで見たことがなく、一ページずつ興味深げにページを繰るのり子に、渡辺牧師はこう声をかけた。

「水曜日の夜に祈祷会という形で聖書研究の会を開きます。よければ来ませんか」

聖書研究会の日。指定された時間に教会に来てみたものの、渡辺牧師の他に誰もいない。大勢の信者に囲まれるものと緊張していたのり子は、牧師と二人だけの研究会に戸惑ってしまった。渡辺牧師は、住み込みで働いているのり子の事情を考慮して、水曜の夜にのり子一人のために時間をつくってくれたのだ。

渡辺牧師は、キリスト教の教義を押しつけるのではなく、のり子の話を静かに聞いた。

それまで身の上話を聞いてもらった経験のないのり子は、辛かった子ども時代のこと、染めている髪のこと、父母兄弟のこと、誰にも話したことのない内側を牧師にさらけ出した。

のり子の身の上を聞いて、牧師は「ふぉっふぉっふぉ」と笑い出した。

〈何がおかしいんだろう〉とむっとなるのり子。

しかし、回を重ねるにつれ、〃自分が悩んできたことなど笑うに等しいことなのだ〃と考えるよう仕向ける渡辺牧師の意図を感じた。

二人だけの聖書研究会はその冬中続き、「聖書入門講座」というテキストを一章一節ずつ二人で読み進めた。

ある時、のり子は渡辺牧師にこんな質問をした。

「もし神様がいるならば、どうしてわたしのような者がつくられたのでしょうか」

「いろんな形で人はつくられているけれど、どれだけ違っていても、その人でなければできない使命が何か必ずあるのです」

牧師はこう答えた。

二人きりの研究会は、決まって渡辺牧師の「神様、この言葉にならない彼女の祈りをどうか聞き入れてあげてください」という祈りで終わった。


水曜の夜になると外出するのり子を、店主が快く思うはずはない。

ある時、のり子が店を出ようとすると店主が立ちはだかり、行き先を詰問した。聖書研究会に通っている事情を話すと、店主は血相を変え、「仕事も満足にできないくせに、自分の立場をわきまえろ」と恫喝《どうかつ》した。

のり子は、渡辺牧師から教えられた「人は何人であろうとその人権、信教の自由は尊重され保障されなければならない」という言葉を励みに、生まれて初めて自己主張した。

「一生懸命働きます。休みも給料もいりませんから週一回、ほんの二時間の自由を与えてもらいたいのです。どうか行かせてください」

予想もしなかったのり子の強い態度に店主はたじろいでしまった。

勝手口でにらみ合っていると、夫人の和子が何事かと顔を出した。勝手口にのり子を残し、二人で何事か話した後、店主は「特別だぞ」と言って、外出を認めた。

店の仕事に加え、家事の仕事もさせていた店主夫妻は、それに見合う給料をのり子に払っていなかった。のり子が不満を外の者に訴えたら困ったことになる。そんな計算が働いたのだろう。

教会から帰ったのり子は、主人への反抗がどんな形の報復となって返ってくるかと恐れたが、その日を境にして、のり子への待遇は明らかに改善された。

賛美歌を口ずさみながら働くのり子に、店の人たちは「のりちゃんは明るくなったね」と言った。

一九六六(昭和四一)年五月二九日。

「人はその血筋によらず身分によらず、等しく神の救いを受ける権利がある」

「艱難は忍耐を生み出し、忍耐は練達を生み出し、練達は希望を生み出すことをあなた方は知っている」

牧師から教わったこの聖書の言葉に背中を押され、のり子は洗礼を受けた。

介護職への道

日曜日の教会通いも許されるようになった頃、本間のおじさんからのり子は見合いをすすめられた。住み込み店員の環境から抜け出したい気持ちと、年頃の娘ならば誰もがすべきこととの思いから、のり子は見合いを承諾し、長沼に住む相手の家を母と訪ねた。

相手は三十歳になった農家の長男。この地方としては大きめの家に、相手の男性のほか、何人もの親兄弟姉妹が集まっていた。あいさつもそこそこに父親がこんな条件を切り出した。

「農家を継ぐが、お嫁さんには農作業はさせない。ただ足が不自由になった母親の面倒を見てくれればそれで十分だ」

兄弟たちの好奇の視線にさらされながら相手が話を進めるのを待っていると、相手の男は押し黙ったまま。妻になるかもしれないのり子に興味を示さない。心ここにあらずといった風で、かたわらにいた兄弟の方にばかり視線を泳がせる。張り詰めていたのり子の気持ちはすっかり萎えてしまった。

この見合いをどうしたものか。一晩考えあぐねた末、教会に行って牧師に相談した。この頃、のり子をキリスト教に導いた渡辺牧師は留学のため岩見沢を離れ、吉田真牧師に代任されていた。吉田牧師はこう答えた。

「結婚は年齢でするものではない。のり子さんがこの人と一緒に生きたい、そういう人が現れた時がその人自身の結婚適齢期じゃないですか」

のり子は、毅然とした態度で結婚を断った。

のり子が洗礼を受けてから間もなく、テーラー山本の和子夫人が病に倒れ、三か月間入院することになった。

日記の一件以来、よそよそしくなっていた夫人だが、病ですっかり気を弱くしたのか、病院を見舞ったのり子にこんなことを言った。

「のりちゃん、後のこと頼むね。子どもたち二人の面倒も見てやってね」

のり子は、病院での介護と子どもたちの世話をこれまで以上に熱心に行った。そしてこの経験から、教会の活動を通して不自由な人を助ける介護職を自分の天職として考えるようになる。

和子夫人が退院した頃、のり子は夢を実現すべく、教会の活動で知り合った年配の婦人に相談した。その人の答えはこうだった。

「まだあなたに介護の仕事は早いのでは。それより、もっと自分磨きを考えるべきです。たとえば、思い切って家政婦としての道はどうでしょう。知り合いがちょうどお手伝いさんを募集しています。とてもいいお宅なので、あなたさえよければぜひ紹介させてもらいたい」

和子夫人の病状が安定し、山本家が落ちつくのを見届けて、のり子は新しい職についた。

のり子の新しい職場は、和服用の草履を主に置いている「金沢履物店」の住み込み家政婦だった。店主は金沢光男といい、夫人の美紀子は腰を悪くしてほとんど寝たきり状態になっていた。母の彩子が家事を切り盛りしていたが、高齢になってきたので家政婦を探していたということだった。

金沢履物店は、テーラー山本と岩見沢駅を挟んで五百メートルと離れていない繁華街の中にあった。昔は羽振りがよかったと見え、店構えは老舗を感じさせた。建物の一階は店舗、二階はレストランが入居しており、三階の屋根裏を改造し店主一家の居宅としていた。そこの一間にのり子が暮らすことになった。

この家でのり子は、とくに祖母の彩子に気に入られた。
「年頃なんだから、習い事もしておくべきよ」と、お茶、お花を習わせてくれた。目が悪いのり子は透明なガラスが苦手で、頻繁にコップを割っていた。そのたびに彩子は「形あるものいつかは失せる」と言って慰め、洗濯機の水を誤って下の階に水漏れさせた時も、彩子はのり子と一緒に行って謝ってくれた。

前職とは違い、主人はのり子の宗教活動にも理解を示し、教会に温かく送り出した。吉田真牧師の夫人は特にのり子に目をかけてくれた。その頃の青年会メンバーの松田瑞子がのり子を教会青年会の活動へ導いた。瑞子は二〇〇九年現在、岩見沢教会の佐藤牧師夫人となっている。二人の女性店員とも仲よくなり、のり子は生まれて初めて安らぎの日々を送った。

ところがのり子の平安は長続きしなかった。

一九七〇（昭和四五）年暮れ。金曜日の晩に美紀子夫人がのり子を呼び出し、「明日は実家に必ず帰るように」と指示した。毎週土曜日の晩には実家に帰ってもよい契約になっていたのだが、のり子は帰らないことが多かったのだ。

夫人の強い調子に怪訝な思いを抱きながら、土日を茂世丑の実家で過ごし、月曜日の朝、始発バスに乗って岩見沢に戻った。

店の前にパトカーが止まっていた。胸騒ぎを覚えながら、勝手口から店内に駆け込むと、金沢履物店は騒然としていた。

店主夫人の美紀子が自殺したというのだ。

夫人は土曜日の深夜に自室で首を吊った。異様な物音に主人が駆けつけると、すでに夫人はぐったりしていた。病院に運び込まれる前に息を引き取ったという。のり子が戻ってきた時には、他殺の疑いを調べる警察の捜査と葬儀の準備が重なり、混乱の極にあったのだ。

腰を悪くし寝たきりになってからの夫人は、この家の主人である光男から見捨てられたような状態だった。のり子が働いていた時に夫人は意を決して手術を受けたが、よけい症状を悪化させてしまった。少しの震動でも痛みが走るようになり、のり子が介助の手を差し伸べようとしても「触らないで！」と手を払うのだった。

将来を悲観した美紀子夫人は、のり子に実家に帰るように指示した時、すでに死を決意していたのだろう。月曜日の朝になって初めて夫人の死を知ったのり子は、夫人の気持ちをくみ取れなかった自分を責めた。

さらに不幸が追い打ちをかける。

美紀子夫人が亡くなった二か月後、今度は夫の光男が後追い自殺をしたのだ。

この時すでに、草履や下駄を注文してあつらえる和服の時代は過ぎ、量販店で安価なものを選んで買う時代になっていた。それなのに光男は、景気のよかった時代の振る舞いから抜け出せなかった。のり子に声をかけた時にはすでに経営は危機的だったのに、住み込みの家政婦を雇おうとしたのも、持ち前の浪費癖からきていたのかもしれない。

火の車となっていた店の経営に夫人の自殺というショックが重なった二か月後、光男は余市の親類を訪ねると言って店を出た。

帰宅予定の日に、親類から店に電話があった。

「光男さんが、うちの納屋で農薬を飲んで倒れて、病院に運び込まれた」

光男は助からなかった。

自分に優しくしてくれた雇い主の相次ぐ自殺に、のり子はパニックになってしまった。

ちょうどこの頃、のり子を教会に引き入れた渡辺牧師が二年半の留学から帰国し、岩見沢教会に復帰していた。近しい者の死を防ぐことができなかったと自分を責めるのり子に、牧師は祈りを捧げた。教会青年部の仲間も、のり子を励ました。

一方、金沢履物店は、貸し付けの回収を急ぐ債権者たちによって整理されることになった。息子夫妻の相次ぐ自殺。そして店の閉店。この難局を主人の母である彩子は気丈にさばいていった。

閉店とともに家政婦の職を解かれたのり子だったが、彩子は、新しい職が見つかるまでの間住む場所に困らないようにと、岩見沢市街に住む自分の妹夫婦に頼み込んで、のり子を住まわせた。のり子は彩子を助けるため、そこから残務整理の手伝いにしばらく通った。

金沢履物店の整理が落ちついてきた頃、教会の仲間が願ってもない話を持ってきた。

「のりちゃん、身体障害者施設の桜の園って知っている？　そこで寮母さんを募集しているんだって。受けてみたら」

のり子は、天に昇る気持ちになった。

岩見沢桜の園の面接の日。のり子の履歴書に目を落とした施設長は、こう言った。

「二十六歳ですか。うーん、女性はすぐに結婚して辞めてしまいますからねぇ」

のり子は言い返した。

「いいえ、わたしは生涯独身で働き続けます。どうぞここで働かせてください」

のり子の採用は一九七一(昭和四六)年五月一日。清美が入所する一か月前のことだった。

第三章　宛名のない手紙

三文文士

桜の園では朝六時が起床時間になっていた。

九時までに洗面と朝食を終え、その後、午前のリハビリ。昼食を挟んで、午後は四時までリハビリ。この間に介助入浴が週二回あった。十七時に夕食をとり、二十一時まで自由時間。そして消灯となる。

園内の寮生たちが食い入るようにテレビを見ている自由時間、清美は手に入れたばかりのタイプライターに没頭していた。左手の指は、時々襲うけいれんに邪魔されるものの、かろうじて清美の意志に従って動かすことができる。一方右手は、腕を動かすことはできたが手の平を開くことができなかった。このため左の人さし指だけでタイプを打つことになるのだが、所定のキーまで人さし指を持っていくことが大変で、時々けいれんが左手の自由をも奪った。

それでも恐る恐る打ち始めた片言のカナ文字は、いつしか〝詩〟に変わっていた。

秋になり、清美の担当寮母が小沼律子に代わった。

小沼は、不自由な体を押してタイプライターと格闘する清美の姿に興味を抱いた。読ませてもらうと、素敵な詩が書かれている。小沼は一一月の文化祭に向けて、清美がタイプライターで書きためた詩を出品しようと持ちかけた。

その試作品として、その頃流行っていたホワイトブックという白紙の本に、清美の詩を書き写し、自作のイラストを添えた。

サンモンブンシ

オレハ　サンモンブンシダト　ヒトガイウ
オレノ　カクモノハ　カミクズニ　ナルダケ
ソレデモ　カカズニイラレナイ　オレ
カツジニナルコトヲ　ユメニミテ
コワレカカッタ　タイプライターヲ
イッショウケンメイ　タタク　サンモンブンシヨリ

この詩集は後に「宛名のない手紙」と名付けられ、寮母、訓練師、看護婦が回し読みするほどの出来だった。文化祭での発表を楽しみにしていた頃、担当寮母の小沼が急に退職することになってしまった。小沼は、桜の園で働くかたわら、婦人警察官を目指し、採用試験に挑戦していたのだが、この年の欠員募集に選ばれたのだ。

桜の園を離れる小沼の気がかりは、清美との「宛名のない手紙」だった。「誰か後任を」と職員に持ちかけた時、真っ先に手を挙げたのがのり子だった。

子どもの頃からイラストが得意だったのり子は、イラストで飾られた「宛名のない手紙」に以前から興味を寄せていた。まして相手は「髪を染めなくてもいい」と声をかけてくれた清美だ。のり子には、いつか清美にきちんとお礼をしたいという気持ちがあった。

清美が暮らす梅棟十号室をのり子が初めて訪れたのは、桜の園を囲む森が赤く色づいた頃だった。

「こんにちは、及川さん。小沼さんの話を聞いていますよね。小沼さんの代わりにわたしが『宛名のない手紙』の係になりました」

突然現れたのり子に清美は驚き、そして喜んだ。


一一月、初雪が桜の園にうっすらと雪化粧をさせた朝。パジャマ姿の広田秋子という若い女性が訓練室に現れた。秋子は小学生のときにかかった破傷風の後遺症で手足と言語に障害があった。清美と同じ頃に施設に入ったが、アキレス腱の手術のため長く施設を留守にしていた。手術が終わり、ようやく施設に戻ってきたのだ。

よろよろと歩く秋子に訓練師が言った。

「秋ちゃん、手術の回復のためだ、うんと歩けよ。そうだ、及川くんの車いすを上りだけでいいから押してやってくれよ。訓練になるし一石二鳥だろう」

それからというもの秋子は早朝から清美を誘い、一日中清美につきまとうようになった。

職員たちはそんな二人を見て「いいなぁ、似合いのカップルだよ」とはやす。

秋子と過ごすよりもタイプライターに向かいたい清美だったが、袖にするのも大人気なく意のままにさせていた。

秋子には重度の言語障害があるため、言葉の代わりに手で感情を表現した。うれしい時、怒った時には、半分握った状態の手で清美の顔をバシバシと殴るのだ。朝から晩まで秋子のアクションを受けた清美の顔は、夕方にはヒリヒリと痛んだ。

ある日、メイコからいつものようにお呼びがかかった時、呼びもしないのに秋子は清美の後をついてきてしまった。

秋子の姿を見たメイコは、恋人をとられたと思ったのか、泣き出してしまった。

「及川くんをとって、ごめんね」

したり顔で言い放つ秋子。

〈おいおい、おれはおまえらの何でもないんだぞ！〉

清美は叫びたかった。


一二月になって、梅棟の反対側に新棟が増築され、広く新しい訓練室ができた。そしてまた二十名ほどの新しい寮生が入り、清美と小川は新棟二十二号室に部屋換えになった。ここに新たな寮生として柳原光男と谷本繁が入ってきた。

柳原はキャノン・デミというハーフサイズのカメラを持っていた。カメラに特別の思いのある清美は柳原のデミに釘付けとなってしまった。

清美が中学生ぐらいの頃、浩二と美津子が漫画本の懸賞でカメラを当てたことがあった。送られてきたのはフイルムの入っていない小さなカメラで、子どもたちにせがまれた清二はどこからかフイルムを手に入れて写してみたが、故障していたのか何も写らない。がっかりしている浩二を見て清二は「そんなにカメラがほしいのか。よしよし」と言って、三万円もするミノルタの二眼レフカメラをまだ小学生の浩二に買い与えたのだ。清二がカメラの使用方法を事細かに説明しているのを側で見ていて、清美は使ってみたいと強く思った。

その後浩二たちが撮ってきた写真を見ると、どの写真も「気をつけ！」をしていて動きがない。雑誌のグラビア写真は、白黒なのにどれも深みがあって動きのあるものばかりだ。どうしてこうなのか。清美は自分でやってみたいという思いでいっぱいになった。しかし、清美がカメラに手を伸ばすと、清二は「おまえは汚すからだめだ」「壊すからだめだ」と言って取り上げる。そんな苦い思い出が清美にはあった。

柳原からカメラを借りて操作してみると、自分でも使えそうだった。興味深げにしていると、面接に来ていた柳原の父親が「質流れ品だったら安く手に入るよ」と声をかけてくれた。相場を聞くと清美でも無理をすれば買えそうだった。清美は、柳原の父親に頼んでキャノン・デミを、アクセサリーを含め二万五千円で手に入れた。清美の自由になるのは左手だけだったが、これを器用に使ってカメラを操作した。

もう一人の新しい仲間、谷本繁からはミュージックテープをたくさん借りることができた。入居の日、あいさつもそこそこに谷本は、持参の荷物箱からカセットテープレコーダーとたくさんのミュージックテープを取り出した。「どうやってそのテープを手に入れたのか」と尋ねると、アマチュア無線の本に載っていた通信販売を利用して手に入れたのだと言う。そして、清美に「CQ」というタイトルの分厚いアマチュア無線誌を見せてくれた。

弟以外、初めて音楽について話せる仲間ができたことを清美は喜んだ。

ラブレター

新棟には、清美たちの二十二号室のほかに、五人部屋が廊下を挟んで四つあり、廊下の先には竹棟から移設された訓練室があった。

訓練室で出会った寮生に鳥居幸三という男性がいた。清美より三歳年上で出身地が同じ。かろうじて歩ける人だった。

ある日、神妙な顔をした鳥居が、リハビリの帰りに清美の部屋に入ってきた。

「相談したいことがある」と言う。清美は鳥居とそれほど親しいわけではない。身構えていると思いがけないことを言い出した。

「藤本さんのことだけどさ、おれ、彼女と一緒に毎週教会に通っているんだけど、彼女のことを好きになってしまったんだ。この気持ちを打ち明けたいんだ」

予想もしなかった言葉に、清美は動揺した。

「相手の様子を見て、打ち明けてみればいいだろう」

準備のないままこう言ってしまった。それから鳥居にかける次の言葉を探したが思い浮かばない。

「まぁ、頑張れよ」と心に無いことを言った。

部屋を出ていく背中を見やりながら、清美とのり子が協力して「宛名のない手紙」をつくっているのを知ってこんな話を持ちかけたのに違いない、という思いが浮かんだ。

激しい気持ちがわいてきた。

鳥居とのやり取りのあったその日の夜、清美は「愛」をテーマに詩を書いた。

「宛名のない手紙」を担当するのり子は週一回、当直明けの朝、帰り際に清美の部屋に顔を出し、「詩ができていたら絵をつけるよ」と声をかける。

岩見沢に初雪が舞い始めた頃、夜勤明けに清美の居室に立ち寄ったのり子は、新作を読みながらこんなことを言った。

「この頃、恋で悩んでいる詩が多くなったみたいだけど、恋の詩なんかよした方がいいよ」

清美の詩は抽象的だが愛らしいものが多かった。そして、のり子の描くイラストは、ちょうどこの頃、歌いながらイラストを描くことで人気となった水森亜土の作風に似たかわいいもので、清美の詩とはお似合いだった。

ところが今日受け取った詩は、恋に苦しむ心の内面が重苦しく描かれたものだった。

これにどんな絵をつけたらいいの——。

のり子は桜の園の寮母であり、清美は介助を受ける寮生。のり子は、寮生が施設での活動の一環として取り組む「宛名のない手紙」を担当する〝おつきの者〟でしかない。同じ施設に所属しながらも、二人は別世界の住人だった。清美の近作に、この区分を超えかねない臭いを嗅ぎ取ったのり子は戸惑った。

清美は内心で〈おまえだよ、相手は〉と思ったが言葉を飲み、こう返した。

「でも、人間だから恋は自然なことだと思う。この世には女性と男性しかいないし、きれいなものはきれいと言いたいだけ」

「そう……」

のり子はあいまいな返事を返した後、思い出したように一枚のカードをバックから取り出し、清美に手渡した。

「これ、クリスマスカードっていうんだけど、よかったらもらってね」

この時代、クリスマスカードはまだ馴染みのないものだった。桜の園に暮らす寮生には、クリスマスプレゼントは当然のこと、年の瀬になっても手紙や電話連絡すらない者が多くいた。こんな寮生を少しでも励まそうと、クリスチャンになったのり子は一〇月からカードをつくり始め、でき上がった順に寮生に渡していたのだ。

のり子のクリスマスカードを受け取った清美は、じっとこれを見ていた。


この年最後の夜勤明けに、のり子は「宛名のない手紙」の原稿を受け取るために清美の居室を訪ねた。自室に帰ったのり子は、清美から受け取った「宛名のない手紙」にカードが挟まれているの見た。それは先に渡したクリスマスカードだった。

しおりの代わりにしたのかな……。

怪訝な気持ちで取り出してみると、裏面にびっしりとカタカナタイプが打たれている。

一九七一年一二月　清美からのり子へ

やはり何も書かずにその手に渡した方が、とも思う。
もしこの降りしきる雪の中に、すべてを捨て去ることができるのならそうしたい、
優しいその娘のために。

だがしかし、それはあまりにこの心に背きすぎている。
そして今日も雪が降る。何かを包み込むように。
それは心の中にある秘めごとを、深く冷たく白くするように。
この雪はその白い手をどこへ差し伸べたく思うのでしょう。

さて今夜はクリスマスイブ。
でもあなたにクリスマスプレゼントとして差し上げられるものは、
ないと言った方が良いのかもしれません。
それはすぐに手の中でその重さを確かめることができないからです。
それを確かめられるのはあなたしかいないのです。

と、こんなことを書くとあなたは、
「こんな重いものはいらない」と言うかもしれないねぇ。
それともその逆なら、言い表しようもないくらいにうれしく思います。
でもやっぱりあり得ないような気もします。
それはこの傷だらけの胸に住むあなたの面影が、
あまりに淡く美しすぎるからかもしれません。

インクの載りにくいクリスマスカードに打たれたタイプ文字はところどころかすれて読みにくく、これが自分に宛てたラブレターと気づくのにかなり時間がかかった。

ラブレターをもらうのは初めての経験。素直にうれしい反面、戸惑いがあった。

〈これで関係が重くなったわね〉

年の瀬の慌ただしさの中で、のり子は小さなため息をついた。

二通目の手紙

一九七二(昭和四七)年になった。正月を伊達の実家で過ごした清美は、桜の園に戻ってくるなり、病棟の医師に呼び出された。

「及川さんが通っていた伊達の病院からカルテが回ってきたんですが、そこに〝結核〟と書いてあるんです。本当ですか」

清美は十九歳の年に「膀胱結石と結核性腎盂炎」と診断され、その後しばらく治療を受けていた。嘘を言うわけにもいかず、清美は正直に答えた。

「そうです」

「そうですか。それならばここを退所して治療に専念してもらわなければなりません」

清美は青くなった。実家に帰るのは死んでも嫌だ。症状だってここ何年も落ちついている。

清美は必死で頼んだ。

「先生、ここに置いてください。ここに来て初めて生き甲斐が見つかりました。結核も治りました。

症状は何年も出ていません。伊達に帰さないでください。お願いします。お願いします」

何度も頭を下げた。医師は清美の顔とカルテを交互に見てこう言った。

「もう一度、検査してみましょうか。それでもし陽性だったら、治療に専念してもらいますよ」

一週間の検査入院の後、再び診療室に呼ばれた。

「調べましたが、今のところ結核菌は出ていないようですね。ここでそれなりの対応をしながらやっていきましょう。でも注射と投薬だけはしますから」

清美の退所は免れたのだった。


検査入院から居室に戻ると、夜勤明けののり子が姿を見せた。昨年、クリスマスカードの裏側に書いたラブレターを渡して以来、初めて言葉を交わす。

正月休みの間、ひょっとするとのり子から返信があるかと、実家の郵便受けに音がするたびに期待したものだったが、この日までのり子からは何の連絡もなかった。

それだけに、のり子がどんな顔を見せるか、清美は心配だった。正月の間に思い浮かべた無数のシナリオの中には、怒ったのり子がクリスマスカードを片手に現れ、〃もうこんなことはしないでください〃とカードを叩きつけるシナリオもあった。

ところが久しぶりに見るのり子は、心配そうな表情を浮かべて、清美の体を気遣うのだった。

「及川さん、入院していたんですってね。よくなったの？　詩を書くどころじゃなかったでしょう」

清美の手元には、正月の間に書きためた何本もの新作があった。

「ここにあります」

この日、昨年末のクリスマスカードのことを二人は口にしなかった。

清美が詩を書き、のり子がイラストを添える「宛名のない手紙」は、その後も二人の間に何事もなかったかのように続き、のり子が添える愛らしいイラストを清美は返信として受け止めた。

札幌オリンピックで沸き返った一九七二(昭和四七)年の冬も終わり、岩見沢にも遅い春が訪れようとしていた。

四月、清美の恋敵、鳥居幸三は同じ法人が経営する岡の上の授産施設に移動となった。しかし、のり子は相変わらず日曜日になると鳥居を教会に連れ出していた。

ホームの玄関から見える土手の上を、鳥居に肩を貸しながら歩いていくのり子の姿が時々見えた。

それを見て清美は心の中でつぶやいた。

〈やっぱり歩ける人がいいのかな。おれには関係ないけどさ〉

「やぁい、振られた、振られた」

これを見て、いつもつきまとっている秋子は清美の顔をバシバシと叩いてからかう始末だった。

詩集「宛名のない手紙」のやり取りは相変わらず続いていたものの、のり子も清美もあえてよそよそしく振る舞い、会話は最小限だった。

四月、復活祭にあたる日、そんな二人の関係が少し変化した。

その日、施設のレクリエーションとして、寮母による紙芝居が行われた。この日が偶然復活祭だったため、のり子はキリストの生涯をテーマにした紙芝居を上演した。それは教会青年会の活動の中で幾度となく上演したのり子の十八番だった。

キリスト教と出会うことで救われた思いのあるのり子は布教に熱心だった。鳥居を教会に誘ったように、この頃のり子は誰かれの区別なく教会に誘っていた。

のり子の紙芝居が始まると、多くの落ち着かない寮生の中で、清美だけが食い入るように見つめていた。そんな清美の姿を見て〝脈があるかもしれない〟とのり子は思ってしまった。

「及川さん、よかったらこれを読んでみませんか」

直後の夜勤明け、のり子は「宛名のない手紙」を受け取ると、代わりに聖書を差し出した。

この好意に、清美は礼状を書かなければならないと考えた。五月の連休、実家に戻った清美はのり子宛てに手紙を書いた。何度も書き直すうちに、それはのり子への二通目のラブレターとなった。

一九七二年五月二日　清美からのり子へ

今、ぼくは暗い海を見つめ夜の海の静けさを味わって、夢の中をさまよっている。
けれどここではぼくの名を誰も呼ばず、ただ近い過去のあなたを、
白く優しい波のようなあなたをくり返し思う。

のりちゃん、桜の園から離れてそのすばらしさをしみじみと優しく知らされました。

それから、朝ぼくが眼を覚ますとそこには仲間も、そしておはようという言葉をかけてくれるあなたの姿もないことをふっと不思議に思い、今はもう自分の家は桜の園なんだと感じています。

それから大事な聖書をお借りしますよ。毎日読んでいます。

聖書を読むとなんだかあなたと一緒にいるような気がして、寂しくなくなります。


……………………………………


——キミはかわいいやつさ。このおれの一番の恋人。

キミのその細い体がおれは一番好きなんだ。

おれはキミに話をするが、キミはいつも黙って笑っているだけ。

それだけでおれは幸せ、大好きなキミ、これからも、どうかよろしく——


のり子からの返事がないまま、桜の園にも夏が訪れた。

この夏、桜の園最大のイベントである「盆踊り大会」の日。清美と柳原の二人は大会の記録係になった。二人は三脚を車いすに固定し、大きな懐中電灯をライト代わりにして撮影した。二人のカメラはハーフサイズで三十六枚撮りのフイルムでも七十二枚撮ることができる。その時の撮影では三本を使い切った。

清美はできるだけモデルたちの自然な動き、自然な表情を狙って撮った。普段の何げないしぐさと、自然な光を受けて輝く姿を撮りたかった。撮影後、主だった写真を選んで秋の文化祭に出品する大判パネルにした。

盆踊り大会が終わると、桜の園はお盆休みとなった。清美は伊達の実家には戻らず、室蘭の市営アパートに住む下の姉佐恵子の家で、共働き夫婦の留守番をした。

この夏一番の暑さを記録した日。玄関をドンドンと乱暴に叩く者があった。

「清美、いるんでしょ？　開けてよ」

上の姉の美津子が、子ども二人を連れてひょっこり訪ねてきたのだ。清美は土間に下りてカギを開けた。

「何だ、狭いわね」

美津子が妹宅を訪ねるのは今日が初めて。額に流れる汗をぬぐいながら、美津子は入るなり部屋中を無遠慮に眺め回した。そして扉という扉を開け、家宅捜査のように家の中を調べ始めた。最新式の二槽式洗濯機を見つけると、面白半分にスイッチを入れ、脱水槽のところから水漏れさせた。そして家の愚痴をこぼして帰っていった。佐恵子が戻り、清美が今日の出来事を報告すると、佐恵子は憤慨した。

仲むつまじく暮らす佐恵子夫妻と夫の陰口しか言わない美津子。姉妹といっても性格は全然違う。同じ血が流れていながら、結婚という現実の中で好対照を見せる二人。一人になった居間でステレオを聞きながら、清美は思いをめぐらせた。その行き着く先にのり子のエメラルド色の瞳があった。

清美は、岩見沢から持ってきたタイプライターでのり子への手紙を書き始めた。


……………………

一九七二年八月三日　清美からのり子へ

これから書こうとしていることは、今までずっと悩み考えてきたものです。

でもいくら考え苦しんでみても、その答えは自分一人では当然返っては来ません。

そうかといって思う人に思いのままにぶつけ、自分のためだけに縛っても良いものかどうか。

ここで一方的で大きくてささやかな、わたしのわがままを伝えます。
でも一方的ではないことを信じて。

あなただけに愛の頂点を見ても良いでしょうか。
このまま何も見極めることをせぬまま暮らし時がすぎるのは、
あなたにとってはいいのかもしれませんが、わたしは一生悔やみが残ります。

同時に本当に一人の人を愛せたのだと言える時がほしい。
だからあなたの中のわたしの存在を話してください。
わたしの中のあなたの存在は薄暗い大きな海なのです。

つじつまの合わない文面でごめんなさい。
これからも予防着を脱ぎ捨てたつき合いを頼みます。

見舞い

短い夏休みが終わり、清美が施設に帰る日になった。佐恵子夫妻は清美を岩見沢まで送ってくれた。

施設が見えてくると清美は、姉だけに見せた素顔を隠し、周りに気を使ういつもの顔に戻した。

寮に戻ると、函館出身でまだ十九歳の吉野要が同室の仲間に加わっていた。アテトーゼのため手が使えない全介助の吉野の口に、清美は火を点けたタバコをくわえさせた。同じく未成年の柳原にもタバコの味を教えたのだが、施設暮らししか知らない未成年の吉野にタバコを教えたことに清美は少し後ろめたさを感じた。


この年の暮れも押し迫った頃、部屋替えがあり、清美は竹棟の十人部屋へ移動になった。ここには障害が比較的軽度の人が集まっており、年配の人が毎日酒を飲み、夜中までドンチャン騒ぎをしていた。これにつき合わされた清美は、寝不足が続き、これまでの疲労も重なって、ついに四十度の高熱を発し、市立病院に入院となった。診断は「ストレスによる腎盂炎」とされた。

高熱は一週間続いた。一週間経った朝に意識不明状態となり、病院は家族に呼び出しをかけた。

その時、清美は不思議な体験をした。

気がつくと魂が体から抜け出し、病室全体を見渡せる高さから、ベッドに寝ている自分を見ている。かたわらで話す医師と看護婦が見える。

「この患者を手術するには肉親の承諾が必要だが、誰も来られないのか」

ちょうどこの時、父の清二が胃ガンで倒れ危篤状態のまま病院に運ばれたのだ。家族全員が呼び出され、清美の実家には岩見沢からの電話を受ける者がいなかった。

「放っておいたら心肺停止になるな。今は点滴しか方法がない」

医師は看護婦に語った。

空に漂っているような清美の心に寮母など顔見知りが現れ、清美の名を呼んでいるような気がした。そしてそれらの人々とともに清美は、ベッドに寝ている自分を眺めているのだ。

清美が病院に担ぎ込まれた時、のり子はすぐに駆けつけることはしなかった。何度か恋文をもらっている手前、担当の異なる清美のもとに駆けつけると、二人の関係が表に出てしまうという思いが先に立った。

それでものり子には、「髪の毛を染める必要はない」と声をかけてくれた清美に対してお礼をしたい気持ちがあった。見舞いに行った担当寮母から重い病状が伝えられる。心配の大きさから、清美への好意が確実に成長していることをのり子は感じた。しかし、重体の病室にのり子が出向いていっても、どうしてやることもできない。

一〇日後。熱が下がり、奇跡的に危機を脱して、清美は快方に向かった。

見舞いに行った何人かが「清美ちゃん。よくなったみたいよ」と言いながら帰ってきた。

清美のことで迷惑をかけたと、寮母たちの詰所にヤエから松前漬けが届いた。これ幸いと、のり子は「わたしが届けに行ってくるね」と言って施設を出た。のり子はいったん自宅に戻り、松前漬けを食べやすいように小分けにした。そして正月らしくお雑煮をつくり、市立病院を訪れた。

「及川さん、よくなったんだってね。伊達から松前漬けが届いていたから持ってきたよ」

のり子は努めて自然に語りかけ、自分の着ていたまっ赤なヤッケをそっと着せた。

「お雑煮つくったの。食べる?」

「食べる、食べる」

のり子はエプロンをつけ、院内のコンロで持参の雑煮を温めて清美に食べさせた。病み上がりにもかかわらず清美は「うまいうまい」と言って残らず食べた。

のり子が帰った後、相部屋の患者たちが「あれはあんたの何なのさ」とはやし立てた。

女の裏側

退院後、清美の居室は梅棟の二人部屋に戻り、十一号室の須藤和夫と相部屋になった。須藤は車の事故で脊髄損傷になり、三年の入院生活を経てこの施設に入所した二十九歳だ。健康な時の社会経験や学歴があるために、職員や寮生から信望が厚い。

清美が隣の十号室にいた頃、当直の若い寮母が、夜中にまっ赤な顔をして須藤のいる十一号室から出てくるのを何度か見た。〈きっと介助が大変なのだろう〉、清美はそれくらいに思っていた。しかし相部屋になってみるとそうではない。

毎夕、五時に当直の寮母との引き継ぎが行われる。その夜の当直はまず「お変わりありませんか?」と安否確認をして各部屋を回る。その時、「須藤さん、今日は赤丸だからね」と意味不明な言葉をかけていく田川芳江という寮母がいた。

赤丸って何だろう……、清美は不思議に思った。

何日か後その意味がわかった。

夜中に体位交換に入ってきた田川は須藤のベッドに近づき、自分からケーシースタイルの制服のボタンを外した。乳房がボロッとこぼれ出た。田川はあろうことかスカートまでたくし上げ須藤に馬乗りになったのだ。

清美は見てはならないものを見てしまったと慌てて後ろを向いた。

時間とともに、身もだえと息づかいが激しくなっていく。そして静かになり、彼女は身支度を調え、汗を拭いて部屋を出ていった。

次の朝、二人とも何事もなかったように、「おはよう」と言い合っているのだった。

清美は、ほかにも当直のたびに同じようなことをしていく若い寮母を目撃した。


そのうち清美にも〝誘い〟があった。

光元ゆき子というその寮母は、少し前から清美の「宛名のない手紙」に興味を持ち、あれこれと話しかけてくるようになった。

そんな彼女がある夜、当直となった。

「及川くん」

彼女はベッドに寝ている清美の前に立ち、眠りから覚ました。

「これ！」

スカートをガバッとめくると、目の前に黒いものを出したのだ。

「！」

目を疑ったが、それは紛れもなく陰毛だった。

「何するんだ。やめなさい」

その言葉に、彼女は憤慨したらしく、プイッと怒って出ていった。

この様子を相部屋の須藤は黙って見ていたらしい。翌朝、こう言った。

「おまえバカだなァ、遊んでやればいいのに」

清美は黙っていたが、本当はこう言いたかった。

〈冗談じゃない。こんなところでそんなことはしたくない。おれには長年温めてきた恋へのきれいな想いがある。おれのポリシーに反するよ。おれは傷つきたくないし、相手も傷つけたくない。汚れたくないし、汚したくもないいんだ〉

翌日、廊下で光元と出くわし、小声でこうささやかれた。

「あんたって子どもだね」

清美は少し考えて答えた。

「子どもでいい」

十九歳の彼女はつんとして向こうに行ってしまった。清美は思った。

〈おれは女の怖さというものを嫌というほど知っているんだよ。〝断る〟ということで、おまえを守ってやっているんじゃないか。そんなこともわからないのか。子どもはどっちだ〉

資格

竹棟担当の寮母であったのり子は、若い寮母の間にこのような〝秘めごと〟があることなどまったく知らなかった。

健康を取り戻した清美は、須藤ら寮生と職員有志十数名ほどで文芸サークルを立ち上げ、そこにのり子も加わった。サークル員の中には清美のような未就学だった寮生もおり、その人たちが一所懸命語る詩を聞き取り、代筆するのがのり子の役目だった。

サークルができると、須藤と清美のいる梅棟十一号室は自然とサークル室のようになり、人の出入りが多くなった。

六月に最初の詩集「光」の第一号ができてすぐの頃だ。梅棟十一号室に、のり子たち文芸サークルのメンバー数人が集まり、音楽の話に花を咲かせた。清美は、枕元のカセットテープレコーダーのスイッチを入れ、皆の雑談を隠し録りした。座が盛り上がってきたところで、清美は再生スイッチを押した。録音がまだ珍しかった時代で、清美のいたずらは大いに受けた。中でものり子は「あら！ これがわたしの声」とたいそう驚き、何度も再生を頼んだ。

清美と小川啓一は、通信教育でアマチュア無線の免許取得に挑戦した。

桜の園の近くには二つの大学があり、そこの学生がよくボランティアに来ていた。当時のボランティアは、今のように決まった仕事を受け持つのではなく、気の合った人について話し相手になることが多かった。清美の梅棟には、教育大学の山岸喜久雄という学生が姿を見せていた。電気工学に詳しかった山岸は、資格に挑戦する二人の師匠となった。

学校に行くことができなかった清美は、数学や物理の教育を受けたことがない。通信教育のテキストには、意味不明の記号がたくさん並んでいた。途方に暮れていると山岸は「試験問題のほとんどは過去の問題のくり返しだから、問題集の答えを暗記してしまえばいい」とアドバイスした。

暗記には自信があった。ペンを持てない清美は、文字を書く代わりに暗記力を磨いてきたのだ。五月に小川がアマチュア無線の試験に合格。清美は七月にアマチュア無線と弱電子修理施工三級に合格した。小学校卒業資格を含め、資格というものから無縁だった清美は、この合格で自分に自信を持つと同時に、自立の夢を新たにした。

初めての教会

清美の弟、浩二は父と同じ富士製鉄に入ろうとしたがかなわず、伊達の実家で父の雑品屋を手伝っていたが、やがて苫小牧の民間企業に就職。会社の転勤で横浜に暮らしていた。

八月に入ってすぐ横浜の浩二から清美に電話があった。

「一〇日の金曜日に帰ることになったんだけど、遅い便しかとれなかったさ。千歳に宿をとるんだけど、千歳から岩見沢は遠くないし、休みなので久しぶりに兄貴の顔を見たいと思ってさ」

その夜当直に姿を見せたのり子に、清美はさっそく頼み事をした。

「明日、弟がくるので、街に出る助けをしてくれないか」

「いいよ。明日、仕事が終わったら鳥居さんを駅に送ってあげることになっているから、一緒でよかったらね」

のり子と鳥居の教会通いはまだ続いていた。この頃には、二人の間に恋愛関係がないことを知ってはいたが、かつての恋敵、鳥居と一緒なのはやはり引っかかった。

一〇日の朝、浩二が桜の園の玄関に現れた。久しぶりに見る弟は、最後に見たミュージシャン風の長髪姿とは打って変わり、関東の競争会社でもまれてすっかりビジネスマンになっていた。続いてのり子が鳥居を伴って姿を見せた。三人の間でぎこちないあいさつを交わす間に、のり子はタクシーを呼びに公衆電話に向かった。やがて、タクシーが現れ、四人で相乗りして駅に向かった。のり子と鳥居がホームに向かい、浩二と清美は駅前の喫茶店で待つことになった。

「あの男は彼女の何」と浩二は清美に聞いた。

「彼女は教会に行っている人だから、誰にでも優しくしているだけだよ」

鳥居を見送ってのり子が戻ってきた。浩二が伊達の実家に持っていく土産を選びたいと言うので、三人は駅前のデパートに入った。

「何がいい?」

「おまえの買ったものなら何でも喜ぶと思うけど、お茶がいいかもな」

清美はお茶好きの母のことを思い出して言った。お茶を買った後、浩二は駅で別れを告げた。

二人だけになると、のり子は清美にこう声をかけた。

「ねぇ、せっかくだから、わたしの行っている教会に行ってみない?」

「うん。行ってみたい」

のり子に車いすを押され、駅前の裏通りを十分ほど進み、清美は生まれて始めて教会というところに着いた。

窓から清美たちの姿が見えたのか、車いすが教会の玄関に近づくと、中から数人の若い人たちが出てきて、雪囲い用の板を二本、階段にかけてスロープをつくってくれた。清美は車いすのまま教会の中に入ることができた。

「お昼のカツ丼を頼むところなんですけど、まだだったら一緒にどうですか」

車いすを押しながら青年会の若者が、こう清美に話しかけた。

「あっちが礼拝堂です。覗いてみませんか」

清美を教会に誘う機会をうかがっていたのり子は、清美に明るく声をかけた。

礼拝堂は教室二つ分ぐらいの広さで、四角い部屋の対角線に沿って扇状に長椅子が並べられていた。四つ角の一つに祭壇があった。祭壇は演台と十字架があるだけの簡素なもので、テレビで見た荘厳な大聖堂を想像していた清美は、その簡素さに逆に心が引かれた。

「思ったより、質素ですね」と清美は、率直な感想を車いすを押すのり子に告げた。

祭壇の反対側の角には聖書らしき本が並んだ書棚があり、もう一つの角にはオルガンが置いてあった。オルガンの前にいた小さな子どもを見つけると、のり子は車いすから手を離し、牧師の子どもだというその三歳くらいの男の子と「ネコふんじゃった」などの童謡を弾き始めた。

〈へぇー、子ども好きなんだなぁ〉と、清美は思った。

やがて「カツ丼が来ましたよ」と声がかかり、二人は会議室のような部屋で、青年会の若者とともに十字架の形に光っている蛍光灯を見ながら昼食をとった。食べながらものり子は熱心に教会の活動について清美に話しかけた。

〈この人は、おれを教会に誘っているな〉と清美は感じ取った。どうしようと考えはじめたちょうどその時、タクシーがやってきた。二人の会話はそれ以上進まなかった。

車内で二人はデパートで買ったハンカチセットを分け、途中八百屋に立ち寄って土産のスイカを買い、桜の園の玄関で別れた。一人になった清美は廊下でひざに載せたスイカを落として割ってしまった。

締めくくりは散々だったが、初めての〝デート〟で、清美はのり子を身近に感じることができた。

八月の終わり頃、清美の部屋にのり子が小さなカメラを持ってやってきた。

「このカメラで夜景が撮れる？」

それは誰でも写真が撮れるという流行のコンパクトカメラだった。それでもカメラのファインダーは目の悪いのり子には見づらいらしい。清美がのり子のカメラを調べている間に、のり子は傍らに置いてあった清美のカメラを手に取り、ファインダーをのぞきながら言った。

「あぁ、これは明るくて大きく見えるわね。わたしね、東京に旅行するんだけど、もしよかったらこのカメラを貸してくれない？」

のり子は、九月に一週間ほど休みを取って東京の親戚の家に顔出しに行くというのだ。

「柳原くんが同じカメラを持っているから、おれのを貸してもいいよ」

のり子に愛用のキャノン・デミを手渡し、ハーフフィルムの意味や、シャッタースピードと絞りの関係、夜景の撮り方など事細かに説明した。のり子は清美の説明を熱心に聞き、要所要所でメモをとった。そしてカメラとともに三脚とストロボ、レリーズの果てまで一式を持って帰った。

のり子の旅先から清美宛てに函館夜景の絵はがきが届いた。これが清美に宛てたのり子の最初の私信だった。その後、旅から帰ってきたのり子は、自分が撮った写真を清美に見せた。夜景もしっかり撮っている。

〝なかなかやるじゃん〟。機械の苦手そうなのり子が教えたことを忠実に守ったことに感心した。

九月になると、桜の園の梅棟、その開け放された非常口から西陽が差し込む。日脚が長くなり、夕陽が赤く空を染め始める。廊下はずっと奥までまっ赤な太陽のスポットライトに照らし出され、そこにいる人の顔も、働く寮母たちもすべてまっ赤に染まってくるのだ。

それは束の間の舞台劇を見ているようだった。やがて夕闇という緞帳が下り、清美はまた明日もすばらしい一日がやってくるような気がするのだった。

忍び寄る影

北海道で最初の障害者施設を支える寮母として、明るく振る舞っていたのり子であったが、職場の環境は過酷だった。

のり子は同僚と二人で四十人が暮らす竹棟を受け持っていた。

朝六時半から九時までの間に二人で四十人の配膳、下膳を行い、その後も、排泄、洗面、記帳などの作業が続き、まったくゆとりがなかった。入浴介助では、浴室の熱気と湿気に当てられながら、一日平均十人の体を丹念にこする。手足にまったく力の入らない者を起き上がらせ、全身が激しくけいれんする者を押さえる。体重のある男性を移動させる仕事は、とても女の力で負いきれるものではなかった。

夜勤ともなると、手足の不自由な寮生の安眠のための体位交換、排泄介助などを行わなければならない。重度の障害者の就眠準備は目の回る忙しさで、ほとんど眠れないまま朝を迎えることもまれではなかった。さらに夜勤が明けても、気持ちの優しい寮母たちは、帰宅を繰り延べても仲間の介助を手伝った。

二十六歳ののり子がもっとも年かさというぐらい、桜の園の寮母たちは若かった。開所二年目の七一年は過酷な労働も若さで乗り切ることができたが、七二年夏頃から疲れを訴える者が増えてきた。寮母たちは話し合い、当直を二名から三名に増員したが、寮母が増えない以上、これは日勤者を減らす結果にしかならない。日勤者への負担が増し、一九七二(昭和四七)年一二月になってついに腰痛で休む者が出始めた。


寮母たちの健康問題は桜の園だけの問題ではなかった。一九七〇(昭和四五)年の心身障害者対策基本法の制定を受け、全国各地で急速に障害者施設の整備が進んだものの労働条件の整備は遅れ、各地で腰痛などの健康問題が発生していた。

桜の園で寮母の健康問題が深刻になると、障害者問題を考える会の岩見沢サークルの面々が、この問題の中心になった。

一九七一(昭和四六)年の秋頃、知的障害の子を持つ主婦石田ルミエが、障害者のための学校建設を求める署名を持って岩見沢教会を訪ねた。一九七〇年四月に渡辺牧師から教会を引き継いだ西田直樹牧師には情緒障害を持つ兄弟がいることをもあって、強い支援を約束し、青年会などに協力を呼びかけた。青年会の中心メンバーであったのり子は、二つ返事で協力を誓った。

のり子は、西田牧師から渡された署名簿を施設に持ち込んで、利用者、職員から署名を募った。こうした取り組みの中から、西田牧師を代表とし、のり子と桜の園の職員、馬場晴彦、上舞桜子、縦井敏江、そして教会青年会の仲間や学生ボランティアたちによって、「障害者問題を考える会岩見沢サークル」がつくられた。サークルのメンバーは、月に一度、岩見沢教会の会議室を借りて障害者問題の勉強会を行い、全道各地の仲間と交流を深めた。

一〇月、日増しに寮母の健康問題が深刻になる桜の園で、ついに最初の犠牲者が出てしまった。それは、こともあろうに岩見沢サークルのメンバーだった。

寮母上舞桜子は、七二年六月に桜の園に寮母として就職して以来、主に重度障害者の棟を受け持ってきた。夏頃から続いてきた腰の違和感がこの朝に全身を貫くような激痛に変わり、一歩も動けなくなってしまった。這うようにして職場に病欠の連絡を入れると、近くの病院までタクシーを走らせた。診察の間も痛みは激しく、医師は即刻入院を勧めた。

各地の障害者施設で働く職員の間に腰痛などの健康問題が広がっていることを学んでいた岩見沢サークルのメンバーは、仲間から犠牲者が出たことに衝撃を受ける。岩見沢サークルのメンバーだった縦井とのり子、そして馬場は、これは施設全体の問題だとして桜の園の理事長に詰め寄った。

寮母たちの腰痛を初めは精神論で片づけていた理事長も、上舞寮母の入院に及んで事態の深刻さを認め、法人としての善処を約束した。

サークルメンバーは「サークル通信」という広報誌を発行し、〝腰痛問題は上舞寮母一人の問題ではなく社会の問題〟と寮母仲間に呼びかけたが、「どうせ、わたしは腰かけだから」などと無関心を決め込む寮母も少なくなかった。

一方理事会は、職場環境の改善を理由に主任制を導入。比較的勤続年数の長い寮母数人を主任に任命した。こうした動きにサークルのメンバーは強く反発し、労働組合結成の準備を始めた。

そして、一一月末。寮生の人数が腰痛問題の原因として、理事会は桜の園の寮生をこの年にできたばかりの「札幌グリンハイム」と「北湯沢湯の里」に振り分けることを通告してきた。

その十八名の中に、及川清美の名前があった。

ラストクリスマス

〈腰痛問題でわたしたちが騒がなければ、せっかくここを〝我が家〟と感じ始めてくれた寮生が、引き裂かれるようなことにはならなかったのでは〉

急な寮生の移転にのり子たちはショックを受けた。

一方、北湯沢湯の里に移動が決まった清美は、別れは辛いものの、新設されたばかりの施設の第一期生としてゼロから基盤をつくるのも楽しいと気持ちを切り替えた。それでも何の思い出も残さず、この施設を去るのは偲びがたい。清美は文芸サークルのメンバーと相談し、送別会を兼ねたクリスマスパーティを企画した。

一二月一四日、金曜日。

新棟にあった訓練室の機器が片づけられ、寮母に取り上げられたままになっていた清美のステレオがセットされた。

寮生、職員、寮母、そしてボランティアの学生が集まり、ステレオから流れてくる「若者たち」「小さな日記」などのフォークソングに合わせて、別れの歌を歌った。

宴が終わった後、清美は、仲間たちと遅くまで話をした。

清美はその時、梅棟十号室で仲間だった吉野の腕時計が壊れていることを思い出した。

「おれの腕時計をもらってくれないか」

清美は半年ほど前、長い間のあこがれだった腕時計を購入していた。時計を腕につけたまま介助を受け、寮母の首筋を傷つけたことがあって以来時計をはめていなかったのだ。

「ありがとう。それじゃあ、おれは代わりにラジカセをあげるよ」

二人は互いに大切なものを交換し合った。


一二月二一日、金曜日。清美たちは北湯沢に向け出発することになった。

居室で荷物をまとめていると、のり子が姿を見せた。

「及川さん。準備はできた？　なんか手伝おうか」

「もう、荷物はまとめてしまったから…。藤本さん、このテープレコーダーを使ってくれないか。もう一台あるから、あげるよ。いらなくなったら捨てていいよ」

「ほんと。いいの？　じゃあ使ってみる！」

清美は、手短に操作を説明し、マイクと一緒にカセットテープレコーダーを彼女に手渡した。

「時々でいいから、これでみんなの声を録音して送って」

「うん、約束する」

同室の須藤は部屋にいない。のり子と二人だけの最後の時間だった。

清美は、のり子に何か言葉をかけようとした。しかし、さまざまな思いは浮かぶものの、それが言葉にならない。

〈立つ鳥、跡を濁さず〉、そんな言葉が清美の脳裏に浮かんだ。

沈黙を破ったのはのり子だった。

「そうだ、及川さん。まだクリスマスカードを渡していなかったよね。これ、あげるね」

その場で思い出したように言うと、のり子は封筒を手渡した。そこにはクリスマスカードと一緒に短い手紙が入っていた。

一九七三年一二月二一日　のり子から清美へ

長いようで短かった日々。

あなたは良いお友だちに囲まれて、精いっぱい走りましたね。とても立派でした。

あなたの頑張っている姿が、どんなに周りの人を元気づけたことでしょうか。

これからも頑張ってください。心から拍手を送ります。

この手紙を書きながら、あなたが置いていってくれたたくさんの思い出をたどっています。

そして、ちょっぴり寂しくなりました。

三文文士さんのおつきの者の役目は、もう終わったのでしょうか。

あなたとの二人三脚のひもは、もう解かれてしまったのでしょうか。

第四章　危機

新天地

——三文文士さんのおつきの者の役目は、もう終わったのでしょうか。

北湯沢に向かうバスの車中で、清美はのり子からもらったクリスマスカードの意味を考え続けた。清美が詩を書き、のり子がイラストを添える「宛名のない手紙」は二年続いた。桜の園を離れることで「宛名のない手紙」も終わるものと考えていた。

そして、何度かラブレターを出したのり子との関係も——。

しかし岩見沢と北湯沢に離れてものり子は、〝おつきの者〟を続けたいと言う。「宛名のない手紙」の二人三脚はきっとまだ続く。それがどんなカタチになるのか、清美にはまったく想像できなかった。しかし生涯味わったことのない希望を清美は北湯沢に向かうバスの中で感じていた。

清美たちを乗せたバスは室蘭から伊達市に入り、長和《ながわ》のところで右に折れた。徳舜瞥《とくしゅんべつ》山の裾野から発し太平洋へと注ぐ長流《おさる》川沿いに約三十分。車窓の両側に山が迫ってくると、硫黄の臭いが鼻孔を刺激し始めた。

北湯沢温泉の開湯は一八九七(明治三〇)年。北海道では歴史のある温泉郷で、清美が入所した時代にはまだ国鉄胆振線が通り、北湯沢駅の前には、温泉旅館、国民宿舎、ユースホステルなどが軒を連ねていた。

温泉街に入ると、清美たちを乗せたバスは、駅とは反対方向に道をそれた。すぐに真新しい巨大な施設群が現れた。そこがこの年の一二月一〇日に完成したばかりの「北湯沢湯の里」だった。

北湯沢湯の里は、特別養護老人ホーム、重度身体障害者更生援護施設、身体障害者療養施設、診療所という四つの機能をあわせ持った全国にもまれな福祉・医療の複合施設だった。

北湯沢湯の里が開設したこの一九七三(昭和四八)年は「福祉元年」と言われている。時の田中内閣が福祉予算を大幅に増やし、障害福祉年金の支給範囲拡大や老人医療無料化などを実現したからだ。これに先立つ一九七〇(昭和四五)年、「心身障害者対策基本法」が制定されるなど、七三年を頂点に六〇年代の後半から社会福祉をこの国の最重要課題に位置づける気運が高まっていった。

一方、六〇年代を通じて、農村人口の都市部への流出が続き、北湯沢のある大滝村でも過疎化は深刻な問題となっていた。桜の園が開設した年、大滝村は福祉施設を誘致して人口減少に歯止めをかけようとした。これに呼応し全国のモデルとなるような〝福祉村〟をつくろうと志の高い福祉関係者が北湯沢に集まった。

「福祉」に熱い風が吹いていた時代だった。構想に役立ててほしいと地元の資産家が三万三千平方メートルもの土地を村に寄贈。ここに北湯沢湯の里の歴史が始まった。

北湯沢湯の里は、四つの施設が総延面積五千五百平方メートルの三階建ての中に一体となっていた。この中に約百八十人が収容される計画だった。薄いブルーが基調の建物に、車いすで階の上下を行き来できるようにと取りつけられた一階から三階を斜めにつなぐ巨大なスロープが福祉施設であることを告げていた。

何もかもが新しかった。

玄関ホールで、荷物の積み降ろしと、事務の引き継ぎのためしばらく待つように言われたものの、好奇心旺盛な清美は岩見沢から一緒に移動してきた谷本と、生まれて初めてのエレベーターで遊び、いくつもある空き部屋をのぞき回った。

その時、若い寮母が二人の行く手を塞いだ。

「ちょっとあんたたち、なにウロチョロしているの、どこでも入ったらダメよ」

いたずら者の二人は、元気のいい寮母にきつく怒られてしまった。

やがて、施設長と指導員が現れ、寮生の名前を呼び上げて、ついてくるようにと指示した。

清美の居室は三階の三三三号室。窓から森の見える四人部屋だった。

物珍しげに室内を見渡していると、清美の荷物を運び入れに担当寮母が入ってきた。顔を見ると、先ほど清美たちを叱ったあの寮母だった。名前を鶴見信子と言った。

北湯沢湯の里の初日は居室の確認だけで終わった。もう年末だったこともあり、その日のうちに清美は伊達市の実家に帰った。職員の多くは伊達市で暮らしていたため、湯の里と伊達市の間に送迎用のバスが運行されていた。清美はそれに便乗して伊達駅まで行き、そこから汽車に乗って黄金駅で降りた。

明けて一九七四(昭和四九)年一月九日。清美は湯の里に戻った。この日から清美の北湯沢での暮らしが始まる。

湯の里の一日は、六時に起床。七時半に朝食をとり、昼食を挟んで午後四時三十分までが訓練。夕食後、九時の消灯までが自由時間だった。水曜日と日曜日には介助入浴があり、月曜日にはシーツ交換が行われた。

新生活が始まったその日、清美のいる三階の廊下を体格のいい男がヤッケ姿でウロウロしていた。やがて、その男がひょっこりと清美の居室に顔を出した。

「面会の方ですか」と清美がたずねると、男は「まぁそんなところだ」と笑った。

「すみません。この栓を抜いてくれませんか」

清美はこれ幸いと栓を開けられなくて困っていたウイスキーを出した。北湯沢で飲酒が認められているかわからなかったので、寮母には頼めないでいたのだ。男は快諾した。

昼食後、清美は二階の運動訓練室に行った。北湯沢湯の里の訓練室は、桜の園とは比べものにならないほど広く、壁一面に広がったガラス窓からは、中庭を通してまばゆい光が差し込んでいた。訓練室の隣には、豊富な温泉を利用した施設自慢の運動浴室があった。

寮生には一人ひとりに訓練目標が与えられ、担当指導員に従ってリハビリが行われる。清美は指導員を知って驚いた。先ほどウイスキーの栓を開けてくれた体の大きい男だったのだ。男は運動療法士の谷川隼人といった。

何日か訓練に通い、慣れた頃、清美は谷川に聞いた。

「ここで、こうして訓練をしていけば、おれの体はよくなるんですか」

「残念だけど、訓練で直せるのなら、おれは今頃こんなところにはいないよ」

清美はそれを聞いて筋力トレーニングを外してもらい、温泉地ならではの水中訓練だけを受けることにした。

温泉プールに入り、体を浮かせると、体の緊張の強い清美は、これまで経験したことがない最高のリラクゼーションを得ることができた。

この日、正月に実家で書いたのり子宛の手紙を投函した。清美は、桜の園での別れの日、のり子に言おうとして言えなかったことを言葉にした。

一九七四年一月九日　清美からのり子へ

サヨウナラを言う前に、キミのその柔らかくカールした金色の髪に顔を埋めたかった。

サヨウナラを言う前に、キミのその雪のように白い顔をこの両腕に置き、瞳の奥をのぞいてみたかった。

サヨウナラを言う前にもう一度、キミの細いうなじにねじれたこの腕をかけ、しっかりと抱きしめたかった。

サヨウナラを言う前に、キミのその耳に言いたかった。


わたしはキミを愛している。

キミはこのわたしを、愛しているかと――

今日の日を大切に生きます。

そうすれば明日の日にこんなに悩まなくてもすむでしょうから――

〈裏面〉

今わたしは遠く離れた小さなあたたかい町の一日を思い出しています。
つれづれなるままにこうしてタイプに向かっています。
これから、そこの時の流れの中でどうしても言葉にできなかった言葉を書きます。
昨日までの生活の中では、あなたが一人の職員、そしてわたしが寮生であるためと、
そこがあなたにとって何よりも大切な職場のために、
わたしはあなたの前できわめて自分を抑え、消極的な態度をとらざるをえなかったのです。
またそれをあなたも黙って願っているようにも見えたのです。

わたしは思いました。
少し辛いけれどあなたが何も言わないことを願っているのなら、
内面はどうあれ外には出すまいと思ったのです。
それがあなたに対するただ一つのしてあげられること、
そしてそれがあなたを愛する態度だったのです。

いつかあなたはわたしに寂しい口調で話してくれたことがありました。
人はみんな一人、と。
もしそれが本当なら、こうして指の痛みを感じ、あなたに手紙をしたためなくとも良いのでは。

また今までつづってきた詩は何のため。
あなたはわたしに言った言葉を覚えていますか。
人という文字は二本の棒がより添いつくられるのではないでしょうか。
肉体はどうあれ、心と心がより添えれば一個の人に、人間になれるのです。
わたしはどんなに遠くにいる片われでも真実を伝えるものなら、
その二つのものはもう一個となる。
そういう意味で人間に、人になりたかったのです。

……………………………………


清美の手紙は投函の翌々日に岩見沢に着いた。

前日に当直だったのり子は、職場から戻ると洗濯物を持って、教会に向かった。部屋に洗濯機のないのり子は、よく牧師宅で洗濯させてもらっていたのだ。疲れから洗濯機の回っている間に居眠りをしてしまい、昼近くなって自室に戻ると、清美からの手紙が着いていた。

強烈な愛の告白に、のり子は顔をまっ赤にして布団に潜り込んでしまった。そして、夕方、青年会の友人が「夕ご飯を一緒に食べよう」と起こすまで、そのまま眠り込んでいた。

友人に起こされたのり子は、清美からの手紙を布団の中にあわてて隠した。その後、二人はカレーライスをつくり、四方山話をした。

八時近くに友人が帰るとのり子は手紙を読み返し、言葉を選びながら返事を書き、時間をおいて投函した。

一九七四年一月一九日　のり子から清美へ

こんにちは、三文文士さん！

新しい生活の中からのお便り、どうもありがとう。

明るい湯の里での一日をあなたはどんなふうに過ごすのでしょうね。

あなたが言う通り人は誰かに支えられ励まし合って生きていくものなのですね。

去年の暮れから今年にかけて、わたしは気の抜けたドロ人形のように、ボケッと過ごしました。

無我夢中ですぎたように見え、自分ではどこで何をし、どんなことを話したのか定かではないのです。ただあなたが雪の北湯沢に居てサヨナラをした、それだけが確かのようです。

あなたからの新しい生活に根を張った、力強い詩を待っています。

でも急がないでください。あなたの生活のリズムの中で、三文文士の本領を発揮できる時間はまだできないのではないかと思うからです。

お体に無理のないように少しずつその時間をつくっていってください。わたしはいつまでも待っていますから。

のり子は、障害者を介助する〝寮母〟として手紙を書き、決して〝恋文〟と受け取られないよう慎重に言葉を選んだ。

誘い

「三文文士さんのおつきの者の役目」をどのように継続すべきか。のり子に具体的な案があるわけではなかった。

そんな折り、障害者問題を考える会岩見沢サークルの集まりで、一月に札幌で開かれる全道大会に寮生を参加させるプランが持ち上がった。声をかける寮生として、かつて清美の仲間だった何人かが挙げられた時、のり子は大会に清美を呼ぼうと考えた。

のり子からの電話でこのことを持ちかけられた清美は担当寮母の鶴見に相談した。

「いいんじゃない。ちょうど一五日は買い物のためのバスが札幌まで出るはずだから、便乗できるように話してあげる」

一五日の朝に出発した北湯沢湯の里のバスは昼前には札幌駅に着いた。そこにはのり子のほか、桜の園で一緒に暮らした懐かしい寮生数人も車いすで待っていた。

駅で簡単な昼食をとった後、一行は会場である教育会館に向かった。ここはホテルも併設された会館で、清美たちはホテルに宿をとりながら、二泊三日の大会に参加した。

二日目、演台に立った桜の園の寮母、縦井敏江はこんな報告をした。

「職員不足の折から、週に二回もの夜勤があるなど勤務態勢が厳しくなり、精神的にも、肉体的にもまいってしまい、理事者側との交渉では十分な意見が言えない状態に追い込まれてしまいました。最後に出された園側の解決方法は、もっとも弱い障害者を犠牲にするものでした。園生約二十名が、半強制的に他の施設に移されてしまったのです。

ここで考えることは、介護する者の命と暮らしを守る闘いと、介護される者の暮らしを守る闘いとが、結びついていかなければならないということです。

障害者の犠牲の上に立った要求実現に、今さらながら自分たちがこれまで何をやってきたのか、考えさせられます」

大会最終日には、北湯沢湯の里から鶴見寮母と林寮父が、清美の介助のために駆けつけた。午前中で終わった大会の後、清美たちは、札幌オリンピックに合わせ一九七一（昭和四六）年一一月にオープンしたさっぽろ地下街を訪ねることにした。

林に背負われながら、清美はオーロラタウンの人工水路や壁線を眺め、レストランで食事をとった。そして、大通駅から札幌駅まで地下鉄に乗るという生まれて初めての体験をした。

札幌駅に移動した清美は、伊達の実家に「夜八時頃、そっちの駅に着くので迎えを頼む」と連絡を入れ、汽車に乗った。

列車の中で一息つきながら清美は考えた。

〈さて、この旅は何のための旅だったのか。会場にいたみんなはあそこでいきり立って、何をしゃべり合っていたのか。なんでそんなに頑張っていたのか。ギャップを感じる自分はサボっていたのか。

この答えは今すぐには出ないのかもしれない〉

翌日、清美は実家の車にステレオセットを積み込み、湯の里に戻った。鶴見寮母にステレオの持ち込みを尋ねると、あっさりと了承されたのだ。

清美は鶴見に世話になった礼を言い、立て替えてくれた汽車賃を払おうとしたところ、鶴見は「千五百円でいいよ。わたしも勉強になったから」と言った。

清美たちの移動を招いたのは自分たちのせい——。

昨年末の出来事を引きずるのり子は、贖罪の気持ちで散っていった人たちにせっせと手紙を書いた。とりわけ北湯沢に行った及川清美への思いが強くなっていたことを意識しないわけにはいかない。

しかし、のり子は、清美への関心を、〝布教活動〟と自分自身に言い聞かせ、教会の説教を録音したテープを清美に送り続けた。一方、清美はのり子の積極的な姿勢を自分に対する愛情として受け止めた。

一九七四年一月二九日　清美からのり子へ

今、のりの贈ってくれたテープを聞いているところだ。

よくやってくれたねぇ！　もし、のりがこの手の届くところにいるのなら、

その首っ玉にしがみつき、ほおずりを贈りたいところだゾオ。

これからも、いく度も聞くだろう。テープがすり切れるまで。
そのたびに思うだろう。おれは、詩を書き続けて良かったと。
たとえそれが、ろれつの回らない言葉であったとしても、
それが嘘偽りのない、自分の姿なのだから。

そうして、それをただ一人の人に、力いっぱい伝えたい。

キミと呼べる、あなた、に……

依頼人

二月五日、北湯沢湯の里の開所式が行われ、清美たちの文芸サークルが発行した「こぶし」という詩集が、印刷されて来場者に配られた。

開所式にあわせて、白老の訓練所から十名ほどの新メンバーが入所し、清美が一人で暮らしていた三三三号に葛西一雄と高橋薫の二人が入ることになった。皆、清美と同じ脳性麻痺の障害者だった。

こうして寮生の陣容がそろうと、寮生たちの要望を拾い上げるため自治会がつくられ、清美は初代会長に選ばれた。

就任の際に指導員から「生活をしていく上でどんなバックアップが必要ですか」と聞かれた清美は「そんなに堅苦しいものではないので、あまり肩肘張らなくていいと思います」と答えた。清美は、職

員と寮生の関係が対立的にならないよう、寮生の気持ちを伝えるパイプ役に徹した。

北湯沢の暮らしになじみ始めた清美に、大きな転機が訪れた。仕事としてテレビやラジオの修理が清美に依頼されることになったのだ。

隣部屋の寮生が持参したテレビの故障を、清美が直したことがあった。これを知った指導員が、あらためて清美の調書を読み直し、清美が「弱電子修理施工三級」の資格者であることを知ったのだ。

「ここは町から遠いため、そういった修理をやってくれるところがないんだ。及川さん、その気があるなら、修理を仕事としてやってもらえないか」

もちろん清美に異存はない。修理を行う専用の部屋として二階の食堂横に小部屋が用意された。

家電修理の正規の資格を持つ清美に、渡り廊下でつながった老人ホームからも、修理の依頼が入るようになった。

二月のある日、老人ホームから、壊れて映らなくなったテレビを直してほしいと依頼された。悪戦苦闘の末、映るようになると、依頼した老人は「兄さん、その不自由な体でえらいね」と励まし、「お礼だ」と言って二ケースのタバコを清美に置いていった。

数か月後、清美は夜中にトイレに向かった。時計は夜十一時を指していた。

トイレの側に、老人ホームへと続く渡り廊下がある。清美がトイレに近づくと、廊下をわたって老人ホームに向かう人の姿が見えた。間違いなく、テレビ修理のお礼にタバコをくれたあの老人だ。

〈こんな時間に、療護部のトイレに、どうしたんだろう〉

訝しげに見ていると、老人は清美に向かって会釈をした。消灯後なので清美は、声はかけず会釈を返してトイレに入った。

次の朝。清美の三三三号室にやってきた寮母は、細々と世話をしながらこんな話をした。

「そうそう。及川さんがこの間、テレビを修理してあげたおじいさん、昨夜亡くなったんですって」

「えっ、それ何時頃？」

「昨日の夜十一時頃だって」

「……」

その後も清美のところにあれこれと修理の依頼がきた。ある時は職員住宅のテレビの修理のため、雪の降る中を背負われていった。清美の活動は、記者の目に留まり、新聞に取り上げられた。

「テレビ、ラジオの修理任せて」「手足マヒを克服　湯の里の及川さん」

こんな見出しの新聞記事を見て喜んだ清美の両親は、初めて北湯沢湯の里三三三号室に清美を訪ねたのだった。

苦悩

順調な滑り出しを見せた清美の新生活に対して、のり子を覆う影はいよいよ暗くなっていった。

二月、のり子から来た手紙は、不吉な書き出しだった。


……………………

一九七四年二月一四日　のり子から清美へ

夕べは強い風、当直の夜。

ホームの暗い廊下もみんなの寝息と一緒に冷たく重く風は吹きぬけていました。
それはあの人たちが歩いてきた、血に染まった長い道の叫びのように。
息を殺してすぎていった悲しい日々の波紋のように。

優しいあの人たちの上に嘆きの雨を降らせたのは誰だろう。
明るいあの人たちの明日のこよみをめくる手を、どうぞ洗ってください。
あの人たちの眠る真っ白いベッドに土足で立つのは止めてください。

あぁ、わたしの手は汚すぎる。小さすぎる。この足は弱すぎる。
こぼれ落ちそうなあの人たちを呼び止めておくために、
どうぞ誰か、わたしと手をつないでください。

岩見沢の労災病院に入院した寮母上舞桜子の容体は一向に改善されず、腰痛緩和のため体を二十四時間固定して牽引していたので、身動きできない状況が続いていた。三月五日に予定されていた手術は不可能と判断され、四月に延期となった。

上舞の腰痛が、桜の園での重労働が原因なのは明らかなのに、病院は内因性のすべり症と診断。これを受けて労働基準監督署は労災とすぐには断定できないという態度をとった。労災が認定されないと医療費の減免措置を受けられず、休職中の給料も大幅に目減りしてしまう。

こうした上舞の状況を心配した岩見沢サークルの仲間たちは、労災が認められるまで上舞を支え励ます運動を始めた。

腰痛問題は一人の寮母、一つの施設の問題ではなく、福祉行政の問題、日本社会の問題——。

のり子たちはこのように訴えて職員、寮母たちに勉強会への参加を呼びかけたが、腰を痛めていない寮母たちからは、

「介護の仕方が悪かったのよ」

「もともと腰痛持ちだったんじゃないの」

「きっと誰かに振られたショックなのよ」

こんな陰口も聞こえてきた。

貧しい農家に生まれ、長い間希望の見えない暮らしを続けてきたのり子にとって、桜の園の寮母の仕事は、生まれて初めてと言っていい希望に満ちた仕事だった。

ところが就職からわずか三年で、桜の園は、疑心に満ちた暗い職場になってしまっていた。何よりも、このことがのり子には耐えられなかった。

清美に対して努めて〝おつきの者〟という立場を守ってきたのり子だったが、この頃から寮母の予防着を脱ぎ始めていった。


……………………

一九七四年四月二日　のり子から清美へ

わたしが選んだ道はおつきの者を続けるということだったはずでした。

それはあなたがその目で見、出会った人の中で体験し、その手でつかみ取った大切な言葉を、

一緒に守り育てる手助けをすることだったはずなのです。
今までの三年間の道がそうであったように、これからも静かに厳しいまでに、
長く美しく続くべきではなかったのかと思うのです。

けれどわたしは、張り詰めていた気持ちがゆるんでしまったようですね。
もともと甘えん坊でわがままだったわたしは、おつきの者としてではなく、
小さな子どものように自分のことだけを考えるようになっていたようです。

そんなわたしが目を覚ましたのは、約束どおり窓を叩いて届いたあなたの心と、
苦労してつくられたテープのあなたの声の重さなのです。
最後まで一緒に考えてくれて本当にうれしいです。

こちらでは上舞寮母さんの入院（腰痛症のため）が長引き五日に手術をします。
縦井さんは今腰痛で休みをとっています。
わたしの周りにも相当厳しい風が吹いてきました。
でも、寒くはありません。仲間と一緒に風に向かって歩き始めたから。

四月に入り、岩見沢サークルのメンバーは「社会福祉職員の職業病をなくす会（上舞さんを守る会）」という名前で上舞の労災認定を求める署名活動を始めた。そして「守る会ニュース」という通信を発

行した。

岩見沢から離れて久しい清美だったが、桜の園の学生ボランティア、山岸喜久雄を通して事情に通じていた。山岸は、清美が桜の園にいた頃の電気の先生で、北湯沢に移ってからも連絡をとり合い、家電の修理に使う部品の購入などを頼んでいたのだ。

四月二五日、清美は、のり子を励ます手紙を書いた。

一九七四年四月二五日　清美からのり子へ

いつかキミがこの弱々しいおれを勇気づけてくれたねぇ。その勇気を今、キミにそっと返すよ。


少しおれのことを話そう。

キミが知っている通り、おれはこんな境遇に生まれついた。だからおれには小さい時から自分の物は何もなかった。また人の何倍も苦労をし、ようやく自分の物が見つかった時、この世のいじめっ子がいともたやすく取り上げ、跡形もなくなくしてしまった。

すべては捻じれたこの手にする前に空中に飛び散り、かけらすらなくなってしまった。

普通の子どものように歩く先には夢はなく、またそれを聞いてくれる人もいなかったよ。

こうした幼い日々には歪んだ反抗を押しこらえ、我慢と失う物を持たない強さしかなかった。

でも今はちょっと心配。

失いたくないものを持ち始めたからだ。またそれをこの手に置く前に失いそうな、そんな感じがする。

もういらない、遠い日々の悲しみは。もう無言のうちのさようならはほしくないよ。

あまり投げやりな考えはしないでほしい。自分だけが苦しいのではないから。


………………………………


のり子が清美に返事を書いたのは一週間後だった。この間、のり子は手紙の封を切る時間もない慌ただしい毎日を送っていた。

のり子は、岩見沢桜の園に就職が決まったのをきっかけに、金沢履物店の主人の妹、伊藤宅から、岡部靴修理店の二階に越していた。のり子の新居と教会とは直線距離で百メートルと離れていない。

のり子は、日中でも自宅のカギを外し、仲間が自由に出入りできるようにしていた。

「上舞さんを守る会」は岩見沢教会を活動拠点にしていたが、通信の発送作業など活動が深夜に及ぶと、時間の制約のないのり子の部屋に移って作業を続けた。この頃には、たえず数人の寮母が病欠するありさまで、残った者への負担が増えていった。それに加え、自室を「守る会」の活動拠点に提供していたのり子には、身を休める場所がなかった。

肉体と心の疲労が重なり、ぎすぎすし始めた職場で聞こえたちょっとした言葉、何げないしぐさに心を落ち込ませていたのり子は、なかなか清美からの手紙を開封する気にならなかったのだ。

そうして一週間。世間はゴールデンウイークに入り、守る会の活動もいったんお休みとなった。

久々に一人だけの時間を過ごしたのり子は、ようやく清美の手紙を開いた。

——キミが知っている通り、おれはこんな境遇に生まれついた。

この言葉にのり子はハッとした。

これまで、清美がどんな育ち方をして桜の園に来たのか、考えることはなかった。のり子自身、ほかの人よりも肌の色が白いというだけで、子どもの頃は死にたくなるほどのいじめを受けたにもかかわらず。

自分とは比べることのできない重い障害を持って育った彼は、どれほど辛い思いをしながら、これまで生きてきたのだろうか——。

それなのに、あんな美しい詩を書ける心を持っている。彼と引き換え、ちょっとのことで心を乱してしまう自分はなんと弱いのか——。

のり子は、感じたことを素直に手紙に書いた。

一九七四年五月三日　のり子から清美へ

わたしは元気になりました。

あなたからの励ましの言葉に触れて、何度も何度も、その心に触れて。

今日になってわたしは、ようやく自分を取り戻すことができました。

わたしの何倍も苦労をしたあなたなのに、想像できないほどの悲しみと苦しみを背負いながら、
詩を詠うことを忘れなかったのですね。
あなたのその強くたくましい、真剣な姿に、わたしは励まされました。

だからもう、悲しがるのは、止めにしましょう。
疲れた言葉と心には、今はさよならしましょう。
明るい春風の中で、まぶしい空を見上げて、歩いてみましょう。

集団生活

五月三日の返信を清美もすぐに読むことはできなかった。五月一日から診療部の病棟に入院していたのだ。入院の理由は過労だった。

四月に入り、相部屋の葛西一雄から自治会長であった清美に対し「自治会の活動に動きが見えない」というクレームがついた。清美はそろそろ根回しの役割も終わったと考え、会長のバトンを葛西に渡した。養護学校上がりの葛西は強引な性格で、彼が自治会長になってから寮生と職員の関係が対立的な方向に向かって走り出し、両者の間に立った清美は神経をすり減らした。

この頃、清美の部屋に養護学校出身で十八歳の村神隆が入所してきたのだが、村神はまだ子どもで、人との接し方ががわからない。入所後すぐにつまらないことで更生部の利用者の男性を怒らせてしまった。男性は持っていた杖で村神を追い立て、村神は泣いて清美の部屋に戻ってきた。

じっと村神の訴えを聞いていた清美は、はっきりと「からかったおまえが悪い」と叱った。逆上して向かってくるかと思ったが、村神は神妙にしていた。その後、村神は何かにつけて清美を頼るようになった。

北湯沢湯の里の中で、清美だけが人の話を〝聞くこと〟ができた。ほとんどの寮生は絶え間なく自分の主張を誰かに聞いてもらいたがっていた。唯一、人の話を〝聞くこと〟のできる清美のもとには、そんな寮生が夜昼となく訪れるようになっていた。

わがままな同室者との逃げ場のない密室での関係、そして他人の迷惑を顧みない寮生の〝話〟につき合わされ、清美はすっかり疲れてしまったのだ。

そして四月末、過労と診断されて入院。とは言っても、病棟は同じ建物の中の二階にあり、清美は、たとえ病気になったとしても施設から出ることのできない現実を知る。

一九七四年五月八日　清美からのり子へ

あれからすぐに手紙を出そうと思ったのだが、身体の具合があまりよくなく、今まで遅れてしまった。こちらでいろいろなことがありすぎるほどあり、おれはほんの少し疲れ、七日間ベッドにいたよ。

さて今回はおれの一番好きな歌、とくに歌詞が良いものを選んで送るからキミの心に慰めになればいい。

今、連なる悩みの上に、まるで飛び石のように点々と、いわし雲がかかっている。

あの、青い空に浮かぶ一群のいわし雲の端っこに、わたしは乗りたい。

あの、平坦な海原に浮かぶ、白い小さな雲の下にあなたの物干しの手がわたしを招いてくれるかもしれないから。

あの透明な春の空を、まぶしく涙で見上げているかもしれないから。

だから今わたしを、あのいわし雲の端に乗せてほしい。

この優しい寂しい春が行き過ぎる前に。気だるい夏が来る前に。心を乱す秋風が吹く前に。

世界が冷たい氷に閉ざされる前に。

冬と春の間にかかる、空を旅する一群のいわし雲の端っこに、わたしは乗りたい……


今のこの気持ちがキミの胸にわかるのなら、わたしはそれで幸せに感じられる。

この長い歴史の中にあまりに短い人の命。そしてその愛。

これからもあなたに何かを伝えるでしょう。

わたしは思う。季節がいくら移り変わろうとも、そしてこの目の前の物と人々が立ち去ろうと、
わたしのあなたへの愛は変わらないと。


今度そちらのすべてのことが落ちついたらこのわたしに「こんにちは」を言いに来てください。

それまで心の部屋の戸にカギをかけて、たった一人の手を待ちます。

一週間の入院で健康を取り戻した清美は、のり子のため、テープレコーダー数台を駆使し、大好きな洋楽をダビングしたオリジナルミュージックテープを作った。

もっとも、体の不自由な清美がこの作業を行うのは大変な苦労だった。同室の好奇の眼差しから逃れるため、清美は園内のさまざまな行事を途中から抜け出し、人のいなくなった部屋でカセットテープレコーダーと格闘した。

——おれの一番好きな歌を選んだから、キミの心の慰めになればいい。

しかし、清美の励ましは、のり子に届かなかった。

五月九日。激痛がついにのり子の腰を襲ったのだ。

激痛

入浴介助の搬送役だったのり子は、七十キロもある巨漢の女性をベッドからストレッチャーに移そうとした。

腰をかがめ、女性の背中に手を回して腰に力を込めた瞬間、稲妻のような痛みが走った。

悲鳴を上げそうになったが、ここで手を離してしまうと女性は床に叩きつけられてしまう。のり子は必死に痛みをこらえ、女性を移すまで手をゆるめなかった。

ストレッチャーに無事におさまった姿を確認するとのり子は、苦痛に顔をゆがめながら、助けを求めた。

「やっちゃったみたい。ごめん、ちょっと代わって……」

この時、二十二人の寮母の中で、腰痛で病院に通う者七名、入院する者一名というありさまだった。

〝ここでわたしが休んだら、他の人に迷惑がかかる〟

のり子は腰の痛みを隠しながら勤務を続けた結果、症状はさらに悪化。五日後の朝、風邪の発熱も加わり、寝床からまったく起き上がれなくなってしまった。

職場に病欠の連絡を入れ、必死の思いで労災病院に行くと、休業一か月の診断を受けた。のり子は、そのまま自室に戻って布団をかぶった。

夕方、縦井と田川が見舞いにやってきた。

三人の世間話は清美の話題となり、のり子は清美が自宅に戻っていたことを二人から知らされる。

五月一日から北湯沢湯の里の診療部に一週間入院した清美だったが、退院後間もなく背骨の線に沿って十二個も腫れものが現れた。皮膚科の治療は北湯沢では難しいため、清美は伊達の実家に戻って治療に専念していたのだ。

「そういえば北湯沢に移った及川さん、結構大変なようですよ」

清美とつき合いのある学生ボランティア山岸は、清美の状況を大げさに桜の園で語った。

のり子の部屋を見舞いに訪れた縦井と田川は、茶飲み話の一つとして、山岸から聞いた清美の近況を話したのだが、それを聞いてのり子はいても立ってもいられない。

清美の身を案じたのり子は、痛む腰をいたわりながら、教会の説教テープとイラスト入りの手紙を急いで完成させ、伊達の及川宅に送った。

一九七四年五月一四日　のり子から清美へ

今、園をお休みしています。九日の日、腰を痛くして。
骨には異常がなく、休めば治ると、医者に言われたので一安心。

あなたの方は、どうなのでしょうか？
とても、辛いのでしょうか。とても、さびしいでしょうか？

お願いですから、元気になってください。
ちょっとだけ心配、ね。おつきの者、としては……

清美の里帰りは、背中の腫れものの治療もさることながら、すっかりアルコール依存症となってしまった父清二の様子をうかがうという目的もあった。久しぶりに見る父の手は震え、アルコール中毒そのものだった。

母のヤエは「このまま、家にいてくれるわけにはいかないのかい」とすっかり弱気になり、初めて清美を頼る表情を見せた。しかし、清美には〈今さら、頼りにされても……〉という気持ちがあった。「おれだって北湯沢でいろいろ仕事があるから」と突き放した。

そんな折り、岩見沢ののり子から伊達に手紙が届く。北湯沢ならまだしも、伊達の実家に手紙が届いたことに清美は驚いた。

一九七四年五月二七日　清美からのり子へ

深い川の表面だけを見て、あぁなんと美しい川だと、誰もが思うでしょう。

でも、川底の寂しい静けさ、エメラルド色の青さは、実際にそこに入った者でなければ、本当の美しさは、わからない。同時に、人の本当の姿を知るということは、とても大切に思えるよ。

とくに、かけがえのないキミを、もっとこのぼくに、理解させてほしい。


ぼくはいつも、心に青い風が吹くと、キミのその青い眼に会いたくなる。

たとえ、キミに会ったとしても、何も、キット言えなくなるだろう。

そんな時、黙ってこの薄汚れた顔を、のぞき込んでくれ。


あぁ、会いたいな、キミに。

キミのその、青い瞳をわたしは、見に行きたい。

その優しい言葉を、キミの話す優しい言葉を、わたしは聞きに行きたい。

それでは、夢の中で七色の橋の上で会いましょう。

『清美からのり子への手紙』
（1976年11月9日）
タイプライターの紙を取り替えることが難しい清美は一枚の紙にできるかぎり文字を詰め込んだ。

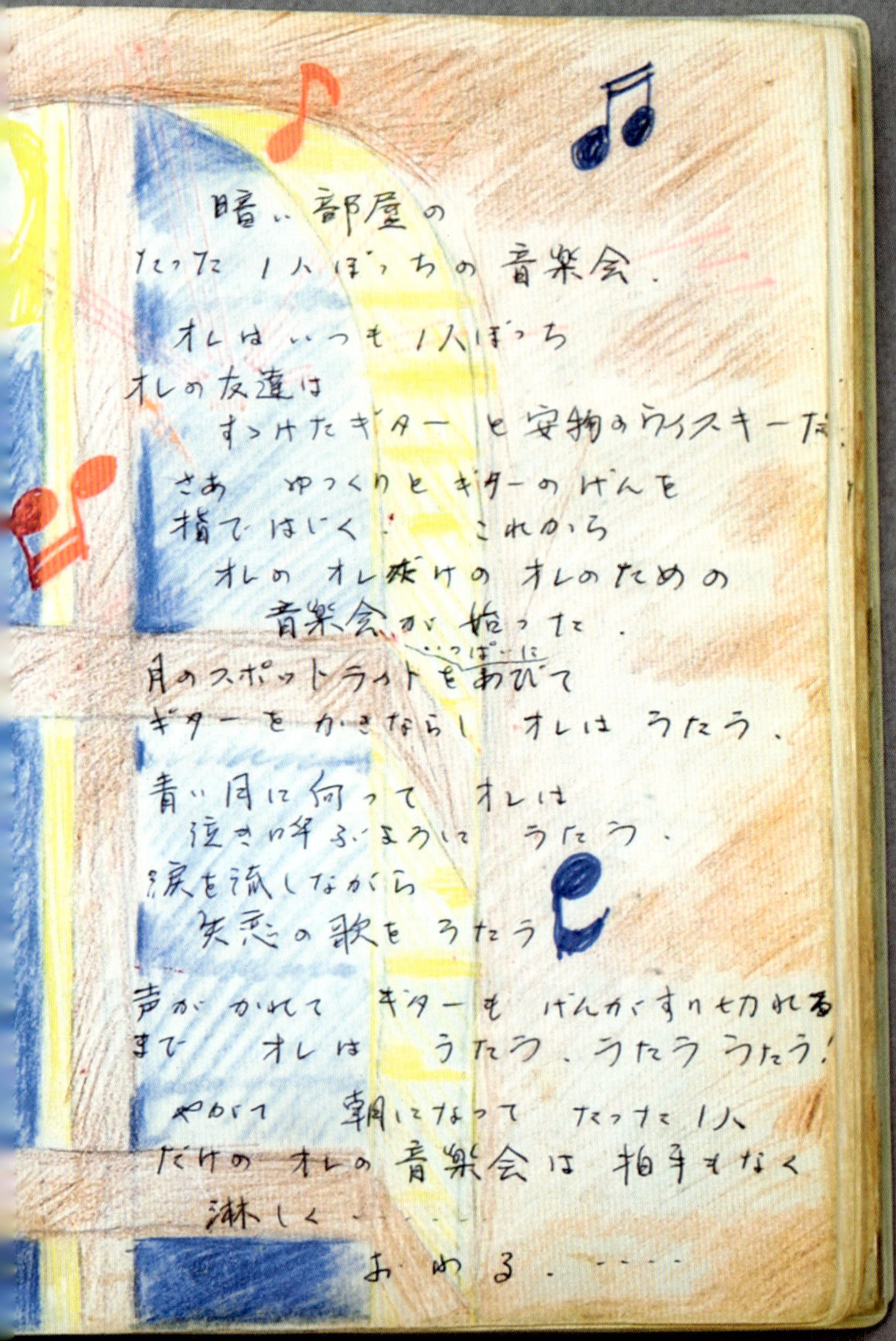
暗い部屋の
たった１人ぼっちの音楽会。

オレはいつも１人ぼっち
オレの友達は
すゝけたギターと安物のウイスキーだ。

さあ　ゆっくりとギターのげんを
指ではじく！　これから
オレの　オレだけの　オレのための
音楽会が始った。
月のスポットライトをいっぱいにあびて
ギターをかきならし　オレはうたう。

青い月に向って　オレは
泣き叫ぶようにうたう。
涙を流しながら
失恋の歌をうたう

声がかれて　ギターもげんがすり切れる
まで　オレは　うたう、うたう　うたう！

やがて　朝になって　たった１人
だけの　オレの音楽会は　拍手もなく
淋しく……
おわる。……

『宛名のない手紙』
18cm×13cm、210ページ。初めは「キヨミの詩集　その青春の記録」と題された。この「僕のほしいもの」が書かれた頃からのり子が担当し、二人が離れてからも1977年頃まで続いた。

僕のほしいもの

ぼくの欲しいものは

大きな
赤い　太陽さ

ぼくの欲しいものは

真紅な　まっかな
バラ　1輪さ.

ぼくの欲しいものは

青い　あおい
海の色さ.

ぼくの欲しいものは

大好きな　きみの
キスさ!

いまごろ　ふるさとの家で
何をしているのかな？
薪ストーブで
背中あぶりをしているだろうね
かあさん

それとも
古い毛糸で
わたしのクツ下でも
編んでいるのかな　かあさん

今頃の
ふるさとの海は
白く氷れる牙で
磯舟の舟べりを
激しく叩いているでしょうか。

今頃の
ふるさとの
静かな町と気高い山は
やわらかく
れたでしょうね

かあさん

白い ふるさと

かあさん
あの たくましい 汽車が
見えますか
部屋の窓から いつも
見ていた 粉雪舞う
空の下を
力強い汽笛響かせ 走って
いますか
ごおれる 風の中に……

ネコの タロベエは
毛糸の玉を抱いて
短かいしっぽをふり ねむの里
いまごろ
自慢のチャンチャンコが
暖かすぎて
ねぶかけ コックリ
しているのかナア
かあさん

すっぽりと
雪化粧

今頃の
ふるさとは
雪に
まあるく包まれて
寂しいくらいに
とっても静かでー
やさしいでしょうね

かあさん……

わたしが もう少し・・・・
わたしが もう少し小さく軽ければ
あなたの その 胸のポケットに入り
子供の頃の夢を見たい
わたしが もう少し小さく 軽ければ
あなたの その 長い まつげに ぶら下り
瞳の中を のぞいてみたい
わたしが もう少し小さく軽ければ
あなたの そのほっぺに 流れる 涙の川に
七色の舟を 浮かばせ
どこまでも 銀のカイで こいで行きたい
わたしが もう少し小さく 軽ければ
あの春風に舞うちょうの背に乗り
野の草をつんでいる
あなたの回りを ひらひらと飛び回りたい

足かせ

この肉体の この苦しみは
いつまで続くのか、、
この重たい 足かせは
誰れが 肉に深く食い込ましたんだ
又、このわたしに 鉱鉄の足かせをひきづり
何をすれと言うんだ
わたしは これまで
たった1日も この重苦しい 自分の肉体と
戦わない日がない
そんなわたしを見た宗教家は わたしの
冷たく 血を吸った 足かせを なで
エモノを見すえる目で そして
やさしい口調で 言った
「現生が続く限り その肉体から 重たい
足かせは 外れる事はないだろうが、来生は
その不自由の足かせが外れるように
わたしが 仏様に お願いをして 上げますから
安心して下さい」 と言った。
ほんとうに それだけしか この肉体に
かせられた足かせを 外せる道はないのか
なら わたしのからだに ガッチリと 食い込んだ
クサリが、足かせが… 指を、身を、
動かすたび 自分の肉体に 自分で
軽べつと 下げすみを 持ち わたしは
この肉体が朽ち果てるのを
たった1つの夢とし 希望として
限りなく長い 人生の路を
足かせを ひきづり… 歩く。

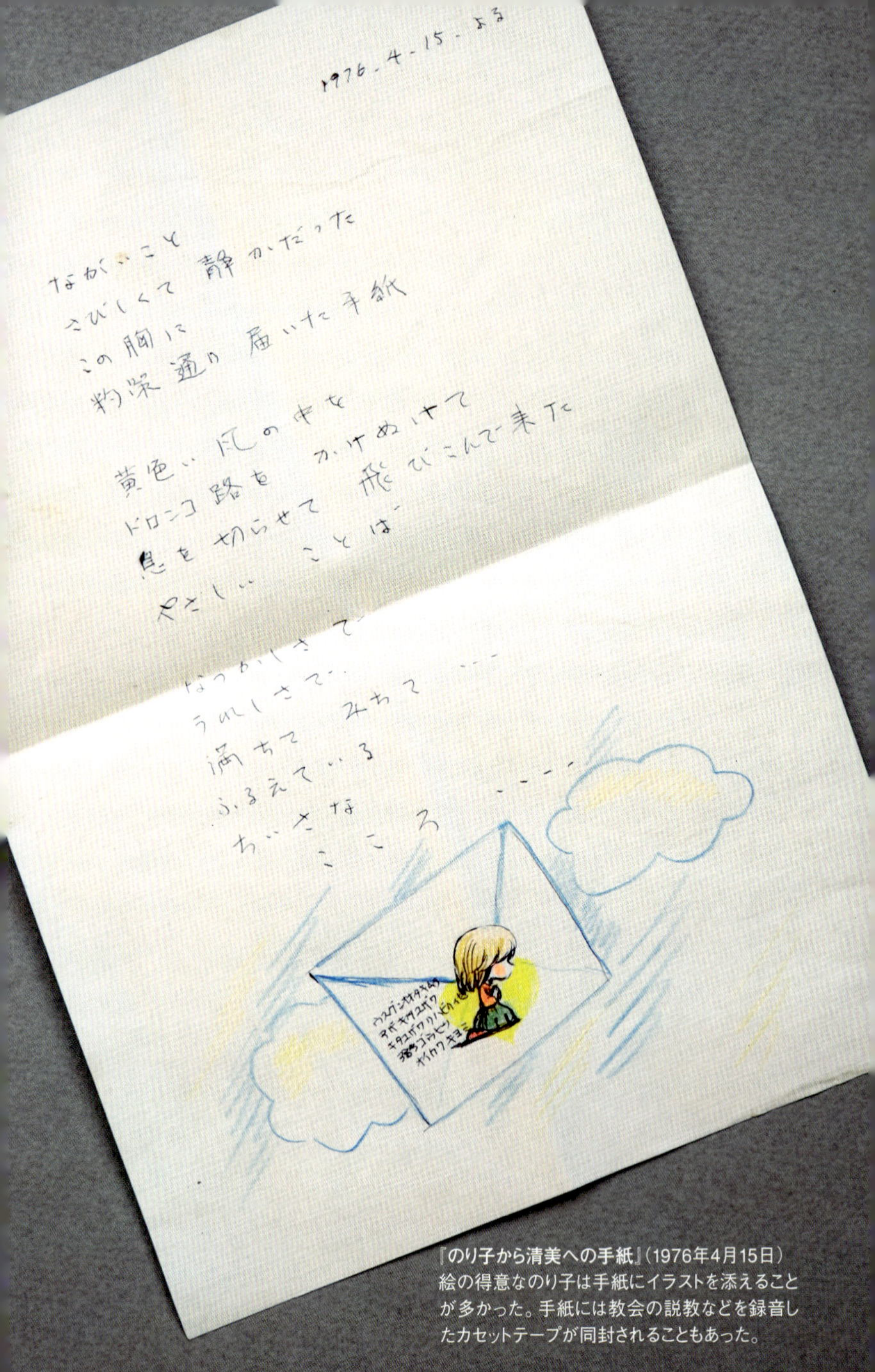

1976.4.15.よる

ながいこと
さびしくて　静かだった
この胸に
約束通り　届いた手紙

黄色い　風の中を
ドロンコ路を　かけぬけて
息を切らせて　飛びこんで来た
やさしい　ことば

なつかしさで…
うれしさで…　…
満ちて　みちて
ふるえている
ちいさな　……
こころ

『のり子から清美への手紙』（1976年4月15日）
絵の得意なのり子は手紙にイラストを添えることが多かった。手紙には教会の説教などを録音したカセットテープが同封されることもあった。

似顔絵だけの手紙

上舞に続き、のり子まで腰痛に倒れたことで、桜の園は、消灯時間の繰り上げ、休日の居室掃除の軽減、着替え交換の抑制、ハバートタンクという利用者の体をクレーンでつり上げ入浴させる最新鋭の介護装置導入などの対策を矢継ぎ早に実施した。

刻々と変化する桜の園の様子は、休職中ののり子のもとにもすぐに届けられた。しかし、安静を言い渡されているのり子にできることなどない。医者の指示に従い、陽が高くなっても布団の中でじっとする日々が続いた。

一向によくならない腰痛。労災問題の矢面に立って苦悩するサークルの仲間。増していく将来に対する不安。そして何もできない自分……。

自室でただ一人、眠くもないのに布団にくるまりながら、後ろ向きに気持ちを追い込んでいったのり子に、清美から届いた手紙は、

――夢の中で七色の橋の上で会いましょう。

と結ばれていた。

清美は、二人の関係をすでに「恋人の関係」にあると思っているのではないだろうか。

清美に言われたひと言が、心の重しを取り除いてくれたことは確かだし、文通を続け、日に日に、自分の中で清美の存在が大きくなっていくのは感じる。

しかし、それが愛なのか――。のり子にはわからなかった。小さな時から過酷ないじめにあい、親しい多くの人を失ってきた自分に、人を愛することができるのか。自分の愛は、ただ神にのみ捧げられているのではないか。

自分は、清美の〝おつきの者〟であって、それ以上ではない。それ以上になる自信もない。そうであるならば、このままの関係を続けていくと、互いにとって不幸な結末が見えてしまう。深夜に床から起き出し、のり子は清美宛ての手紙を書き始めた。

一九七四年六月一日　のり子から清美へ（出さなかった手紙）

わたしは今心からあなたを恋しいと思っています。でもこの心が愛につながるとは思っていません。一夜の夢にすぎないことのようにも思えるからです。

こんな……こんなわたしですが、あなたはこれから先、わたしとどんなかかわりを持とうとされるのですか？　いったいこのわたしの中にどんな夢を見ようとされるのですか？

三年前　あなたの詩を読むようになってから、あなたの心を感じていました。真剣でひたむきな愛を感じ始めていました。けれど信じていたわけではありません。

わたしは小さい時から人を信じると疲れてしまうことを知っていたからです。

なぜって……わたしの周りからあまりに多くの親しい人たちが去っていったし、多くの冷たい瞳に出会ってきたからです。

だからあなたが呼んでいる声が聞こえても答えようとは思わなかったし、今でも本当の意味で振り返る勇気はありません。


わたしは不安です。

今のわたしたちには一緒に信じて目指して歩いていけるものがありません。

だから昨日も今日も安心して眠れる夜は来ないような気がします。


あなたはこれから先何を信じて明日を迎えようとされるのですか？

あなたにとっていったい何が大切なものなのですか？

そしてどんな未来を育てようとされるのですか？


どうやらわたしは懲りもせず、あなたの呼び声を聞いて振り返ってしまったようですね。

どうぞバカなわたしを笑ってくださって結構です。


……………………………………………………………………


翌朝、のり子は昨夜、何度も書き直したはずの手紙を、日の光の下で読み返した。

これを出してしまえば、わたしは清美を永遠に失ってしまう――。

のり子は、手紙を封筒に戻さず、引き出しの中にしまった。

もう一度、手紙を書き直そうかと思ったものの、文字にできる言葉は、昨夜、出尽くしてしまったはず。

迷いながら、机の上に視線を泳がせると、桜の園にいた頃の清美の写真を鉛筆で丁寧に書き写したイラストが見えた。のり子はこのイラスト一枚だけを封筒に入れて投函した。

二日後、清美は、愛らしい封筒に入った岩見沢からの手紙を受け取った。封を切ると、中には自分を写した鉛筆画が一枚だけ。鉛筆で描かれたイラストは、写真と見間違えるほどのできで、これを書くのに多くの時間を費やしただろうと感じられた。しかし、そこに言葉はない。

同室の好奇の目線から逃れるために、消灯後、あらためてイラストを取り出し、薄明かりの中で眺めながら、これの意味を考え続けた。翌日、清美はのり子へ手紙を出した。

一九七四年六月四日　清美からのり子へ

ネエどうしたの。何故言葉を書いてくれないの？
もう、キミがこの僕に言う言葉は無くなってしまったの？
もし、そうではないのなら、今想っていることを、すべて聞かせてくれないかな？
そう、キミの思うことすべて聞きたいから。
キミがキミのことを教えてくれなければ、
僕も僕のことを教えることが、できなくなってしまうようだよ。
だから、教えてほしい。その心のすべてを、キミの向こうにある悲しさと寂しさを、僕に……　キミの青い目の湖に眠る深い真理を……


手紙を受け取ったのり子に返事を書く余裕はなかった。

六月八日。清美からの二通目の手紙が届いた。

一九七四年六月七日　清美からのり子へ

あれから、何も変わってはいない。

時が、雲が流れる。移り住んだけれど、何も変わってはいない。

ほーら、ごらん、遠くの昨日という日から、おれがキミに言う言葉が、変わっているかい？

いや、何も変わってはいないだろう。


けれど……本当は……だから、白い雲の上に乗って考える。誰かのことを。

けれど、何も見えない、闇がとても辛く怖い。眠りに就くと、
明日には会えないような気がする。

友の寝息を聞き、心配する。足音を聞き、時を知る。そんな時また、強い何かを感じる。

それを知らず知らずに夢が近づける。

そんな夢も、夢は夢。ギラギラとした朝陽が、夢の中のキミをボヤかし、さらってしまう。

そんな時、おれは強く願う。
あの、明るすぎる朝陽に、破られないような、夢を作りたいと……
そして、ここから見える、赤い屋根の下〔職員住宅〕に、その夢を置こうと……

あぁキミ、キミはこのおれに何を望めというんだ。
そして、それがキミだと言うことも、キミは知っているのか。
もし、今本当に、理解し愛することが、悔いのない、心に沿うことなら、
もっと、傍に来てほしい。

やがて、長雨も終わりが来る。夏がくり返す。
だが、そこにはキミの姿がないのが、不思議で、寂しい……
これからますます、日差しが強くなる。だからキミも、頑張れよ。

一緒に送られてきたカセットテープを聴きながら手紙を読み、のり子は言葉で返事を書かなければならないと考えた。

三文文士様、さっきまで古い日記を引っ張り出して読んでいました。
わたしにも、冷たい社会に出て、人と違う自分を憎み、人を信じることができない、暗い日々がありました……

青白い蛍光灯の下、出だしの数文字、数行を書いては筆が止まり、便せんを破り捨ててしまう。そんなことが何度もくり返された。

……………………

三文文士様、お体の具合はどうですか。テープのこだまが返ってきたのはとってもうれしいのだけれど、あまりにも重く感じて……わたしは今日まで、声を出せなかったのです。命って重たいな。この命を、いったい誰が背負ってくれるでしょうか……

……………………

清美とのかかわりを終わらせる手紙を書くはずだった。
しかし、腰痛との戦いという出口の見えない日々の中で、職場への門は閉ざされ、仲間や寮生とも切り離された時間が長くなるにつれ、清美との関係を清算しなければと思う気持ちはいつしか消えていった。

……………………

あぁ　返ってきた、こだま、こだま
わたしの耳は、破れそう、わたしの心は、張り裂けそう。
あぁ　うれしいのに、うれしいのに、わたしの瞳は、涙に濡れる。
わたしの胸は、震えてしまう……

……………………

便せんに向かい、心の中の奥底から言葉を汲み上げ、文章に整理する作業をくり返すことで、のり子は清美の存在を確かめていった。

職場も、仲間も、すべて失おうとしている中で、遠く離れていても、いつもそばにいてくれようとする清美はかけがえのない存在。彼を失ったら、わたしには何も残らない――。

そう心に決めると、筆は進み、手紙を書き終えることができた。

六月二〇日、のり子は久しぶりに晴れやかな気持ちで日の光を浴び、北湯沢の清美に手紙を出した。

一九七四年六月二〇日　のり子から清美へ

神様、今日もあの優しいこだまさんが帰ってきてくれました。

元気になって！　こんなうれしいことはありません。

あぁ天の父なる神様。あの人を守ってくださるのはあなたなのですか？

わたしは今日まで生きてきて本当よかったと思っています。それはわたしとあの人が出会うためだったのですね。


遠い日、暗いトンネルで泣いていたわたしに「死んではいけない。どんなに人と違っていようとも、身体にハンディがあって人に嫌われようとも、おまえは生きていきなさい。命は地球より重く大切な役目を持っているのだから」と、天の父はキリストを通して言われましたね。

でもわたしはその大切な役目がいったいどんなことなのか、今まではっきりしていませんでした。

ただ「安心して生きていきなさい」という言葉がうれしくて、それからの日々のどんな悲しみにも苦しさにも負けずに来られたのです。

その言葉を聞けたことに勇気づけられたのです。天の父なる神様、だからわたしは今、心からありがとうを言いたいのです。

大切なあの人との出会いのために、遠い日からわたしに呼びかけ、一人の人間として大切な言葉をいつもこの耳に聞かせていてくださったことに、心からありがとうを言いたいのです。

あぁ神様、わたしのこの喜びがあの人の心に伝わるでしょうか。あの人は一緒に喜んでくれるでしょうか……。

わたしは今まで人を理解したいと思ったし努力もしてきました。けれど人に自分を知らせようとはしませんでした。たぶん他の人に言ってみても、どれほども伝わらないだろうし、かえって疲れるだけではないかと思っていました。

でも今は違います。

もしわたしが今も自分を固く閉じたままでいれば、わたしはあの人と何のかかわりもなくなってしまいます。もしわたしが一番大事にしているものや、うれしかったことや苦しさ悲しさ、そして望みを伝えないのなら、優しいあの人とは何もかかわりを持たないで通り過ぎてしまうでしょう。

どうか神様、わたしを今まで守り育て、育んでくださった天のお父様、あの人の心にわたしの喜びを伝えてください。

あの人の勇気がわたしを力づけてくれたように、わたしの明るさがあの人にとって慰めとなりますように。そして始めに言葉で養ってくださったあなたに、あの人と一緒にありがとうを言うことができますように。


とても長い手紙になって、疲れたでしょう？　これはね、四日がかりのわたしのお祈りなのです。

だから全部をすぐにわかってくれなくていいんです。

ほんのちょっとだけでもあなたに伝われば……それでわたしは幸せなのです。

誤解

六月二二日。北湯沢で、清美はのり子の手紙を受け取った。

意図を理解しかねたイラストだけの手紙からおよそ二十日。その間に、清美は二度も手紙を送っている。

何が書かれているのか。清美は緊張の面持ちで封を切り、便せんいっぱいに書かれた文字をしばらく見つめた。

——大切な〝あの人〟との出会いのために

――〝あの人〟の心にわたしの喜びを伝えてください
――〝あの人〟と一緒にありがとうを言うことができますように

文中に頻繁に登場する〝あの人〟。それはいったい誰なのか。

のり子は自分の知らない〝あの人〟との恋を育て、ついには結婚することになったのか。

そして、その喜びを遠回しに伝えようとしたのか……。

一読後、清美はのり子の手紙をこのように読んでしまった。

のり子のような若く美しい健常者が、自分のように障害のある者を恋の対象とするはずはない。ここまで、何度も手紙や録音テープをやり取りし、お互いの気持ちを確かめ合ってきたはずの二人だったが、清美からこの疑念が消えたことはなかったのだ。


いったん破り捨てようかと思った手紙を乱暴にベッド脇の引き出しにしまうと、清美はこのことを忘れるべく、訓練室の温泉プールに体を浮かせた。

清美は、温泉に浮かんでいるのが好きだった。自分にとって束縛である身体が、この時だけは解放される。

温泉プールの中で、考えまいとしても手紙について考えてしまう。

〈もしかすると、のり子の手紙の〝あの人〟は、自分のことではないだろうか?〉

北湯沢の心地よい温泉で心がほぐれてくると、こんなひらめきが起こった。

清美は、温泉訓練も早々に居室に戻り、同室の寮生がまだ訓練から戻っていないことを確認して、再び手紙を取り出した。手紙にある「あの人」を自分に置き換えて読むと、先ほど感じた不快感はきれいに消えさり、いつもの愛しいのり子が立ち現れた。

白か。黒か。決着をつける時が来た――。

清美はそう判断した。それは、清美にとって一世一代の大勝負だった。

障害という明らかな事実に加え、このか弱い体がいつまで己の命を支えるのか。重度の障害を持つ者にしかわからない〝死〟の恐怖まですべてのり子にさらした。

一九七四年六月二四日　清美からのり子へ

今、キミからの手紙が着いたところだ。

先回の手紙の言葉がもの凄いスピードで、胸の中でくり返されている。それはいつもと同じ可愛らしく優しい言い回しの言葉だったのだが、その中に息苦しさを覚える程の、悲しみに近い思いやりがあった。

とうとう真実をぶつけてきたか。また来るべきものが来たか。それは愛する時の終わり、手を振り合えないさようならか。

もし、こんないざりとしてのおれがイヤになってしまったキミなのなら、おれはもうその心には二度と弁解しない。もう二度とこんな気遣いはおれにだけはするな！

それからおれが重たく感じるのならそう言ってほしい。

しかし今のこれが、単に恋愛というものならおれはこの道を歩みたい。それはキミとおれだけしかいない道だと思う。そのどちらかが挫折感を見た時、それはこの命に終わりがあるように、愛にも終わりがくると思う。

そこで強く言いたい。その意志をはっきり言ってほしい。

そのキミにひと言聞こう。今までたびたびキミの手紙に書いてきた、とっても気になることがある。「わたしは三文文士のおつきの者だけなのです」ということなのだが、これをおれはどうとればキミに対し正しいのかな。

キミは言う。おれのことは何もわからないと。ただ言えることは、自分の自由になるものがあまりに少なかった。この体を始め母親、父親、そして兄弟までも敵意を感じることがあり、自分で自分の用ができないばかりに、食事と水の制限をされた時があった。

そのあげくに十二の年、腎臓結核にかかり、一生爆弾を抱えて暮らすはめになってしまった。この病気がこのまま進むとすると、そんなにはおれはこの光の中に入られない。その日がいつになるかもわからない。

だからこの日がおれの上にある限り少しでも自分のできる限りのことをし、ただ一人の人を信じ愛したい。それがキミに言えるおれからの言葉。そして心の叫び。祈り。

こんなおれをキミはどうとるのかな。

さて、家でのおれはみんなが寝静まった頃に起き上がり、ラジオの深夜放送を聞くのが何よりの楽しみだった。毎晩のように夜空の満天の星を見ていつもこう思っていたよ。

なんてたくさんの星の数だろう。もしあの一つ一つの星が一人ひとりを表すものなら、このおれの星はどの星かな？　そして本当の話し相手になってくれる星はこの夜空の下に存在してくれるのかと。

そこには季節がまるでなかったよ。自分が生きているのか死んでいるのかもわからなかったんだ。だから岩見沢はおれが生まれて初めて一個の人間として人となれた場所だと思っている。三文文士としての感情も、そこで立ち働く温かい人たちというキミがいたからだといえる。

こうして最後の行を打ち終えた時、おれはそのたびごとに思う。これがキミとおれの最後の対話になるかもしれないと。この三枚の便せんにぎっしりと書き込まれたことも、つまり一行に満たない言葉だと思う。

それはキミが考えてほしい。

六月二九日。北湯沢からのり子のもとに小荷物が届いた。

中を開くと、二十四色のクレヨンとカタカナタイプの手紙。クレヨンには、きちんとリボンがかけてあり、五日後に迫った誕生日プレゼントであることを示していた。

自分の誕生日を覚えていてくれたことがうれしく、期待に胸を膨らませて清美からの手紙を開いた。

しかし、のり子はその激しさにたじろぎ、読み終える頃には涙をこぼした。

〝再開〟の手紙として書いたつもりのあの手紙を、清美は〝終焉〟ととらえてしまったのだ。

のり子は取り乱したまま釈明の手紙を書き送った。

一九七四年六月二九日　のり子から清美へ

命に終わりがあるって本当?

あなたとの交わりの日にサヨナラがあるって本当?

どうしてそんなふうになるの?


確かにわたしはあなたを愛しているとは言い切れないし、あなたのためにそんなに苦しんだことはないし、あなたのためにあまり涙を流したことも、命を投げ出したこともないけれど、キリストの十字架の死だけが愛の本当の姿だし力だと思うから。

でも、この重たい長い一日一日、わたしの心はあなたのことでいっぱいなのです。

弱そうに見えてとても強い人、遠くにいるけれどとても近い人、死にそうに見えていつも生き生きと成長している人。わたしの胸はこんなにあなたの命の息吹を感じ、とても幸せでいっぱいなのに……。

あなたとの交わりに終わりがあるなんて思えません。決して信じません！
あなたはいざりじゃありません！

ただ体にハンディがあって、今の日本の社会がそのハンディを負った人々のために、またその家族のためにするべきことをしていないから、今が苦しいのではないでしょうか。

こんな、お説教みたいなこと言わなくても、あなたに「知っているよ」って言われそうね。
ただわたしが前に書いた手紙の文章が下手なために、あなたを嫌になってさよならがしたい、なんていうふうに受け取られちゃったみたい……。

今日はあなたに誤解されていては一番悲しいことだけ書きました。

好意はあった。他の誰よりも強い好意はあった。けれど、確かにそれは愛だったのか——。
六月二九日、清美への返信に筆をとるまで、のり子はそれをあいまいにしていた。障害者施設の寮母と寮生という保護と被保護の関係を引きずりながら、自分にとって都合のよい存在であってほしい

というしたたかな思いが、どこかにあった。そんなのり子に対し、清美は手紙を通して態度表明を迫ったのだ。

七月一日、北湯沢湯の里で、寮母が清美宛ての手紙を持ってきた。

清美は、手紙の開封をためらった。

十日前に手紙を出してから、清美はのり子があの手紙をどのような気持ちで読むか、どんな返事が返ってくるのか、考えない日はなかった。明快な絶縁の手紙が来ることも、二度と手紙が来ないことも想像した。

手紙を届けた寮母には何げない顔を見せながら、封筒の色形、宛名の文字から中身を推しはかろうとした。

封筒の開封は、同室の寮生が寝静まるまで待った。そして、薄明かりの中、涙をこぼしながら清美はのり子の手紙を読んだのだ。

一九七四年七月一〇日　清美からのり子へ

よく、本当によくあれほどまでのことを教えてくれたねぇ。

この貧弱な言葉では表現できないくらいにうれしいと同時に、今さらながらにキミと対話し続けてよかったたよ。

ぼくは幼い時から家族の者たちからいつもはじかれ、自分を恥ずかしいものであるかのように育てられてきたので、ゆがみと疑いの心が知らず知らずのうちに植え付けられたようです。

そんな氷のような心に、萌え立つ詩人の感情を吹き込んでくれたのはあなたなのです。だから今までわたしが歩んできたことも、あなたがいつでも見守ってくれていたからだと思います。自分はたった一人ではないことを信じ、今まで笑いの中で生きてきたのです。

今こうして考えて見るとなんと生きていることのすばらしさ、またこのハンディがあればこそあなたという優しさと思いやりを見ることが、そして感じることができ、うれしいよ。

でもキミはわかるよねぇ。もしもあなたとわたしの会話が終わったとしても、その後にほのぼのとした思い出と、わたしたちが出会ったという足跡を残したい。だからわたしはこの長くて短い時の流れを、あなたとの心の触れ合いにしていきたい。

前からそっと真横に回った幸せを、涙で感じている三文文士より

大切なおつきの者ことのり子へ

一九七四(昭和四九)年七月一二日、清美からの返信の封をのり子が切った時、二人の遠距離恋愛が始まった。

第五章　遠距離恋愛

心の支え

一九七四(昭和四九)年の夏。手紙で互いの気持ちを確かめ合った二人は、この頃から電話でもお互いの近況を伝え合うようになっていた。

清美に余分な負担をかけたくないと、電話では努めて明るい話題を選んで話すのり子だったが、手紙と違い電話という肉声のやり取りでは、腰痛を引きずるのり子の苦痛が息づかいとして伝わってしまう。

労働組合結成にまで進んだ桜の園の腰痛問題は、道内の福祉関係者の注目するところで、北湯沢の職員の間でも成り行きを見守っている者は少なくなかった。

それなのに清美への気遣いばかり見せ、自分のことを語ろうとしないのり子に、清美は歯がゆさを覚えた。この期に及んでもなお、気苦労をかけまいとするのり子に気遣いをやめてほしかった。苦しい胸のうちをすべて打ち明けてほしかった。

ウォーターゲート事件でニクソン米大統領が辞任し、テレビ各局が朝からこのニュースを伝えた八月八日。テレビに注目する人の輪から外れ、清美は自室でタイプライターを打ち始めた。

一九七四年八月八日　清美からのり子へ

今苦しいのはキミだけではない。キミはこのおれの心なのだから。

キミは、おれたち仲間のためにその身体とその手を尽くし倒れた。その痛みの中でたった一人で苦しんでいる。おれはキミの痛みのあるところをさすってあげることもできない。

おれはこれでいいのか。

キミを愛していると言う資格があるのか？　またその償いをどう表せばいいのか。

そしてその身体を突き抜ける苦痛を、何をもって征そう。

キミの弱々しい声を聞いていると、とても気持ちがせき立てられるのを覚える。できることならばこの声が伝わってくる電話線をたどりキミに会いに行きたい。いつかおれを看病してくれたように。

あの時のキミのエプロン姿は、病弱なおれの心に何か激しい感動を、そして女である美しさを見せてくれた。そんなキミだというのに、大事なキミが病んでいるというのに、おれはその傍に行って付き添ってやることもできない。ただ胸が張り裂けそうな気がする。

のり子は座椅子の背にイーゼル風の台をつけ、そこに清美の手紙を置いて正座して読んだ。このような姿勢をとらないと痛みが耐えがたかったのだ。のり子の病状は一向に良くならなかった。この頃には、腰ばかりか背中や肩も痛み始めていた。


かといってキミはこのおれに何も言うなと言っているのではない。

おれはキミにすべてを告げてほしいし、おれもキミにわがままいっぱい言いたいのだから。

それでは今日はこの辺で、あまり焦るな。

チョッピリ心配の三文文士より、

傷ついた羽を休めているおつきの者へ

……………………………………


視線が結びの文章に落ちた時、いても立ってもいられなくなり、のり子は北湯沢湯の里の番号を回した。寮母らしい女性の声が出てから、清美が出てくるまでの数分がとても長く感じられた。

「及川さん。のり子です。こんな時間にごめんなさい。お邪魔じゃなかった?」

「大丈夫だよ」

「手紙、読みました。及川さん、ごめんなさい。わたし……」

のり子は、堰を切ったように桜の園のこと、一向によくならない腰痛のことを、清美に話した。

一九七四年八月一一日　のり子から清美へ

三文文士様　やっぱりあなたは走ってきてくれました。力強いあの汽車になって。ほんとにあなたは優しくて強くて、慰めに満ちていて、そしてちょっぴりおかしくて、今のわたしは長い間一人で歩いてきた悲しみを忘れるくらい、しあわせなのです。ありがとうサンね。

休職から三か月経ても病状が回復しないため、のり子は労災申請に踏み切った。しかしのり子の場合、腰痛に加え頸肩腕症候群を発症している初めてのケースだったため、かかりつけの整形外科の意見書を添えても労基署は労災を認めようとしなかった。

市立病院で診断をやり直し、あらためて診断書を提出したが、労基署から、札幌の病院で受診し直し、意見書を書いてもらうようにと突き返されてしまう。

誰がどう見ても桜の園での過労が病気の原因なのに、医学の世界では認められない歯がゆさ。労基署と病院との間のたらい回し。絶え間ない体の痛み。このまま労災が認められなかったらという不安と、施設で過労に耐える仲間を尻目に休む自分。

くずれそうになるのり子の心を、清美は手紙と電話で必死に支えた。

一九七四年八月一五日　清美からのり子へ

ぼくは周りの人たちから見るととても強く見えるらしい。だがそれはこの自分の本当の弱さをキミという人が見ていてくれると思うからさ。

ぼくはキミと同じ道に立つまで誰かと少しの触れ合いをし、本当のことを言う前に、すべてが裏切りの風に見失ってしまった。その傷だらけの中でキミを見つけた。それだけにかけがえのない大切なキミだ。

それよりも大切に思えることは、少しでも健康を保ってほしいと思う、精神と肉体に。そして焦らず心にゆとりを持って、この荒れはてた道が喜びと交わりの道に変わることを信じて。だから今はその頬を涙で濡らさないでほしい。

一九七四年八月二五日　のり子から清美へ

とても元気で活躍している三文文士こと、わたしの大切な清美様。

たびたび電話してごめんなさい。うるさいでしょう?

こんなことではいけないなって反省しています。

今日は日曜日。いつものように教会で聖書のお話を聞いて、青年会の話し合いに出て帰ってきました。大勢の人たちの中で、わたしは一人の寂しさを感じていました。

郵 便 は が き

料金受取人払郵便

札幌中央局
承　　認

7614

差出有効期間
平成32年 5 月
31日まで
●切手不要

060-8787

800

札幌市中央区北三条東五丁目

株式会社 共同文化社

行

お名前　（　　歳）

〒　（TEL　－　－　）

ご住所

ご職業

※共同文化社の出版物はホームページでもご覧いただけます。
http://kyodo-bunkasha.net/

愛読者カード

お買い上げの書名

お買い上げの書店

書店所在地

▷あなたはこの本を何で知りましたか。

1 新聞(　　　　　　　　)をみて　　6 ホームページをみて
2 雑誌(　　　　　　　　)をみて　　7 書店でみて
3 書評(　　　　　　　　)をみて　　8 その他
4 図書目録をみて　　(　　　　　　　　　　)
5 人にすすめられて

▷あなたの感想をお書きください。いただいた感想はホームページなどでご紹介させていただく場合があります。

〈個人情報の取扱いについて〉

(1) ご記入いただいた個人情報は次の目的でのみ使用いたします。
・今後、書籍や関連商品などのご案内をさせていただくため。
・お客様に連絡をさせていただくため。

(2) ご記入いただいた個人情報を(1)の目的のために業務委託先に預託する場合がありますが、万全の管理を行いますので漏洩することはございません。

(3) お客様の個人情報を第三者に提供することはございません。ただし、法令が定める場合は除きます。

(4) お客様ご本人の個人情報について、開示・訂正・削除のご希望がありましたら、下記までお問合せください。

〒060-0033　北海道札幌市中央区北3条東5丁目　TEL:011-251-8078／FAX:011-232-8228
共同文化社：書籍案内担当

ご購入いただきありがとうございました。
このカードは読者と出版社を結ぶ貴重な資料です。ぜひご返送下さい。

わたしはわたしの大好きなあなたの知らないところで、あなたの知らないお話をあなたの知らない人たちの中でたった一人で聞いている。わたしはわたしの大好きなあなたと同じ言葉を聞いていたいのに。なのにわたしはいつも一人でひとりぼっちで聞いている。

この寂しい道はいつまで続くのでしょう。いつになったら大好きな人と同じ言葉を喜ぶことができるでしょう。わたしのこの小さな命に明日があるかどうか誰にもわからないように、人との関係にも終わりがあるのでしょうか。

わたしは不安になってしまう。わたしは終わりのない信頼関係がほしい！
大好きなあなたと同じところに心を置いていたい。同じ心で生きていたいのです。

今日は少し感情的になっているみたい。ごめんなさい。

海

電話でのり子を励ました後に、北湯沢で清美を待ちかまえるのは施設生活者という現実だ。
全国にもまれな福祉複合施設として華々しくスタートした北湯沢湯の里には、見学者、視察者がひっきりなしに訪れた。多くが温泉旅行を兼ねての見学。どこかゆるんだ表情で、廊下をぞろぞろと部屋部屋をのぞきながら歩いていく。

清美たちの三三三号は他の部屋と違い、車いすを使わずに移動できるように、ベッドとベッドの間の共有空間に畳を敷いていた。清美たちは、畳の上を這って移動していたが、これが見学者の哀れみを誘った。

畳で暮らす清美たちを廊下から珍しそうにのぞき、中には涙ぐみ「おぉ、かわいそうに」ともらしていく。

〈おまえらは、自分はこんなふうに床を這って歩くことは絶対にないと思いながら見ているんだろう。だけど、誰もここに入らない保証はないんだ。おれたちは動物園の猿じゃない。かわいそうと思うんだったら木戸銭を置いていけ〉

八月三〇日。そんな清美たちの棟へ、島田豊という三十一歳の青年がやってきた。

入居の当日、寮母に付き添われた島田は「今日ここに入所した島田です。これからよろしく」と一人ひとりにあいさつした。きちんとあいさつができることに感心しながら、清美は「こちらこそ」とあいさつを返し、自分の姓名を名乗った。

数日後、島田が一人で清美たちの部屋に入ってくるなり、こう言った。

「この部屋のボスは誰だ」

「そんなものはここにはいないよ。ここにいるのは小使だよ。それがぼくさ」

こんな言葉を返した清美をにらみ返した後、島田は闘いを挑む鷹《たか》のような眼差しで部屋を見渡し、こう宣言した。

「この棟をおれが仕切る」

清美は、同室の仲間の顔に恐怖が走ったのを見た。


それからまた幾日か経った頃、清美は島田に呼び止められた。

「おまえは本当に女みたいなやつだな。男ならもう少し荒々しいところを持つべきだ。そんな態度では一歩外に出たら食われてしまうぞ」

清美は、肩をすくめて言った。

「ぼく自身こんなふうにしか生きられない。たとえ女の腐ったみたいな生き方に見えても、それは仕方がない」

島田は反り返り、自慢げに言った。

「おれは将棋の四段の免状を持っている。おれは勝負師だ。だからここに勝負に来た」

島田は牢名主のように振る舞った。しかし、清美のことを女々しいやつとさげすむ態度を見せる一方で、どこか頼りにするところがあった。

ある時から、島田は九歳年下の寮母を、あたかも自分の恋人であるかのように盛んに誇示するようになった。寮母との恋路ではるかに先輩だった清美は、島田のこれみよがしの態度の裏に不安があることを見て取った。

島田の相手という寮母が清美の部屋にやってきた時、思い切って関係を聞いてみた。

「今現在は嫌いでもないし好きでもない。それなのに突然迫ってきたので驚いている。わたしの気持ちなんか全然わかってくれないし、あまりに一方的。このままが続くなら大嫌いになってしまうわ」

清美は小さなため息をつき、このことを島田に告げたものか、それとも内密にしておくべきか迷った。しかし、我が物顔に振る舞う島田を見ると、とても真実は告げられない。

一方的に恋を語る島田と迷惑顔な寮母。わずか数か月前、自分とのり子の関係はこうだったのかもしれない。

皆が寝静まったベッドの中で、風が木々を揺らす音を聞きながら清美はのり子を想った。

明日には手紙を書こう。清美はベッドの中で文案を練った。

一九七四年九月二三日　清美からのり子へ

今、そうぞうしい雑踏の中から抜け出し本当の自分に戻る時、おれはこの厚い仮面を脱ぐ。疲れをキミに話したい。

そして舞い落ちる枯れ葉の音が聞こえる。

キミとおれの季節が交われない愛が、あまりにきれいすぎる涙の尾を引いて流れていく。

この心に思うことは、キミのわがままいっぱい聞いてやれる時を、何よりもほしい。

この秋の枯れ葉の落ちる音のように、キミの歩んで来た道の寂しく苦しかったであろうことを、少しでも明るく飾り立ててやりたい。

キミは他の誰よりもすばらしく咲く、とてもかわいい恋人だから、どんなことがあろうとおれのすべての夢。明日の希望。

だからキミはこんなつまらないおれの後を、これからもずうっとついてきてほしい。
キミについてくると言ってほしい。
おれと一緒に歩く道はキミがこれまで歩いて来た道より、はるかに苦労が敷きつめられた
深く重たいぬかるみだろう。

おれはキミと別れ住むようになってから、自分の本当の弱さを思い知らされた。
おれはたった一人では生きてはいけないことに気づいた。
愛があることによって強く生きられる。

おれの心の中にキミが大きくあぐらをかき、大あくびをしていてくれるから、
安心して一日の激しい戦いもできる。
だからキミを一人の人間として美しく優しい女として愛していきたい。

この折れ曲がった体のすべてを賭けて。
その白い手をこのおれの方にいつでも差し伸べていてほしい。

....

三日遅れで岩見沢に着いた清美の手紙を読んだのり子は、すぐに北湯沢に電話をかけた。八月二九日に上舞桜子の労災がようやく認められたことが、のり子の心に明るさをもたらしていた。弾んだ声で、のり子はこんなお願いをした

「ねぇ、今度、海の話、してほしいな。あなたのお家から見えてたのかな。それとも、音がよく聞こえるのかな　わたし、キラキラした、あなたの大好きな夏の海を、あまり見たことがないの。今度、見に行ってこようかな。そして大きな絵にしてみようかな。

上舞さんの問題も一区切りついたので、わたしの部屋も静かになったのよ。会いたいわ。一度、あなたのふるさとを見てみたいの」

「うん、じゃあ、会おうか」

のり子にふるさとの「海を見せる」約束をしたものの、無神経な父親にのり子を会わせると何を言い出すかわからない。清美は一番話をわかってくれそうな下の姉である佐恵子のところに連れていこうと考えた。佐恵子夫妻は、室蘭に家を新築したばかりで、見に行くとかねてから約束していたのだ。

佐恵子と夫の肇は、清美の頼みを快く引き受けてくれた。

一〇月一六日、姉夫妻に迎えられて湯の里を出た清美は姉夫妻の新居に滞在し、三日目の夕方、義兄にのり子の写真を見せ、駅に迎えに行くように頼んだ。

義兄は「あぁ、この人なら知っている」と言い、三歳の長女スミレを連れてのり子を迎えに行った。

「あの人、桜の園でどこ見てきたんだろうねぇ」

佐恵子は苦笑しながら「あなたたちの布団は別々の部屋に用意しておくよ」と言った。

「うん、ありがとう」

清美の頭の中はいろいろな思いが交錯していた。

そして兄がのり子を連れて戻ってきた。

佐恵子が用意したご飯を一緒に食べて団欒した後、姉夫妻は気を利かせ早めに寝室に引き揚げた。茶の間に二人きりになったのり子と清美。のり子はひざを崩そうとはせず、緊張している。清美は話の合間を見て、恐る恐るひざに頭を乗せた。

………………………………………………………………………………

一九七四年一〇月一九日　清美からのり子へ

すばらしい。かわいい誰かとの日々も、夢のようにあどけない後ろ姿になった。また美しいキミとの限られた時の中で、自然の言葉の中にどうしようもない激しい感情が燃えるのを覚えた。

もしも、このキミとの時が永遠に続くものなら、そのなだらかな肩にそっと手を置き、強く抱きしめてみたかった。だがそれにはあまりに今のキミの健康が損なわれている。

そう思う反面キミのそのおれだけに微笑みかけてくれる透きとおる横顔、その柔らかい唇をそのままにして離れるのが辛く、キミがこの目から完全に消えさった後でもおれは自分に幾度となく言い聞かせた。

これでいいと。このままでいいんだと。今というこの時が最後ではない、二人にとって大きな最初の、そしてその第一回の語らい、優しい始めだから、きっとあの娘もわかってくれるさ……

おれはキミの丸みを帯びたひざの上に静かに頭を乗せてみる。すると横になっているおれの身体にキミのひざの柔らかさと温かみが、何か大きな優しさとなって頭から足の先まで痛いほど深く包み込んでいく。そしてキミのかすかな動きがおれの汚れた髪の毛からとてもはっきりと伝わる。その中に規則正しい大波の間に不規則で、とてもかすかな波が感じられる。

キミの言葉に軽い相づちを打ちながら、おれは心の中で思ってみる。キミはこんなにも優しい女だったのかと、あらためて思ってみる。これが単に幸せというものなら、それはとてもよいもの。

できるものならこのままでずうっといたいと思ってもみる。またそうできないことがキミにすまないと感じる。でもそれはもうすぐくる。キミと二人の時がきっとくる……

一九七四年一〇月二〇日　のり子から清美へ

優しかったわたしの三文文士様。

わたしの方は思ったほど疲れていません。

肩も腰も痛いけれど、やっぱり出かけていって本当によかったと思っています。

お姉さんにはお手紙出しました。優しい人たちですね。

わたしはとてもうれしい。こんなふうに明るいあなたとの再会があるなんて思ってもいなかった。

…………

本当に夢のような日々、あたたかい安らかな日々を作り出してくれてありがとうね！　神様、今のわたしたちに何が大切なことかを教えてください。

アルコール中毒

清美たちが佐恵子宅に滞在した一週間後、姉夫婦の千葉県への転勤が急に決まった。礼状の返信として佐恵子からそのことを知らされたのり子は、清美を案じてすぐに電話を入れた。

「お姉さんからお便りをいただいて、あなたより先に写真を見ちゃった。とても明るく撮れていたよ。あんなに優しく、温かい人たちと巡り会えて喜んでいたのに、もう会えなくなるのは、とても寂しくて残念ね。手紙であなたのことを本当に心配していたわ。元気をなくしているんじゃないかと思って、電話したの」

「ありがとう」と言って電話を切った清美だったが、姉夫婦のことより、実家の心配で頭がいっぱいだった。父清二のアルコール中毒は、母ヤエの手には負えないまでに悪化していたのだ。

一一月に入ったある日、文化祭の片づけをしている清美に電話が入った。

「清美、すまないが明日帰ってきてくれないか。父さんがまた暴れ出したんだ」

「……姉さんに頼んでよ」

「小さい子がいるから、手を離せないって言うんだよ」

「……わかった。明日帰るから、おふくろ、今日は頑張っていてよ」

清美は指導員に職員用の通勤バスに乗せてもらえるよう頼んだ。鶴見寮母が送りの介助にあたることになり、翌日、二人は職員を迎えに行く通勤バスで伊達駅まで行き、清美は鶴見の手を借りてタクシーに乗り込んだ。

清美が家に入ると、父清二の叫び声。

「おーい、ババア！　酒持ってこい！」

「オヤジ、おれだ。おふくろが心配しているから帰ってきたよ」

「誰でもいい。酒だ。酒！」

清美は居間で震えている母を、まず落ちつかせた。

「酒はない」

「ババア、酒だって言ってるだろう。酒！」

「おふくろ、絶対にやるなよ」

「酒だ！　酒！」

清二は、身の回りのものを手当たり次第に二人に投げ始めた。もともと廃品回収業を営んでいただけに、狭い居間ながら、二人にぶつける物には事欠かない。清美は部屋の隅で震えているヤエの前に移動し、盾となった。この時から一週間、清美はヤエの盾となり、清二の言葉の暴力を受け止めた。

「おい、タヌキがいるぞ。小屋に鉄砲があるから持ってこい」

清二のアルコール中毒はさらに進んで、幻覚も見るようになっていた。

清二は、酒を求めてひとしきり暴れると、疲れてその場で眠った。清美は、清二が眠った少しの合間を縫って、のり子への手紙を書いた。

一九七四年一一月一六日　清美からのり子へ

雪よそんなにコンコンと降らないでおくれ。
この地上を覆い尽くさないでおくれ。
わたしの歩んで来た足跡を、そんなにせっかちに吹き消さないでおくれ。
雪よ、わたしは今、何かを信じ待つ心を捨てたくはないのだから。
それは遠くからわたしの足跡をたどって来るもう一つの優しい足跡のために。
雪よ風よ、そんなに激しく優しい旅人の足を迷わせないでおくれ。
そして偲び合う心を雪よ、冷たく蔽わないでおくれ。

昨日は二度と今日という日には戻らない。
わたしがあなたに告げた言葉は、正しいものなのかどうかはわからない、
わからない。
だからわたしは昨日と今日との間に、明日の寂しさを感じる。
あなたを明日の日まで感じていたいから。
昨日は二度と今日という日には戻らない、戻らない。
だからあなたと一緒に、明日に旅立つキップがほしいの。
わたしはあなたとなら、豪華な一等車のキップはいらないの。
あなたと肩と心が触れられれば、どんなに苦しくともわたしは構わないの。

そうわたしはもう苦しいことには慣れているもの。
だけど、心に誰もいない寂しさはもう我慢できないの。
わたしはあなたと巡り会うまで一人っきりで歩いていたの。
雨の日も風の日もそして、夏のかんかん照りの道でかすかに人に裏切られ、
そして、木の葉の落ちる秋に涙を流し泣いたの。
そんな季節がわたしを取りまき、いく度となく流れていったの。
だからわたしは思うの。
昨日は二度と今日の日には戻らないと。
だから明日を信じたいの。
今度こそ、涙ではないあなたの微笑みを。

………………………………………………………………

この時清美は一一月一五日から月末まで実家で過ごすことになった。
見舞いに訪れたサークルの仲間から、来年の大会に誰が行くかが話題になっていることを知ったのり子は、また清美を誘おうと伊達に電話をかけた。しかし、久しぶりに肉声が聞けたというのに、清美の返事はあやふやで、すぐに受話器を置きたそうな気配だった。
一一月三〇日、清美からの手紙が届いた。

……

こんばんは、のり電話ありがとう。やっぱり隣（両親）の目が気になり、おしゃべりできなくて

……ごめんねぇ。

手紙はこんな書き出しで始まり、全道大会には出席できないことを知らせるものだった。

その後も清美はたびたび実家に呼び出された。どうにも手に負えない時は、夜中に救急車を呼び、精神科に搬送した。この闘いは弟の浩二が結婚して同居するまで約三年続いた。

嫉妬

五月に腰痛を発生し、一か月の休職期間をもらったのり子は、いったん職場復帰したものの病状を再び悪化させ、九月から三か月の休職期間をもらっていた。しかし、病状はまったく改善されず、休職期間が終わろうとする一一月一七日、さらに休職を三か月延期する診断書をもらった。

岩見沢の病院では一向に良くならないため、札幌の病院へ火曜日と木曜日に通い始めた。労災の見通しが立たない中、休業中の減額された給料で、それは手痛い出費だった。病院通いのほか、マッサージやホットパック、首の牽引治療も受けた。ところが労基署は病院を転々と変えたことも労災を認めない理由にする。

のり子の痛みは、腰だけにとどまらなかった。腰に加え、首と背中、腕にも痛みやだるさがあった。全身にわたる痛みだったために、よい治療法が見つからず、病院を変えるたびに裸にされ、検査に引き回された。不躾な医者は、プライベートに踏み込んで遠慮のない質問を浴びせた。そして、これでもかと肩や腰に太い注射が打たれた。

この頃、のり子を支えていたのは一九七一(昭和四六)年に、主婦の友社から出版された船越昌著「ひたむきに愛を求めて」という一冊の本だった。

一九三一(昭和六)年に兵庫県に生まれた著者は、幼い頃に母と兄弟を亡くし、小学校卒業後、農夫や炭鉱夫などの仕事を転々とした。最初の結婚で妻が自殺。再婚し二人の子どもに恵まれたものの二人とも脳性麻痺だった。一時はアルコールに溺れる日々もあったが、キリスト教との出合いの中で、生きる意味を問い直し、書店経営者として再起する半生を描いたドキュメンタリーだった。

のり子は船越氏の足跡を自分と重ね、この本から生きる力をもらった。そして、清美にも読んでもらいたいと朗読テープの制作を始めた。三百ページ近い単行本の朗読はカセットテープ九巻に及び、朗読は翌年の春まで続いた。

一二月四日。そんなのり子のもとへ清美から小包が届いた。

手紙と一緒に入っていたのは、二人が出会うきっかけとなった詩集「宛名のない手紙」。清美が詩を書き、のり子がイラストをつける「宛名のない手紙」は、清美が岩見沢を離れても続いていた。しかし、同封されていた手紙には言い訳じみた言葉が並んでいた。

…………………

その本は、おれが旅立った時のままだと言いたいのだが、おれも人の子、自分がかわいいために、二、三ページ、キミの許しもないままに、汚したことを許してほしい。大人という動物は、どうしようもないものさ。

怪訝な思いで「宛名のない手紙」を開くと、のり子はがく然とした。

新しいページには明らかに自分ではない女性の手によるイラストがあった。手紙を書くのももどかしく、のり子は湯の里に電話をかけた。

「お節介焼きで口うるさいやつがいて、やっかみ半分でおれに言うんだ。『ここの北湯沢の詩を書かないの』と。で、ついつい『ハイ書きます』と。

おれも大したことない人間なのかな。おれってやっぱりダメな男かな。集団生活って、私生活も何もあったもんじゃないんだから……」

電話に出た清美は、「誤解だよ」と言いながら、媚びたように謝り続けた。そののらりくらりとした態度は、のり子の気持ちを逆なでした。

「冗談じゃない！」

のり子は、強く電話を叩きつけ、両手で顔を覆って泣いた。


ほどなく北湯沢から手紙が届いた。

……………………………

一九七四年一二月五日　清美からのり子へ

いま、あなたにあなたが笑ってくれそうなことを書きます。でも夕暮れの山並みをぼんやり見つめているわたしには書けそうもないようです。わたしは今、チラチラと舞い落ちるわた雪の中に、なぜという寂しい言葉と、悲しい誤解の涙の顔しかどうしても見えないのです。

キミに今度の誤解で涙を上げすぎたようだねぇ。ごめんよ。

なぜキミの誤解の的になる冗談を書いたのかというと、キミをそれだけ信じたからだと思う。

そしてそれに流されたキミの涙はまさしくぼくを信じるゆえの涙だと思う。

こんなことを言うとまたぼくの言い逃れだと思わないでほしい。


キミの怒った声を聞くうちにぼくはどういうわけか、世界一幸せな男だと思えてきたよ。

それと同時に、キミが心から愛おしく、かわいく思えて、目頭が熱くなったよ。

そしてこの行に打ちたい言葉は、あ り が と う ね。


こんなことを言うとまたキミに誤解をされるかな？ どうしても誤解されるなら一つ、いい誤解を頼みます。

ユーモアを交えた手紙に、のり子は口元をゆるめ、もう許そうかと思ったが、あえて返事は出さなかった。すると清美から再び手紙が来た。

一九七四年一二月一〇日　清美からのり子へ

今日は一二月一〇日。昨年のちょうど今頃ぼくの耳へ（桜の園から退去する）悲しい知らせが伝えられてから一年が過ぎようとしている。ノリにもあの時のことを思い出してほしい。

それはクリスマスパーティ兼送別会の晩、おれはキミを愛し、何よりも望んでいる。
だがそのキミを一人ここへ残し、明日おれは旅に出る。二度と戻ることの許されない旅に。

けれどそれがどんなに遠くであっても、おれはキミのことを愛し続ける。
こんこんと降る雪を白い聖書に見立て心から誓う。
これからおれとキミとは一つのものとして生き続けよう。
たとえ一時のウソであってもいい、おれを裏切らないと言ってくれ。

おれはここを立ち去った後、みんなから忘れ去られるだろうが、それはそれでいい。
だがたった一人のキミの胸の中だけでおれは燃え、そして生き続けたい、
おれの胸の中でキミが生き続けるように。おれはキミを愛する権利のない人間だと知っている。

だがおれは思う。何時の日にかキミのその手をと。またその時が本当にあるのなら、
今日の別れの日にキミに何を言いたく何を確かめたかったか。
だから今は涙を堪え優しい微笑みのキミに、おれも強く応えてやろう。

これは本当の別れではない。いつかどこで会おう、何の定めもないただの男と女として……

のり子は、読み終わるとダイヤルを回し、北湯沢の清美を呼び出した。

「ごめんね。また手紙書いていい？」

一九七四年一二月一一日　のり子から清美へ

あぁ、寂しかった一週間。

でも今は、まだ消えずに残っているあなたの足跡を見つけて笑っている。

ホラ、涙が出るほど。

わたし、やきもちを焼いていたみたい。それでいらいらしていたの。

病院の先生が「よくなってますね」って言ってくださったの。

そういえば小さい字も書けるようになったみたいだし、とても気分がよくなったようね。

さぁ、朝の散歩してこよう！　すぐそこの赤いポストまで
これからも走りたい、あなたと。いい？

どうぞお元気で、大切なひと……

礼拝堂

一九七四(昭和四九)年一二月二〇日。北湯沢湯の里で最初のクリスマス会が開かれた。会場の運動訓練室はクリスマスらしくデコレーションされ、窓越しに見える中庭には大きなクリスマスツリーが飾られていた。

リハビリ機器の数々は片づけられ、清美たち療護部に特養部、更生部、そして職員と大勢のボランティア、三百人近い大人数が会場を埋めた。新聞記者らしい姿も見える。

ステージには職員有志で結成された「シャネルファイブ」というバンドが入り、懐かしいオールディーズが数曲演奏された後、司会者から呼びかけがあった。

「お客様にも歌っていただきたいのですが、どなたかいませんか。手を挙げてください」

会場はどよめいたが、名乗り出る者はなかった。指導員の石沢が、そっと清美に近づいた。

「及川は聞くだけしかできないんだっけ?」

その言葉にむっときた清美は、車いすの上から手を挙げた。

「外してもいいなら歌います」

石沢は〝待ってました〟とばかりに清美を舞台に上げた。大勢の利用者、職員が清美の一挙手一投足を見守る。司会者が「何にしますか?」と尋ねた。清美はマイクに向かって言った。

「小椋佳の『少しは私に愛を下さい』を歌います。キーを三度下げてください」

「詳しいですね、じゃ行きますよ」と司会者は言い、バンドが演奏を始めた。

清美は何とか歌い切った。アンコールがかかり清美はもう一曲歌った。その後、島田も手を挙げ、伴奏に関係なく「王将」を熱唱した。

こうして、北湯沢湯の里の創設一年目が終わり、戻るあてのある寮生はそれぞれの実家に戻った。

一九七五(昭和五〇)年の正月。清美が帰った実家に、横浜で仕事をしていた弟浩二も帰ってきた。久しぶりに酒を飲み、恋愛話に花が咲いた後、浩二がこんなことを言い出した。

「兄貴、車で岩見沢ののり子さんを訪ねてみるか」

新年五日、朝七時に家を出た二人は、十時には岩見沢に着いた。

「日曜日だから、のり子さんは、たぶん教会の礼拝に行っているよね」

二人は岩見沢教会を訪ねることにした。

うっすらと雪の積もった教会では、礼拝がすでに始まっているらしく、何台かの車が教会の周りに駐車していた。浩二の乗ってきた車は小さく、車いすを積むことができなかったので、清美は浩二に抱きかかえられて教会に入った。

四角い部屋に対角線に沿って斜めに並べられた長椅子。この年最初の礼拝とあって、そのほぼ八割が埋まっていた。演壇の前から二列目。左端の方に特徴的なブロンドが見えた。

「いた。あれ、のり子さんだよね」

浩二は清美の耳元につぶやくと、清美を抱きかかえたまま、ずんずんと前に行った。そして、いささか緊張気味の清美をのり子の左隣に降ろした。

何かが近づいてくる気配に振り向いたのり子は、驚きの表情を浮かべた。

しかし、今は礼拝中。お互い声をかけなかった。

やがて礼拝が終わり、清美はトイレに行きたくなった。小の方だったが、移動のための車いすはない。どうしようかと迷っていると、のり子は参列者と相談し、足の不自由な清美のために、冷たいトイレの床に白く細長い座布団を敷いてくれた。清美はそこに座り、自分の尿瓶を使って用を足した。用がすむと、再び清美は浩二に抱きかかえられ、のり子と一緒に車で、彼女の間借り先に向かった。のり子の部屋は教会からは目と鼻の先。一分も経たないうちに玄関前に着いてしまった。浩二は兄を降ろすと「おれ、なんか買ってくるわ」と気を利かせて部屋から出ていった。

のり子の部屋は六畳一間で、押し入れと床の間があった。床の間には汲み水とプロパンのガスコンロが置いてあった。ほかに一つか二つの鍋と食器があるだけのつましい部屋だった。

それでものり子は「ここはカギをかけてないの。いろんな人が自由に出入りしていく素敵な御殿なの」と笑って言った。そして、質問の答えを先回りするように「交代勤務なので食事はほとんど職場でとっているから不自由とは思わないわ」とも言った。

車道に面した洋窓が清美には印象的だった。窓の右側には小さな机と椅子があり、画材が無造作に置いてあった。そしてこんな言葉が壁に貼られていた。

あなたの若い日に、あなたの造り主を覚えよ。年を寄って、わたしには何の楽しみもないというようにならないために。

神は、空の鳥、野の花をも養われる。だからわたしは安心して今日の日をただ精いっぱいに生きることができるのです。

明日のことを思いわずらうな。一日の苦労はその日一日で十分である。

この部屋でのり子は清美のために朗読テープをつくり、絵を描き、教会の友だちと親しくかかわり、それなりに楽しく生活を組み立てていたのだ。

お茶の準備をするのり子の背中を見ながら、清美はいっそうのり子を愛おしく思うようになった。

やがて浩二が寿司折を手に戻ってきた。三人で食べ、たわいのない世間話を話して、午後二時頃、玄関先でのり子に見送られ、二人は帰路についた。

帰りの道すがら、浩二はこう言って笑った。

「のり子さんは、兄貴にはすぎる人だね」

清美はうなずいた。

……………………………………………………………

一九七五年一月一五日　のり子から清美へ

とても恋しくなって手紙を書きます。

わたしの大切な人三文文士こと清美さん。今日も一日お疲れ様。お元気でしょうか?

あの日あなたが来てくれたおかげで、暗く寂しかったわたしのこの部屋が今は明るく温かに感じます。そしてわたしはまだ夢が続いているような気持ちです。あれは本当だったのかしら?ってね。

……………………………

あの朝、教会でわたしの左側に並んでくれた人は本当にあなただったのですか？
こーんな調子はホッペタをギュッとつねられてみるまで続きそうね。
落ちついたらわたしにも手紙を書いて。
わたしは大丈夫。きっと待っていられるでしょうから。

第六章　階段

労災認定

休職期間の延長をくり返していた、のり子の腰痛に回復の兆しが見えてきたのは、一九七四(昭和四九)年の秋頃から札幌の勤医協病院に通院するようになってからだ。

七四年七月、桜の園で労働組合が結成されると、組合の連合組織が「守る会」の支援に乗り出し、腰痛で悩む寮母たちに札幌の職業病の専門家、渡辺医師を紹介してくれた。

渡辺医師は、のり子の訴えをよく聞き、長い時間をかけて病気の原因を追及し、その結果を丁寧に説明した。それまで、病院で辛い目にあうことの多かったのり子は、渡辺医師に出会って初めて希望を感じた。そして渡辺医師の指示に従って週に二回、針灸マッサージを受けるようになると、徐々に病状が好転してきた。

渡辺医師は、腰痛と並んで、首や肩の痛みも仕事によるものという意見書を書いた。しかし、労基署はこれを認めず、今度は美唄の労災病院で受診するように指示してきた。「守る会」の仲間がこれに抗議すると、労基署は前言を翻し、渡辺医師の意見書を採用することになった。

七四年一二月二五日。労基署に電話を入れた守る会の仲間からのり子は「早ければ年内にも労災の認定が下りそうだ」という、うれしい知らせをもらう。その後、じりじりしながら決定を待ったが、労基署からは何の連絡もないまま年を越してしまった。

年が明けた一月一六日。再び労基署に電話を入れると「労災認定の判断を行う岩見沢医師会で意見がまとまらず、三一日の審査会まで決定が繰り延べになった」と告げられる。これに憤慨した守る会は抗議の電話作戦を展開した。遠くは京都から励ましの手紙が届き、奈良県の知的障害者の施設からは、同じような経過をたどった労災認定運動の経過資料が届けられた。

こうした外圧に押されたのか、当初一月三一日と告げられていた医師会の審査会は二三日に繰り上がり、二月七日、のり子の病気は正式に労働災害に認定された。

病名は「腰筋痛症頸肩腕症候群」。

この決定で、のり子の治療費は生涯補償され、たとえ職場に出られなくとも三年間は給料が補償されることになった。

もし、労災が認定されなかったならば、身も心もボロボロになったまま、茂世丑の実家に戻るしかなかっただろう。のり子は、この遅すぎた決定にほっと胸をなで下ろした。そして誰よりもこの知らせを喜んだのは清美だった。

一九七五年二月一五日　清美からのり子へ

ホラごらん。痛みに惑わされた後ろの道を。
ホラあんなに険しく感じられた道に、もう赤くきれいな花が揺れて光っている。
キミの涙と春の息吹の中で輝いているよ。その匂いは痛みに耐える汗の臭いがする。

キミがその激しい苦痛を声にし、みんなと肩と肩を組み手と手をしっかりとつなぎ合ってきた今、
わたしは言いたい。
キミよ、本当によくやった！　と。
よく最後までその苦痛の中で微笑を忘れなかったと。

その忍耐の中でよく神と対話し、仕え、他の人たちにもよく尽くし、
険しく長い道をその勝利の光を信じ歩き通した。

キミよごらん。
キリストの付けた道と同じ道をこの世に自らの手で切り開いたのだ。
大切なキミよ、さぁこれからが本当の闘いだ。

明るい明日のために、神のみ言葉を腹いっぱい吸い、
その疲れている心と体の中にグラグラ煮えたぎる鮮血を見つけるまで。

枕元

労災認定を喜ぶ清美の手紙を、のり子が読んでいた頃、清美は診療所のベッドに横たわっていた。
不自由な体で、手紙を書くという無理がたたったのか、手紙を投函した翌日からインフルエンザの高

熱にさいなまれるようになったのだ。

　労災が認定され、心の重しがとれたのり子は、晴れやかな今の気持ちを清美に聞いてもらおうと、湯の里に電話をかけた。

「及川さんは風邪のため電話に出られません」

「！」

「風邪が流行っていて、及川さんのほか、十六人が重症で高い熱を出しています」

「……それで……」

「及川さんは、もうだいぶ良くなっていますね。今朝は食事もとれましたし」

「そうですか。安心しました。」

「何か伝えることは？」

「いえ、いいんです。早く良くなって、とだけ伝えてください。それでは……」

　のり子からの頻繁な電話と手紙は、湯の里の職員の関心を引いていた。

「及川さん、またあの人から電話きたよ。ねぇ、この人いつも手紙をくれるようだけど、どういう関係の人さ」

「これはぼくの心でもあり、大切な人……」

　清美は熱にうなされながら、寮母の質問に恥ずかしそうに答えた。

「フーン、どうりでよく電話をかけると思ったわ」

　ベッドの枕元のカセットテープレコーダーには、のり子が送ってくれたテープがセットされていた。昨年からのり子が取り組んでいる「ひたむきに愛を求めて」の朗読テープだった。病床でのり子に電話ができない清美は、これを聞きながら高熱と闘っていた。

一週間の入院生活を経て、清美が居室に戻ると、手ぐすねを引くように〝わたしの話を聞いて〟ほしい寮生がやってきた。

「なぁ、聞いてくれよ」と、一番先にやってきたのは、かつて清美に向かって「おまえは女みたいだ」と吐き捨てた島田豊だった。

北湯沢の番長を気取っていた島田だったが、この時ばかりは、あたりを気にしながら、おどおどした表情だ。

清美はこの数か月前に、島田が自分のお相手と自慢する寮母から「しつこくされて困っている」と打ち明けられていた。島田の顔色を見て、清美は来るものが来たのだろうと判断した。

ところが島田の話はまったく別物だった。

島田には六年間つき合った彼女がおり、昨年七月に、別れを告げないままここに移ってきたと言うのだ。彼女は人妻で、不倫関係に罪の意識を感じ、それを清算するため黙って北湯沢に移ってきた、と島田は言う。

だが、忘れようと思っても、どうしても忘れることができない。富良野のドライブインに勤めている彼女と再び連絡をとりたい。しかし、自分が電話をかけると旦那にばれてしまう。そこで「及川の彼女に電話かけてくれるように頼んでほしいんだ。難しいことは言わない。彼女に、今自分が北湯沢の湯の里にいることだけを伝えてくれればいいんだ」

〈彼女というのは、本当なのかなぁ〉

気が進まない申し出だったが、あまりのしつこさに清美はのり子に頼むことを約束した。この後、いつもの手紙のやり取りの中で、島田のお願いをのり子に告げた。

のり子の返答は、明解だった。


…………


あなたの親友の島田さんのこと。はっきり言います。

今回、わたしは手も口も出しません。


清美はのり子の返答を島田に示して、あきらめるように諭したが、島田は引き下がらない。そのうち島田は「自分で富良野に電話する」と言い始めた。清美は投げやりに「どうぞ好きなように」と言った。

それから数日後のことだ。

寮棟のみんなが寝静まった頃を見計らって、また島田が清美の枕元に現れた。

「富良野に電話したら、もう電話しないでくれって言われたんだ」

風邪から完全に立ち直っていない清美は、午前零時の見回り時間まで、島田の愚痴につき合わされてしまった。

破られたニュース

労災が認められ、職を失う心配をすることなく治療に専念できるようになったのり子は、実家にしまってあった中学校の教科書を持ち帰り、読み始めた。

　高校を二年で中退したのり子には高校卒業の資格がない。治療期間中の空時間を利用して、再び高校を受験しようと考えたのだ。西田牧師は、働きながら通える高校があること、そして高校に通うのに年齢は関係ないことなどを教え、のり子を励ました。

　三月。腰痛問題の暗闇をようやく抜け出そうとしていたのり子に、悲しい別れがやってきた。労災問題で運動の先頭に立った同僚の縦井敏江が、のり子の労災認定を期に、桜の園を辞め、札幌の保育専門学校に通うと言うのだ。

　のり子の居室に姿を見せた縦井は、こう言った。

「ごめんね。でも逃げるわけじゃない。ホームを離れないためにわたしは学校を選んだの」

　労災問題をめぐる一連の動きのなかで福祉への意識を高めた縦井は、専門的に福祉を勉強をしたいと決意を固めたのだった。

　縦井が桜の園に勤め始めて五年。寮生から離れなければならない縦井の苦しさ、そして決意の固さをのり子は痛いほど理解できた。

「後のことは心配しないで。なぁに、狭い日本どこへ行こうと仲間に変わりはないんだから!」

　のり子は、努めて明るく縦井を送り出した後、一人になって涙を流し、北湯沢の清美に悲しみを伝えた。

一九七五年三月九日　のり子から清美へ

四月になって、彼女が本当にわたしの目の前から、
立ち去っていくまで、わたしは、笑っていよう……
だから……この便せんに向かってだけ、泣かせてね……
思いっきり……泣かせて……ね……
彼女には、何をプレゼントしようかな？……
平和のハトのような、縦井さんのために……
ごめんね、今日は……
早く元気になります。早く、立ち上がります。
きっと、そうしますから、だから今日は……ごめんね……
わたしの大切な、遠いけれど、とても近い人へ

親友の縦井が別れを告げ、気落ちしているところに、追い打ちをかけるような出来事があった。

「藤本さん、これ見て！」

「守る会」の仲間がのり子の部屋にやってきた。手にしていたのは、会が発行するニュースの引きちぎられた断片だった。

「……ひどい！　どうしたのこれ」

「当直明けに梅棟を回ったら、廊下に捨てられていたの。誰がやったかわからないけど、そういえば

昨日、こんなこと言われちゃった。

『何かあってもわたしたちはどこにも訴えるところはないし、守ってもらえるところもないけど、寮母さんはそうやって認定をとれば守ってもらえるからいいよね』

「……」

ちぎれた紙片には、こんな言葉が載っていた。

暗く苦しかった四か月の日々をよく見守り支えてくれた人たちがいる。認定の先輩上舞さんを初め職場や守る会の多くの仲間、ひと月ごとに重い足を引きずり給料を受け取りに行った時、温かい視線で迎え励ましてくれた園生や職場の人たちがいた。

労災認定を喜ぶ、のり子のコメントだ。破られた「守る会ニュース第四号」は、のり子の労災認定を知らせるものだっただけに、のり子のショックは大きかった。

桜の園での職業病認定問題は、当事者であった寮母たちにとっては切実な生活防衛だったが、労災が認められたからといってここに暮らす利用者の福祉が向上するわけではない。

寮母たちの職場環境改善の声を受けて、桜の園は日曜日や夜間の介助を簡素化する処置をとった。日曜日の着替え介助が取りやめになった結果、多くの利用者は休日をパジャマ姿のまま寝たきりで過ごすことになってしまった。

休職者が続出し、人手不足が決定的になった七四年の秋からは、入浴介助の支援に岩見沢の陸上自衛隊から屈強な隊員が派遣されてきた。自衛隊員は寮母よりも腕力はあったが、人を優しく包み込む寮母並みのホスピタリティは望むべくもない。

桜の園の梅棟にばらまかれていた「守る会ニュース」の紙片には、こうした寮生たちの声にならない不満が込められていた。のり子たちには、寮母の労働環境の改善は寮生たちの環境改善にもつながるという思いがあっただけに、この事件はショックだった。

結局、わたし、自分のことしか考えていなかったんだ——。

ニュースが破られたこと以上に、寮生たちの気持ちが見えていなかったこと、そして、寮生たちが自分たちに向ける不信感をそのままにして運動を続けてきた傲慢さに、のり子は自分を責めた。

一九七五年三月二〇日　のり子から清美へ

イエス様は何も悪くないのに……

だのにイエス様はつばをかけられるのです。

ムチで叩かれ、あざけられ、十字架に釘で打ちつけられるのです。

わたしは思うのです。イエス様は悪くない。

悪いのはわたし。
十字架の下に何もできずに、たたずむほかないこの傍観者のわたし。
自分のことで精いっぱいで、
何もしてあげられなかったこのわたしが悪い、ということ……

……

本当は本当は、十字架につられなければならなかったのはこのわたし……
このわたしなのですね……　すみません……本当にすみません……

のり子は、乱れた気持ちを手紙にぶつけるとともに、北湯沢の清美に電話をかけた。
清美の声を聞いて、いくぶん落ちつきを取り戻したのり子は、翌日、二通目の手紙を送った。

……………………………………………………………………………………

一九七五年三月二一日　のり子から清美へ

ねぇ、不思議ですね変ですね。
懐かしい声を聞いてこの便せんの前に座って、しばらくの間オメメのお掃除をしたら、
ほーらこんなに気持ちが静かになって……

でも心配です。たぶん電話であなたを困らせたでしょうから……
ごめんね……もう大丈夫、ホームで破り捨てられ散らばっていた守る会ニュースを見て、
ちょっとショックを受けただけなのです。

ただとても寂しく思いました。そして本当は手をつなぎ助け合えるはずの優しい人たちが、
半年足らずの間に少しずつ遠くなったことがとても悲しいと思いました。
今ホームは、去年あなたが言ったように逆の方向に向かってまっしぐらに進んでいるような気が

します。

そんなホームの中でわたしは何ができるでしょう……

優しい人たちの心を取り戻すために、これからわたしはどうしたらいいのでしょう……

あなたのところもとても大変でしょうね。

わたしも頑張りますからどうか元気を出してください。負けないでください。

あなたがみんなの中で問題を抱えつつ、一生懸命生きていてくれるのは

わたしの力なのですから……

わたしはすぐにわがままで泣き虫で、バカな女になってしまうけれど

あなたは強くあってください。デンと構えてそこに居てください。わたしのために……

そしてできるだけわたしにもあなたのことを教えてください。

決意

縦井の退職、そして守る会ニュースの破棄――。

打ちひしがれるのり子に対して、清美は話を受けとめる以外何もできない歯がゆさを感じていた。

三月二一日の手紙に続いて、次のような手紙を受け取ると、清美は深く考え込んでしまった。

一九七五年三月二三日　のり子から清美へ

あなたの痛む体と暗く重く長すぎる過去の苦しみ悲しみに対して、わたしは何もしてあげられないから……悲しいと思います。いつもいつもさびしい……と思っています。

でもわたしはうれしいです。
あなたと出会い、誰よりも深くぶつかり合い心から話し合えたことがうれしいです。あなたが一緒に真剣に耳を傾けてくれるから、わたしも一生懸命聞いているのです。

わたしは本もよく読むようになりました。詩をつくったり絵を描いたり歌ったり踊ったり、泣いたり笑ったり。あなたと出会ったわたしは、こんなに自由で幸せな女になりました。

だからあなたも教えてください。
あなたの心をあなたの喜びをあなたの希望、悩み苦しみ、寂しさ悲しさ……
わたしはそれを待っています。それがきっとわたしたちの共通の祈りになると思うからです。

自分のことで一杯なはずなのに「わたしは何もしてあげられない」と書くのり子。手紙は、互いに恋愛関係にあると認め合っても、根底には重度の障害者である寮生と、その〝おつきの者〟との関係が続いていることを行間に潜ませていた。

彼女の言うがまま、自分のすべてをさらけ出し、彼女に身も心も預けてしまえば、結局それは、彼女に心を背負われてしまうのと同じではないか。たしかに障害者として誰かに抱き上げてもらわないと車いすに乗ることもままならない。だからといって、心まで介助されることでよいのか。

清美は、北湯沢湯の里療護部三三三号室の窓から見える深い森を見ながら考えた。

岩見沢と北湯沢。百キロの距離を超え、手紙と電話によって続いてきた二人の関係。これを続けることで、どのような結末が待っているというのか——。

それから何日も、清美は考え続けた。

〈どのような結末が待ち受けているか、それはわからないとしても、二人の関係は次の段階に進まなければならない〉

清美はそう強く決心して、タイプライターを取り出し、手紙を打ち始めた。

一九七五年三月二五日　清美からのり子へ

ただ生活に疲れ果て、仲間に疲れ果て、自分の中にある清らかな世界までも、
真っ黒いドロを塗られたような気がする。
ゴーゴーと音を立て激しい渦を巻き、人々のよどんだ川は今日も流れる。
この重たいドロの川はもうあの透きとおった清らかな川には戻れないのか。
きれいな水は遠い過去。あまりに遠い過去。
おれはここにあるすべてはもうどうなってもいい。

もうおれの体は疲れ血は流し切った。
大きな傷があるだけ……
この心を、なんと言ってキミの胸に伝えればいい。

おれはほしい、深く優しい眠りを。
今のおれは幼子のように安堵という腕と胸に抱かれ、
泣きじゃくりそして深い眠りにつきたい。
涙で濡れる美しくも激しく燃える時におれは浸りたい。
このすべてを知るキミ、その胸に燃える真実という炎を、
この人間失格になりそうなこのおれの心に吹きかけてくれ……

今知った。その手が優しいとおれは知った。
また透きとおる手が泣いた。青い月の光に泣いた。
金色のしずくが一つ二つ、細い指の間に落ちた落ちた。
おれは自分の本当の弱さを知った。

その震える肩をこの腕で抱き止めることも、
その一人という寂しい涙も報いてやることができない。
そんなおれをキミはいつも変わりなく愛してくれる。

そのたびにおれは思う、すまない、と……

この辺で結論を一発。


友だちはもういらない。

ぼくはキミだけいてくれるならそれでいい。

だからいつかの夜のように二人きりで飲み明かしたい。

その時キミは優しくうなずいてほしい。

ぼくのしどろもどろの言葉にただ相づちを打ってくれるねぇ。

そうしたらこの重苦しい荷物が風のように消えていく。

伊達への招待

結論を一発。友だちはいらない――。

友だちの次に何があるのか。それは結婚なのか。

この時まだ清美に、のり子と結婚し家庭を持つという具体的な考えはなかった。

しかし、この頃湯の里で行われていたこんな取り組みが、清美に強い影響を与えていた。

一年前。一九七四(昭和四九)年四月、寮生たちにこんなアンケートが回ってきた。

『あなたは、結婚を望みますか?』

この年に開所式を迎えた北湯沢湯の里の職員は若く、そして「日本の福祉をここから切り開く」という理想に燃えていた。

障害者の結婚。この時代、福祉関係者の間でタブー視されていたこの問題に、理事長自らが先頭に立ち、湯の里の職員は挑戦した。

日常的に介護を要する重度障害者の結婚の是非をめぐって、利用者と周辺住民に調査を行うところから挑戦が始まった。未婚の利用者にアンケートを行ったところ八十パーセント近くが結婚を希望し、職員、地域住民の半数以上が結婚は許されるべきだと答えた。

この結果に勇気づけられ、湯の里ではさらに議論が重ねられた。

一般に「経済的自立」「家庭内生活の自立」「出産・育児」の三つが結婚の条件となっている。しかし、生活保護者でも結婚が認められていることを考えれば「経済の自立」は必ずしも絶対条件ではない。「家庭内生活の自立」も、これは健常者の常識であって、障害者の生存権の考え方から絶対条件と認めることはできない。さらに「結婚と出産とは別物である」という意見が多数を占めた時、北湯沢湯の里は「療養施設であるからこそ、必要な介助を提供しながら結婚生活を保障する責務がある」として、障害者である利用者の結婚を積極的に支援していく姿勢を打ち出した。

障害者福祉の関係者でも〝日常的に介助を受ける人が結婚するなんて〟と考える人がほとんどだっ

た時代に、これは画期的な考え方だった。

一九七四(昭和四九)年六月、完成間もない湯の里を訪れた堂垣内北海道知事に、職員たちは「施設の手の届くところに、ぜひ障害者用の福祉住宅を」と訴えた。職員たちの情熱は翌年の道予算に反映され、この年の春から湯の里の裏手で一棟四戸の住宅工事が開始されたのだ。

障害者専用の住宅の建設は寮生の知るところとなり、春になってから湯の里のあちらこちらで住宅工事の進捗を手をつないで見つめるカップルが見られるようになった。

〝あの場所なら、のり子と二人で暮らせるかもしれない〟。そんな思いで清美も工事を眺めていたのだった。

結婚という道を選ぶかどうかは別として、二人の関係を次に進めるステップとして清美はのり子を両親に会わせようと考えた。


だからあなたも教えてください。

あなたの心をあなたの喜びをあなたの希望、悩み苦しみ、寂しさ悲しさ……

………


本当にのり子がこのように望むのならば、自分が誰から生まれ、誰に育てられたのかを、目を背けずに見てほしい、そんな思いがあった。

そして、自分が生まれ育った現実から目を背けるようであれば、のり子とはここまでの関係だろう、そんなことも考えた。

清美の用意は周到だった。

四月一二日札幌で職業病対策の集まりがあり、のり子が出席することを知っていた清美は、伊達に招くならば、この日と定める。

父清二がアルコール依存症となり、昨年一一月に、母のヤエから助けを求められて以来、これまで以上に実家との連絡をとるようになっていた清美はあらかじめ実家の都合を確かめ、「もしかすると友だちの女性を案内するかもしれない」という連絡を入れていた。

三月二五日付の手紙が岩見沢に届いた頃を見計らって、清美はのり子に電話を入れた。清美は、昨年室蘭の姉夫妻宅にのり子を招いた時、のり子が軽く「今度は及川さんの実家も訪ねてみたいわ」と言ったことを、今この場で思い出したかのように話題に出した。

のり子は、交際中の男性の実家を訪れることが何を意味するのか深く考えることなく、四月一二日の伊達訪問を快諾した。

のり子の実家訪問が決まると、清美は実家から呼び出しがあったと告げ、のり子が訪れる三日前、伊達に戻った。

のり子にすべてを見せようと誓ったものの、酒に酔った父がのり子に迷惑をかけることだけは防ぎたい。清美はヤエを巻き込んで、清二の周りから一切のアルコールを取り上げてしまった。

「酒を出せ」とねばる父に対し、清美は父を上回る強い語調で凄んだ。

「明日には、おれにとって大切な女性がこの家に来ることになっているんだ。絶対にヘンなことは言うな」

四月一二日。日の落ちた黄金駅に、のり子は一人降り立った。清美から教えられたとおり、国道三七号を西に十五分ほど歩き、一軒の平屋を見つけた。

二日間、アルコールを断った清二は、もともと人見知りをする性格そのままに寡黙にのり子を迎えた。ヤエはヤエで、ぎこちなくのり子を迎え、のり子が生まれた栗沢町の昔話を少しした後、夫を追い立てるようにして、早々に居間から姿を消した。

二人は夜遅くまで話をし、別々の部屋に寝た。

翌朝、のり子は岩見沢に帰っていった。

帰り際、清二は「また、いつでも遊びに来なさい」と硬い笑顔を浮かべながら、のり子に言った。

これを聞いて、清美は初めて安堵のため息をもらした。

すぐにのり子から手紙が来た。

一九七五年四月一三日　のり子から清美へ

あなたのご家族はわたしとっても好きです。ありがとうさんね。
あなたにとってふるさとの日々は安らかだったでしょうか？
もし、わたしがいつか、大切な人と二人きりで同じ朝を迎えられるとしたら、
それは明るい仲間や親、兄弟に祝福され、神様の前で愛を約束できた時でありたい……
大切な人だから……そうでありたい……と思っているのです。

ごめんね。わたしはあなたを困らせてばかりで……
あなたは言いましたね。「ボクトアルクミチハ　キビシイ」と。
けれど弱虫でわがままなわたしはすぐその言葉を忘れ、甘えん坊になりがちです。
そしてとても自分に自信がないのです。
こんな、こんなわたしですが、どうかあなたの道の厳しさを教えてください。
どうか長い道を一緒に歩く勇気と力をください。
足手まといでしょうがどうか一緒に歩かせてください。
どうか　わたしの願いを聞いてください。

清美が返信を出したのは一週間後だった。
体の不自由な清美がタイプライターで手紙を書くことは、想像以上の重労働だ。規則正しい施設生活のなかで、同室の好奇心から逃れ、手紙を書くまとまった時間を確保するのも大変だった。

一九七五年四月二〇日　清美からのり子へ

ねぇキミ、今確かに未来を見つめられる保証はないさ。

ごく普通の人たちは少しの苦労らしきものをして永遠の愛にゴールイン。
でもなぜこんなに悲しい別れ話がこの世には多いのか。互いに浮気をするのはなぜなのか。
そのたびにぼくは思う。みんなは確かに愛し合い、結婚という形を持つ。それなのになぜ。

それは形があるから安心し、その上にあぐらをかく。そしてその愛に退屈をし互いのアラを拾い始める。

もしこれが愛の定めだとしたら、確かに形がある愛はハガネのように強い。
でもハガネのようにその形が完全であればあるほど折れやすい。その逆になまくらな鉄はその形は非常に不安定だけれど、それなりに柔軟な強さを持っている。

これをもっとわかりやすくすると、始めにその形をとどめられないものは、その形を少しでもとどめようと努力するだろう。その不安が強いほどより以上寄り添おうとする強さが生まれるのではないかなぁ。

キミ、ぼくの考えわかるよねぇ。だけどこれみんなある意味の言い訳かもしれないねぇ。
ただいつかきっとキミとぼくだけの形を、と今は信じたい……

今、かたわらで眠るキミ。

こうして金魚のようなキミを見守る時はあまりに短い。だからなお愛おしさが胸に突き上げる。その顔があまりに幼く見え、おれを置き去りにし、キミ一人だけが過去に戻ってしまったようなそんな寂しさが。

安らかな寝息となった口元に、これが幸せというものなのだなと。またこの時を永遠にと思った。

この世の何がキミとおれとの上に間違っているのか。明日はまたそれぞれの場所に立ち、声を限りに呼び合って生きなければならない。

かたわらで、まるでそんな世の苦しい定めを知らぬ気な、幼子のようなキミの顔が、かすかに微笑む顔になった。それはまた行き過ぎる時の流れ、そしてもうじき来る別れの涙を精いっぱい忘れるかのように……

………………………………

二人の恋は、確実に階段を一つ上った。

第七章　すれ違い

放浪生活

一九七五(昭和五〇)年春、のり子の住まいは、岩見沢市七条西四丁目にあった。岩見沢の駅前通から一本西にずれた戦前からの市街地で、近くには空知支庁の庁舎や社会保険事務所、図書館などがある官庁街でもあった。

三月末日、家主がのり子の部屋を訪ね、すまなそうな表情で、こんなことを告げた。

「区画整理が始まったことをのり子さんも知っているでしょう。この家の敷地が道路拡張の対象となって、夏から工事が始まるんです。それで、対象となった人たちは、いったん立ち退かなければならなくなりました。

わたしたちは市営住宅に移ることになったんだけど、間借りしている人の面倒までは見られないと市から言われています。のり子さんは腰痛で大変だとは思いますが、五月になったら新しい場所に移ってもらわなければなりません」

突然、のり子は住むところを新たに見つけなくてはならなくなった。

確かに、区画整理の話題はのり子の耳にも入っていた。しかし、腰痛に苦しめられ、労災認定を求める取り組みで精いっぱいだったのり子に、自分の問題として受けとめる心のゆとりはなかった。

それでも区画整理という大きな枠組みの中の出来事。のり子一人の都合でどうにかなるものではなく、退去する日は確実にやってきた。

この当時、今のように住宅情報誌もなければ、街角のアパート業者もない。女性の一人暮らしは一般的ではなく、アパートなどの賃貸住宅は岩見沢にまだまだ普及していなかった。すぐに移動先は決まらない。それでも四月二七日が退去日に指定され、翌日から、週の前半は岩見沢に暮らす妹の家に、後半は茂世丑の実家に泊まり歩く、放浪生活が始まった。

二九日朝です。新聞配達に出かけた妹夫婦が帰ってくるまでわたしは子守りをしながらお留守番しています。わたしに似て？　甥と姪はカセットが大好き！　体じゅうで聞いています。さ、妹たちが帰ってきたのでポストまでひと走りしてこよ。今日も元気でいてください。（四月二九日　のり子）

いつも電話するたびに元気そうなあなたの声が聞けてとてもうれしいです。ただね、十円玉と駆けっこをしているみたいで落ちつかないし、すぐに駆けっこのゴールが来て負けてしまうのが悔しいけれどね。

ねぇよく見ると十円玉って、めんこいね。だってこれがたくさんたまったらまた誰かさんとお話ができるんだものね！（五月二日　のり子）

ここは茂世丑です。子どもの日なので昨日遅く妹たちと一緒に車で連れられてきたわけです。兄の家族も集まってとても賑やかです。

「やい！　しっかりしろ。この甘ったれのり子！」って一発怒鳴られそうね。岩見沢へは水曜日に帰りますので木曜日に声が聞けそうです。あなたの声が聞けたらそれでいいのです。ただそれでいいのです。（五月五日　のり子）

茂世丑の実家、妹の家、時には教会で寝泊まりすることもあった放浪生活ののり子を支えようと、清美は手紙を出し続けた。この時期、体調を崩していた清美がタイプライターを駆使して手紙を書き上げることは、紛れもなく命懸けのことだった。

五月七日、清美は渾身の力を振り絞って長文の手紙をのり子に送る。

一九七五年五月七日　清美からのり子へ

まるで心の中の何かが濡れていくようでとても寂しい。

言葉の渦が自分を責め無情の嵐にまき込みすべて遠い過去の幻のように、そして淡い夢のように押し流されてしまいそうだよ。

問いかけても応える言葉もない、できるなら走り寄り、何かを求め、そしてその本当の言葉をその白い胸の力強さを確かめたいとそれだけを思う。

だがしかし、今のわたしにはどうしようもなくままならないように思える。

また心にそう知らしめれば知らしめる程わたしは苦しくなる。

キミを求めその寂しさは果てしない大海原にも似ている。

またわたしは知らなかった。愛がこんなにも辛く苦しいものだと。

そしてキミというかわいく優しくすばらしい手を、その愛の深さと燃える美しさをキミを通しわたしは知った。

愛するゆえの寂しさも。

そしてわたしは今日も思うでしょう。キミのことを。

そのたびに嘘とも真とも言えない愛があることにわたしは気づく。

愛していようとも今のわたしにはどうしても交わることを知らない時にしかならない。

それでも辛抱してくれているキミの微笑みに、わたしはなんと言ってその苦労をねぎらおう。

またどうしたらその心に大きく広がっている心配ごとを、すべて取り去ってやれるのか。

またすべてのわだかまりを捨て二人だけの愛の世界にキミを息づかせたい。

この果てしない世界には、ほんのちっぽけな世界、それは人である限り誰もがいともたやすくやっている世界がある。

けれどキミとわたしを結ぶ世界はこの世に約束されてはいないのか。

この身のすべてをかけキミを愛して愛して愛し抜こうと、その思いすら何の意味も持つことができない。

誰しも平等であるはずなのに天の父さえ背くというのか。

またかぐわしい匂いのするあたたかい色の花を愛することが、そんなに人として許されないことなのか。

そんなわたしにキミはどんなことを感じ、その心はどこをさ迷っているのだろうか。

わたしは人生という川べりに腰を下ろし、ただ川の流れを見るように時の流れを見つめるしかないらしい。

このひとかけらの人生の中に、もし初めと終わりがあるのならわたしは見つめてみたい、その終わりを。


今はとても寂しすぎるからあなたのその夕陽に染まった頬を見せて。

そして赤く染まった頬の金色の涙をください、このわたしに。

夕焼けは燃えてとても美しい。

まるで一日だけの愛を形づくっているような気がする。

夕陽が美しく大空を焦がし、地上のすべてを燃え立たせる。

ほんのわずかな時間、それが愛。あなたとわたしの愛。


そしてそれは今日が空と別れるようにこの熱い愛の日々にも。

それはあなたとわたしがこうして見つめ合う前から、もう誰かが空の上でその悲しい別れを約束しているかもしれない。

もしそうであっても少しでも忘れさせてあなた。

見せて一瞬の愛の輝きをこの寂しいわたしに。

沈む夕陽を映して流れ落ちる涙のこの目をその明日につなぐ手を、あなたという手をわたしは信じたいのです。


言葉だけが、清美がのり子に与えることのできる唯一の力。そう思えば思うほど、清美の手紙は長く、そして難解になっていった。

一九七五年五月九日　のり子から清美へ

こんばんはラブポエットさん。今は夜。今日は教会に泊まることになりました。

「忙しいやつだナァ」って目を回さないでくださいね。

そして今はまだ、懐かしいあなたの大きな心をつかみかねています。

この沢山のタイプの文字のどこにあなたの心があるのか、まだ見つけられずにいるわたしです。

あぁわたしにはあなたの心のほんの一部分もわかってはいないのです（一発ひねくれてやりましょ！）。

でもうれしいですよ。わたしの頭はニブイのでまだわからないけれど、またいつものように、少しずつあなたが打ってくれたタイプライターのひとつひとつの活字が、耀き出してくるのを知っているから……

だから今日は心静かに眠ることができるのです。では、お休みなさい。


のり子の返信を読んで清美は苦笑した。

そして言葉のやり取り以上のことを、二人でできないかと考えた。

北湯沢湯の里で、清美は写真クラブと文芸クラブに所属していた。文芸クラブの例会の時、担当指導員が文芸雑誌を手に「誰かこれに載っているコンテストに応募してみないか」と誘いかけた。

それは東京の童話専門の出版社が公募するコンテストで、創作童話部門と創作絵本部門があった。絵本部門の規定には「物語と絵。絵本の絵は物語と連動して本文　三十二ページ以内」という決まりがあるだけで、どんな画材を使おうが、どんな紙に書こうが自由だという。

〝これだ！〟清美の心は躍った。

五月一五日の手紙で、清美は、のり子のイラストに清美の詩をつけた作品で、公募に応じることを提案した。

一九七五年五月一五日　清美からのり子へ

さてここで少しぼくの今考えていることを話そうねぇ。

今ね、あることに応募をしようと思っている。それはキミの絶大なお手伝いがなければ不可能なことなの。

というのは、あるところで詩と小さなお話の原稿の募集と、それに添えるイラストも募集しているんだよ。要するに詩と絵本を募集しているんだ。

そこでどうだろう、二人で力を合わせてやってみない？

締め切りはあるにはあるけれど、時間をかけてのんびりとやってみようよ。

もしキミにその気持ちがあるなら文字通り、一心同体の道を歩けるんだけど。


ところが清美の提案は、入れ違いに届いたのり子からのうれしい便りによって、いったん棚上げになってしまう。

一九七五年五月一五日　のり子から清美へ

うれしーい、お知らせヨオー！　お部屋が見つかったの！

「本当かい、夢じゃないの？」って！　ふふ、わたしもそう思いたくなる程。

だけど、ホラ！　カギがちゃんとポケットに入っているもの。

「きっと良い部屋が見つかるよ」ってあなたは言いました。そしてその通りになりましたぁ！

不思議ですね、あなたの言葉は！

明日は家に帰ってこのうれしいニュースを伝えてきます。

……そして兄に引っ越しを頼んできます。

自由？

四月二七日から始まったおよそ二十日間にわたるのり子の放浪生活は、岩見沢教会から歩いて数分という願ってもない距離に間借りできる家を見つけたことで終わった。

新しい家は、岩見沢市八条東一丁目。川上家の棟続きの離れだ。

五月一五日、妹宅に寝泊まりしていたのり子は、朝寝坊して病院の予約時間に遅れてしまった。しかたなく教会に顔を出した後に、近くに物件はないかと付近を歩き始めた。

岩見沢の繁華街は駅前通りと平行する中央通で止まっている。一人暮らし向きの貸室は繁華街に多く、これまでのり子は中央通の向こうまで足を伸ばしたことはなかった。教会から東に歩き、何げなく中央通の交差点を渡るとすぐに「貸部屋」という張り紙を見つけたのだ。

さっそく案内を頼むと、そこは押し入れのついた六畳間。ちゃんとした台所があった。東の窓から教会の屋根が見えるのがうれしかった。そして思いがけない喜びは、天井裏に部屋があり、そこが自由に使えることだった。

〈これで、もっとたくさんの人を迎えられるわ〉

のり子はちらっと清美の顔を思った。

清美の喜びは、当人以上だった。

労災認定に手間取った昨年末から、放浪生活が終わる七五年五月まで、清美たちはほぼ毎日、連絡を取り合った。のり子からかかってくる電話が多かったが、電話の間隔が空くと、清美からのり子に電話した。体の痛みと不安にさいなまれているのり子を助けるのは自分だという使命感がこれを支えていた。

清美がのり子と話す赤電話は、三階、更生部の詰所前にあった。

長距離電話なので、電話はいつも料金が割り引きになる夜の八時以降。清美が赤電話に六十円を入れ、大家にのり子を呼び出してもらい、いったん切ってのり子からかけ直すのが常だった。

清美の三三三号室は施設の東端にあり、一つの廊下で結ばれていたものの西端にあった電話とは結構な距離があった。

決まって夜の八時近くなると、長い廊下を車いすで渡ってくる清美。同じ施設内といっても詰所は更生部で、療護部の清美とは縁がなかったのだが、清美が順番待ちの列に入ると「おれは二階の電話を使うからいいよ」と譲ってくれるようになった。

大人になりきれていない利用者が多くいる北湯沢湯の里で、自分をしっかりと保つことのできる清美は、職員にも頼りにされる存在だった。そして清美もこのことを意識していた。

文芸サークル。カメラの同好会。電気製品修理。清美が立ち上げ、または活動の中心となっている同好会やサークルでは、散らかしたまま出ていく仲間を尻目に、清美はいつも最後まで残って、不自由な体を動かしながら後片づけをした。

この頃、湯の里では夕食を午後四時半から五時の間に食べ始めることになっていた。午後の活動の後片づけに時間をとられ夕食を抜かしてしまうと、清美はカップラーメンで空腹を満たすことが多かった。そして、時々は「わたしの話を聞いて」という寮生の、いつ終わるともしれない話に相づちを打ち続けなければならない。

のり子の新居が見つかると、清美は脱力感からすっかり体調を崩し、診療部のベッドと居室のベッドを往復することになってしまった。

四人の騒がしい同居人と一緒の居室と違って、診療部のベッドは静かだった。白いベッドに一人横たわり、頭の中に浮かんだ言葉をタイプライターで写し取り、清美はのり子に送った。

一九七五年五月一七日　清美からのり子へ

いまおれの薄っぺらな胸の中を風が遠慮会釈もなく、吹き込んでいる。

そんなおれの目に午後の日差しがまぶしく痛い。

若木はさんさんと降る光を浴びざわめき、まるでおれの胸のうちをあざけり笑うように問いかける。

おまえは何のために明日の日を迎え、だれのためにそんなに無限という空間を見つめている。

なぜ呼んでいる仲間から離れ一人孤独にふける。なぜ大声を出し心のすべてを叫ばない。

おまえは涙を忘れたのか。それともおまえは世の荒波に疲れ声も涙もなくしたのか。

もしそうならその薄笑いの顔の影の鉛色の涙は、そして自分の心を閉ざし
ドロ人形のようになりきろうとするのか。

またいたずらな風が五月の花の名を呼んでいったような気がする。
それは遠い昔に密かに告げたような気が……

あーけれど、知らなかった。
その花の言葉もその美しすぎる寂しさも……
ぼくはただその花に心も目も奪われそのすべてを知り望みたかった。
それは無言の微笑みの中にその問いかけがあった。
それはその花のような薄紫の夜明けの中で、
わたしにあなたはスミレだと言った。

ねぇキミ、ぼくは今その白い胸に顔を埋め、愛の言葉を聞きたいなぁ。
そうさキミはかわいいやつ。
だからぼくはキミのことを思いこの胸は狂いそう。
だからだから、キミのその白い優しい胸に顔を埋めさせてほしい。
そして愛の秘密を教えてほしい。このぼくだけに、そおーっと……

体調の悪化とともに気持ちが沈んでいく清美に対して、教会近くに理想の住まいを見つけ、気持ちを上昇させていくのり子。

そんなのり子から毎週送られてくるテープは、二時間近い礼拝を一時間に編集したため、聞き取りにくく、清美には意味がくみ取れない部分が多かった。それでも清美はヘッドホンを耳に押しあてて、彼女が〝生き甲斐〟と言って寄こすテープから一言も聞き漏らさないように神経を集中させた。

ただ困ったのは、その感想をのり子がすぐにでも聞きたがったことだ。テープが届く頃を見計らって、のり子は清美を呼び出し、感想を求める。微に入り細にわたるのり子の質問に対応するのは、発声に不自由を抱えた清美にはひと苦労だった。

心配なのです。わたしがうるさくするので、あなたに無理をさせるのでは?

わたしは反省しますから、どうか何でも教えてください。(六月四日　のり子)

ごめんね、わたしだけ見て、勝手におしゃべりして……

何のことやら自分でもわからないありさまなのです。

あなたと一緒にこんなおしゃべりは嫌い?

それとも、また、していい?かな……(六月六日　のり子)

……………………………………

清美の体調は、六月になっても戻らなかった。毎日のようにかかってくるのり子からの電話に疲れ始めていた。

沈んでいく心の中で、こんな疑問が清美の心の中で頭をもたげてきた。

おれは捧げるだけなのか。のり子は受け取るだけなのか——。

清美が意を決して提案した詩とイラストによる共同制作の提案が、いつの間にか忘れられている。

午後八時の定期便で、清美は公募の話を再び持ち出した。

「いつか話した、おれの詩とのり子のイラストで雑誌に応募する話を覚えている？」

「あぁ、覚えているよ」

「締め切りは秋だけど、もうそろそろ取りかからないと」

「そうね。そうだったね」

話に乗ってこないまま他の話題に変わってしまった。言語障害のある清美はなかなか会話で主導権を握れない。いら立ちを感じたまま、清美は受話器を置いた。

のり子も気にしていたのだろう。数日後、のり子の手紙には共同制作の件がしたためられていた。


…………………………………………

一九七五年六月六日　のり子から清美へ

いつも電話をありがとうサンね。
あなたが考え出してくださった共同作業、喜んで…と言いたいところですが、
なにしろ自信がなくて……
でも、とてもうれしい思いつきなので、わたし、これからイラストの勉強など、
おっ始めようかと思っています。

ただ、ちょっと気になることは……

（もしかしたら、こんなことを言うことは、あなたを傷つけることかもしれませんが、どうぞ許してください……）

それは、この頃のあなたの「詩」についてなのです。

（思ったことをそのまま書きますので、どうぞ悪く思わないでください）

あなたは、もっともっと、自由な歌を歌ってください。

もっと大声で、胸を張って、あなたとあなたの道を、歌ってください。

どうぞ教えてください。夢から覚めた時の、あなたの光や影を……
ためらうことなく、飾ることなく、あなたが今、見ていること、触っていること、
そして、心からの叫び、涙を。

どうぞあなたは自由でいてください。

あなた自身から、そしてわたしから。


のり子の手紙を開封した清美の目線は、最後の二行に釘づけとなってしまった。

二人で共同で作品をつくり応募しようというのは、決して賞金や入賞を狙うためのものではない。上手い下手は問題ではない。言葉のやり取りだけに終始し、実体のない二人の関係に危機感を抱いた清美が、悩み抜いてたどり着いたものなのだ。

——わたしから自由でいてください。

清美は、体の内側から強い感情がわき上がってくるのを感じた。

一体誰のためにこんなに手紙を書いていると思っているんだ——。

清美はタイプライターを取り出し、感情のままキーを打った。

一九七五年六月一七日　清美からのり子へ

キミはおれをそんなに歌わせたいのか。なら言ってやろう、おれの考えを。

今実際おれは迷っている。

それはすべての雑念を追い出し、追いたい物だけを追い、自分自ら炎となりその叫びを歌うべきか。そうしたなら何かとっても大切な物までなくしそうな気がし、恐ろしい。

誰もがその心にもろもろの物を常に持っている。そしてその不平不満を何かに言いたいのが人。そんな人の心に光が射すとそれなりの花が咲くことがごく当たり前のこと。その花の色に目を奪われ駆け寄り、かぐわしい匂いを嗅ぎ、みずみずしい花びらに触れ、その優しい形を指で確かめようとするのが人の心理。ならば、それをあえて隠すのも真理ではないのか。

詩は一つの芸術。芸術とは人の心に訴えるものがあってこそ本当の詩と言える。その血みどろの叫びを訴えるには、血みどろの道を歩まなければならない。それは光と影の幻想のように何か美しいものを見極めようとする時とても汚い物を見る。するとその物の本当の美しさが浮き彫りになる。そこに表されるものは傷の痛み。

このまま詩の道を歩き通すとすると完全に孤独になり、またその中に物言わぬ花を見つめ否定肯定を自分だけで感じ、見た花のなんともないしぐさに驚くのが詩人の命でもあり、そして最後、別れのその間に命のすべてを燃やすのが詩人である悲しい運命……

それでもキミはおれに、詩人になりきれと言うのか。
一瞬の何かにこのすべてを賭け、火の体となり、その激しい血流の中で文章を組み立てろと言うのか。
いつ果てるとも知れない旅に発たせ、キミはそんなにおれを信じ許し、待ち続けていると言うのか。本当に本当に、おれの温もりも知らないキミに我慢できるのか。

おれは今でも一番言いたいことがある。本当に詩にしたいことは今は少し控えようと思う。というのは今はまだ、キミもおれも健康が損なわれすぎている。
そして互いのひざを交えて話せる時間がないために心の行き違いが起きそうなことは極力避けたいと思う。

清美はここで手紙を終わらせるはずだった。

しかし、この頃、量が増えてきた酒が回り始めると、突き動かされたようにタイプライターに向かい始めた。そして便せんの裏側に「心の中の心」と題した詩を書き始めた。


「心の中の心」

おれはいま焼酎のビンを抱えている。寂しさに酔いその場所が何処なのか、知らない。
だが心の何処かで誰かが問いかけてくる。オイおれは今幸せなのか不幸せなのか。
おれはバカなのかキチガイなのか。
ただボヤけた心の中にある幼い時の夢、夢、夢。
暗いトンネルの中のようなおれの幼い頃。そして思春期、その中の永遠という足かせ。
また地べたを今日と明日の間に残された自分の小さな自由の中で、
本当の微笑と本当の優しさを探した。

人から蔑みを受けバカにされ、
おれの痛く折れ曲がった肉体と心を沢山のドロ靴が走り抜けて行った。

その度におれは強く思った。その苦しさをくつがえすよう、いつかきっと、きっと来る！と。

その傷に負けそうな時が数知れずあった。

だが、おれは信じた。流れ落ちる鮮血、そのおれのすべてを照らす光が……

今、薄青い光が射し、青春という夜明けがきた。

おれはまぶしい光の中にキミを見た。

キミはその白い手を優しく伸べてくれた。

おれはうれしかった。その浮ついた気持ちを何度も何度も確かめてみた。

優しいキミはどこまでもおれに優しみを見せている。

だがしかし、その優しさにおれはそっと思う。

確かにおれの夢はキミ。希望もキミ。

そしてこの歪んだ命もキミのもの。このおれのすべて。


キミは心の悲痛の中で微笑を見せ幸せだという。

その姿はこのひもじい心に痛いほどあどけなく感じる。

その姿があどけなく、けなげに映れば映る程、おれは身も心も引き裂かれる思いに駆られる。


あぁキミはこの不愚者のおれを愛してくれようとしている。

優しいキミの両腕であたたかく抱き起こされた今、キミとの時を振り返りながらおれはおれの心にそっと聞いて見る。

このままで本当にいいのか？と。

でもぼくはぼくなりに、小っぽけな幸せをキミにあげるつもり……

独り言

キミはいったい誰のものだ。
その白い胸はいったい誰を待つのだ。
おれは今までいく度もキミと会い、キミと話した。

のり子が手紙を受け取ったのは、三日後だった。

便せんにびっしりと打たれたカナのタイプ文字を、のり子は何度も読んだ。読めば読むほど、行間に込められた清美の気持ち、そして、清美に対して独りよがりになっていた自分の姿が浮かび上がった。

生まれつき重度の障害を背負った清美が、のり子に対して開けることのできるドアの隙間はほんのわずかであることを、わずかであっても清美はそれこそ命をかけて開けようとしていることを、あらためて思い知った。扉から差し込んでくる明かりを、いつしか、のり子は当たり前のことのように受けとめてしまっていた。

清美との間にあったすれ違い、その距離の大きさに初めて気がつき、のり子は涙した。

この夜、のり子は何度も反故《ほご》をつくりながら、清美への返書を書いた。

一九七五年六月二〇日　のり子から清美へ

あなたが一生懸命書いてくれたお手紙何度も読みました。

その中であなたがとても深い大きな矛盾に苦しんでおられるのが、わたしにもよくわかる気がしました。


さて、その手紙の感想を書かせてください。

まずわたしを混乱させ泣かせたことは確かです。そしてわたしとあなたが今どんなに道に迷い希望を探すのに一生懸命かがはっきりしたように思います。その意味でこの手紙はわたしにとって、とてもうれしい手紙なのです。


足並みを合わせるためにあなたは立ち止まり引き返し、手をつないでくれました。

これは幸せなことではありませんか？　これはうれしいと言って喜んでは欺瞞なのですか？

もしそうならわたしは一生、欺瞞の仮面をつけて生きていたい、そう思っています。


それからあなたが面倒でなければ、わたしがどうしても知りたいと思うことを教えてください。

手紙の中であなたが、失うことを恐れている、「とても大切なもの」について。

それは、あなたがわたしに渡してくれる詩を読む時、あなたはわたしにどんな立場で読んでほしいと思うのでしょうか？

なんか不都合なことがあってあなたを悩ませていたら、どうか許してください。お願いします。

最後にわたしはこれからもあなたの重荷になりながらでも、人間になるためにあなたと歩きたいと思っています。黒い重たい影を背負っていることを承知しつつ、このひと足を明るさの方へ光のさしてくる方へ踏み出したいと願っています……


……………………………

嵐の夜

清美が望んだ「互いのひざを交えて話せる時間」は、なかなか訪れなかった。

一九七五（昭和五〇）年の夏を通じて清美の体調は優れず、夏の暑さを過ぎると今度はのり子が体調を崩した。

そんな二人に会う機会を与えたのは「思い出の集い」という湯の里のサークルだった。思い出の集いは、旅行などを通じて、社会参加の経験を広げようと始まった活動で、清美も主要メンバーとして加わっていた。会には施設利用者のほか、職員有志も賛助会員として加わっていた。会員からの会費によって活動資金が賄われていたが、活動範囲が広がるにつれ、資金難になってきた。そこで、札幌で街頭募金を行うことになったのだ。

九月二〇日と二一日の二日間、「わたしたちにも社会的視野を広める機会を！」という標語のもと、三越デパート前で募金活動が行われた。清美は、募金してくれた人にお礼として手渡す詩集を担当することになった。

清美は、この募金活動を利用して、のり子の新しい住まいを訪れる約束をしていた。活動の成功を願うこと以上に、最終日に迎えに来るはずののり子のこと、そしてその夜のことで清美の頭の中はいっぱい。募金活動は文字通り上の空だ。

最終日、募金活動も終わり、北湯沢からの参加者が宿泊地に向かうためのバスに乗り始めた。

「兄貴、早くバスに乗らないと、出ちゃうぞ」

北湯沢の寮生から「兄貴」と呼ばれていた清美は手を振り、仲間の輪から外れた。この日に合わせて岩見沢からのり子の妹夫婦が迎えに来ることになっていたのだ。

前もってこの日のデートのことを知らされていた職員は「頑張ってこいよ、及川の将来がかかっているんだからな」と肩を叩いた。

雨の降る中、清美たちを乗せた車はのり子の新たな引っ越し先に着き、妹夫婦は清美が家の中に入るまで手助けをして帰っていった。

二人は、夕食に手作りの五目飯を食べ、清美が持参したミュージックテープを聴き、のり子は最近になって始めたイラストの習作を見せた。

「明日は早いから、布団を敷くね」と言って、のり子は茶の間に布団を敷いた。

これからどうなるのかと、清美が胸をドキドキさせていると、のり子は電気を消し、階段を上って屋根裏部屋へと消えた。清美は気が抜けたものの、少し安心もした。

その夜は大嵐だった。

清美はなかなか眠れずにいた。窓を叩く雨音以上に屋根裏部屋の物音が気になる。

遅い時間になって、のり子がうす暗がりの中、静かに降りてきた。

清美はまたドキドキした。薄目で確認すると、のり子はトイレに行っていたようだ。

そのまま上がってしまうのかと思っていると、枕元に近づいてきた。

「まだ起きてる？　風で窓がガタガタうるさくて眠れないね」

のり子は清美のかたわらに座って「少し話してもいい？」と言った。

のり子は淡い黄色のパジャマを着ていた。ズボンのひざには裏側から継ぎ布が当てられているのがぼんやり見えた。

〈彼女は見てくれは派手だけど性格はいたってつましいんだな。結婚するならやはりこんな人がいい〉と清美は思った。

二人は遅くまで語り明かした。

「あ、もうこんな時間。寝なきゃ」

そう言って立ち上がろうとするのり子の手を清美は優しく引き寄せ、初めてのキスをした。

清美は唇の周りに今まで感じたことのない不思議な感覚を味わっていた。


「鬼が来たぞー！」

次の朝、妹たちの迎えの車が来た。夫の吾郎が窓から顔を出してはしゃいだ。

清美が北湯沢の仲間たちに合流すると「兄貴ずるい！　何してきた？」と責め立てられた。

清美たちが北湯沢に戻るとすぐ、岩見沢から手紙が届いた。

一九七五年九月二二日　のり子から清美へ

あなたは優しかった。あなたはあたたかだった。あなたは強かった。
そして、あなたはちょっぴり甘えん坊サン！
そんなあなたに心から言います。ありがとうさんね！
ホラ、寂しかったわたしの部屋に、幸せが一杯です！
震えていたわたしの心に、今もあたたかい灯が灯って……
あぁ、もっと丈夫にならなければ……強くならなければ……
そうすれば、この身にあまるあなたの真心に、
もう少し上手に応えられるでしょうに……

……………………………………………

しかし、清美の口づけが、のり子の心の奥底にあり続けた暗い何かを呼び覚ましたことを、この時、二人は気づいていなかった。

第八章　三叉路

文化祭

のり子とのわだかまりが消えた清美は目に見えて健康を取り戻し、以前にも増して園内の活動に取り組むようになった。

一〇月末、「思い出の集い」の行楽行事として、バスでオロフレ峠の紅葉を楽しむツアーが行われた。清美も含め三十名ほどで北湯沢と登別を結ぶ標高千メートルの峠を目指した。清美は車窓から美しく紅葉する景色を愛用のカメラにおさめた。

北湯沢に戻ると、清美は写真サークルの島田とともに現像室に入った。バスの車窓からこずえが流れるように撮った白黒写真を大きく伸ばし、五枚をプリントした。さらに清美はそれに詩を書き加えることにした。

一枚でも意味が通り、五枚合わせてもつながる詩を清美は苦労して創作し、寮母がポスターカラーで写真パネルに書き込んだ。五枚のパネルを並べると壮観な出来栄えになった。清美たちは、一一月に開かれた湯の里の文化祭でこれを発表した。

文化祭の当日は、催し物を見るために三三三号には誰もいなくなる。これ幸いと、清美は一人ヘッドホンをつけ、のり子に贈る声の手紙をつくっていた。

「及川さん」

「！」

突然後ろから肩を叩かれ、驚いた拍子に、清美は真後ろにひっくり返ってしまった。声をかけた石沢指導員の奥さんもびっくりした。

「何、何ですか？」

「あ、ごめん。実は及川さんが出したあのパネルを見て、ほしいと言う人がいるの。そしてね、あなたにぜひ会いたいと言って、待ってらっしゃるの。だから一緒に会場に来てくれない？」

「もの好きな人もいるんだ。いいですよ」

清美は車いすに乗り、石沢夫人に押されて会場に行った。パネルの注文主はうら若き女の先生だった。

「こんなにすばらしい作品は見たことがありません」

感激して、結構な金額を置いていった。清美はそれを全額クラブの部費にした。


文化祭が終わると谷川指導員がアンプ製作の依頼に来た。

「及川、クリスマスの出し物で、各詰所対抗の寸劇をすることになったんだ。でも、みんな素人だろう。声を出せないから、マイクで音を拾ってスピーカーで出したいんだけど、アンプをつくれないかな。材料代は施設持ちだからよ」

「アンプですか。材料代が出るなら、やります」

清美はアマチュア無線誌の通信販売でアンプのキットなどを注文し、手に入らない部品はのり子の妹の夫に頼んだ。

クリスマス会まで一か月に迫った頃に部品が届き、時間がなくなってきたため、島田のほか、手の空いている職員を助っ人に頼み、ハンダづけ、パネルの穴あけなどの作業を分担させた。完成は本番の三日前。テストは一回でクリアした。

清美たちはアンプ製作と並行してミラーボール製作にも取り組んでいた。

北湯沢湯の里の向かいに、同じ福祉法人が経営する保育園があった。北湯沢地区は集会施設が乏しく、大きな遊戯場のある保育園は地域の人たちの社交場としても開放されていた。ここで湯の里の職員がバンドマンになったダンスクラブが活動していた。

谷川は清美に「保育園の遊戯場をダンスホールらしくしたいんだけど、ミラーボールをつくれないかな」と頼んできた。

二つ返事で引き受けた清美は、頭の中に設計図を描き、部品を調達して、島田ら三人のメンバーと製作に取りかかった。

約一か月後、苦心の末ミラーボールは出来上がり、試運転の日が来た。訓練室にライトが持ち込まれ、光を当ててボールを回転させると、訓練室の中に見事な星が輝いた。

「わ、きれい!」

歓声が上がり、それまでの苦労が吹き飛んだ。

年末のクリスマス会で一九七五(昭和五〇)年の行事はすべて終わった。

明日には正月を家で過ごす多くの利用者が帰省するという夜。三田という寮母の訪問を受けた。二十二歳の彼女は、部屋に入るなり本題に入った。

「ねぇ、及川さん。わたしは何のために生きているのだろう？　自分本来の欲望。そしてその目的はいったい何。

今日のわたしは、確かに目の回る忙しさだったかもしれない。そしてそのことでなんらかの満足はあった。でもそれはすべて物による充実感。だから何かむなしいの」

清美が答えを考えあぐねていると、相手は清美の答えは知っていると言わんばかりに、言葉を続けた。

「及川さんは今、恋人と離れて暮らしてるんだってねぇ。話すのは電話か手紙に限られてしまうよねぇ。それでよくお互いの心を信じ維持していくことができるね。もし自分なら相手と離れて一年も暮らせない。

今私、彼と離れているの。今でも確かに二人の話をする時間はつくれるわ。でもやがて一人になると、ふとこれでいいのかと思うの。彼といくら話し合っても自分が望む反対方向に進んでいっているような気がする。

かといって彼に何を言い、何を知りたいのか自分ではわからない。これが一生を決める愛かと思うと、何もわからなくなり、何もつかめないまま押し流されてしまいそう……」

清美は、こんな言葉を返した。

「誰かが言ってた。愛するから許し、愛するから許せない。愛するから信じ、愛するから信じられない。愛が限りないように、疑いの心もまた限りない。二つは天秤の上で揺れている……」

話しながら清美は、一二月の半ばから市立病院に入院しているのり子のことを思いやった。

患い

冬が近づくにつれ〝理想の御殿〟と思われたのり子の新居には、問題が次々と現れた。門構えこそ立派だったものの、東側にある窓は小さく、日の光が入らない。寒さによる凍上現象によって建物が歪み、ドアも開かなくなる。そして何よりも寒い。水道も二時間で凍るようなありさまだった。すきま風の絶えない部屋でのり子は、扁桃熱を発症した。

そして高熱が一週間続いた一二月一〇日、市立病院に入院することになってしまった。数日して一時は四十度近くあった熱が下がり、気分がよくなったように思えても、医者から退院の指示は出ない。白いベッドの上で、手持ちぶさたのり子はカードづくりをしたり、清美に手紙を書いたりしながら、悶々とした日々を過ごした。

清美はできるだけ電話で声を聞かせようとしたが、入院中ののり子にはそれもままならず、ただのり子から送られてくる手紙で安否を知るしかない日々が続いた。

一九七五年一二月二一日　のり子から清美へ

わたしは本当に電話は好きになれない。もう電話なんてかけない。
誰も悪くないけれど何かしら意地悪をされた時のように悔しくなってしまう。
泣き出したくなってしまう。

白い落ちつく場所のない毎日に今、とっても疲れてしまったみたい。なんか叫んでみたい。でも何をどうやって言っていいかわからない。今はただこうして大きなため息と愚痴を、そっと聞いてもらいたいだけ…遠くの人に……


ここは病院なので時々急病人が運ばれてきます。夕べも騒ぎがありました。

消灯の後わたしたちの部屋はいつまでも興奮していました。人のことなので笑ったりもしました。

朝までもたないと言って悲しんでいる人たちなのに、わたしは笑うことができるのです。

そしてみんなが寝静まってから、わたしはいつまでも泣いていました……


今はどこまで行っても白い冷たい砂漠のよう。

足がとても疲れて動けなくなりそう。

とっても寂しくて悲しい…とても……

こんな時どうすればいいのかな……

優しい心でいたいのに…温かい心でいたいのに……

小さくてもいいから明るい灯りがあればいいと思う。

マッチの灯でいいから……


のり子の病の本当の原因は、部屋のすきま風ではなかった。

一九七五年九月、清美の口づけが呼び覚ました何かだった。それが体の中で、のり子を苦しめていた。しかし、そのことを医者はもちろん、のり子も気がつかなかった。

年末、のり子に、正月を家で過ごすようにと病院から一時帰宅の許可が出た。ところが得体の知れない何かに憑かれたのり子は、茂世丑の実家に帰らず、タクシーを飛ばして岩見沢教会に飛び込んだ。

西田牧師がいた。

「おや、藤本さん、入院したと聞いたけれど、退院できたんですね」

「先生、わたし、どうしてもこれから、伊達に行かなければならないんです。お願いします。連れていってください。先生しかお願いする人がいないんです」

「えっ、ダテ……ですか」

「どうしても伊達に行って、会わなければならない人がいるんです。お願いします」

「これから……」

「お願いします」

「今すぐに……」

「お願いします」

「……わかりました」

どうしても伊達に行かなければならないと言うのり子の無理に、西田牧師は、理由を聞くことなく、車で連れていくことを約束した。

清美との交際を、のり子は桜の園の同僚はもとより、教会の仲間、西田牧師にも秘密にしていた。それでも、長年のつき合いからのり子と清美が特別な関係にあることに牧師は気づいていた。

年末年始の仕事はまだ残っていたものの、後のことを夫人に託し、綿入れはんてんを着たままの、のり子を車に乗せて、百キロ離れた伊達へと慌ただしく出発した。後部座席に乗ったのり子は、車が動き出すと安心したのかすぐに寝てしまった。

国道三六号をひたすら南下。うっすらと雪の残る噴火湾沿いの殺風景な一本道を車は進んだ。

伊達市黄金に入ると、のり子は後部座席から声を上げた。

「止まってください」

冬道の車はふらつきながら止まり、牧師はのり子が指さした国道沿いの平屋に向かった。

日照時間の短い冬の北海道。のり子を車に残した牧師が及川家の玄関に立った頃には、あたりは暗くなっていた。

「ごめんください」

「はい……」

出てきたのはヤエだった。初めて見る西田牧師を怪訝そうに見つめる。

「突然すみません。わたし、岩見沢で教会の牧師をしている者ですが、どうしても及川清美さんに会いたいということで、今、藤本のり子さんという方をお連れしたんですが」

「藤本さん……。今、ここにいるんですか」

「はい、下の車で待っています」

「ちょっと待って、清美――！」

清美は、突然の来訪とのり子のやつれ具合に驚き、微熱のあるのり子をしばらくここで安静にさせると約束して、のり子を家に泊めた。

及川家の客間に敷かれた布団の上で、のり子は泣きながら清美に訴えた。

「何のために、何のためにわたしたちはいるの。わたしたちの愛は何のため……」

清美は、問いには答えずに、いつまでも泣きじゃくるのり子を静かに受け止めた。

翌日、西田牧師から連絡を受けたのり子の妹夫妻が車で迎えに来て、のり子は市立病院に戻っていった。

十日後、のり子は、体調を悪化させることなく無事退院した。

自室に戻ったのり子は、北湯沢に戻っていた清美に電話を入れ、正月のことを詫びた。

「いや、いいんだ。会えてうれしかったから」

電話での会話を簡単にすませると、清美は手紙を打った。

一九七六年一月一三日　清美からのり子へ

キミは泣きながら言った。「何のために……」と。

おれはこう思う。人を愛することは理論ではないし損得でもない。また目的のためだけではない。

おれは好きだからキミを愛したいから愛している。

ホラこの通りおれはキミに首ったけ！　またもしこのままの道がキミにとってどうしても苦痛に思えるのなら…もし本当なら…さぁどうしようねぇ。

そんなに疲れさせてごめんヨ。その疲れがどうしたら治るのか、それは何かを押し戻せば治るものなのかい？


でもおれはイヤだ！　キミがどう思おうと嫌だと言う。

またキミがどうしてもこの道が疲れて歩くのが嫌だと言うのなら……

せめてキミのその健康を取り戻せるまで心だけでも付き添っていたい。

キミがすべてを忘れたいということは……


……………………………………………


さて、この答えを出そうとしてもおれだけでは何年考えても出せないと思う。

というのも二人三脚だからだと思う。おれはおれの答えだけを言う。

さらにもしこれからもこのおれを愛せるものなら、変な気を回さずについてきてほしい。


この後、清美も風邪をこじらせた。高熱が続き腎盂炎を併発、重患室に入れられた。

見舞いに来たヤエが「これを飲めば治るだろう」と言って置いていったものは焼酎だった。

三週間後、清美は重患室からようやく出ることができた。部屋に戻ると鶴見寮母がこう言った。

「あの部屋に入った人で、生きて出てこられたのは及川さんが初めてだよ」

〈そういえば確かに、あの部屋にはナースコールがなかったなぁ……〉

復帰

清美は相変わらず、何かが故障したといえば呼ばれ、出かけていっては修理した。

二月、清美の健康回復を待っていた谷川指導員は「電動車いすをつくらないか？」と持ちかけた。さっそく清美は、島田らサークル仲間三人に協力を求め、材料集めに取り組み、車のワイパー用モーター二個、バイク用バッテリー二個、その他を集めた。

図面を引く段になると、作業はとたんに難しくなった。完成イメージは清美の頭の中にあるのだが、それを図面化するには、両手の自由が利く仲間に頼まなければならない。ところが、清美の説明が他の二人に理解されず、なかなか思ったとおりにいかない。それでもおよそ一か月の苦闘の末、どうにか自作の電動車いすができた。それは、時速三キロでのろのろと動いた。

四月になり、車いすメーカーからピカピカの電動車いすが湯の里に寄贈された。やはりメーカー品は見栄えがよく、速い。清美たちの力作は、倉庫にしまわれたままになってしまった。

この春、東多摩夫という指導員が清美の担当についた。この男は仙台の福祉大学を卒業し、前年四月に入社したばかりの新人。やる気の感じられない男で、清美とは何度か衝突があった。

東は現場まで清美の乗った車いすを押しながらこんなことをつぶやいた。

「おれはこんな仕事をしにここに来たわけじゃないんだがなぁ」

〈おいおい、あんたは勤務中だろうが。おれだって部品代しかもらっていないボランティアなんだ。文句言うなよ〉

またいつものぼやきが始まったと清美は思った。

清美の作業を見守りながらも、聞こえるようにほざく。

「おれは人間ギライなんだ」

湯の里の中では温厚なことで知られる清美も、ついにこんな言葉を投げ返してしまった。

「仕事、間違えたんじゃないか」


前の年まで毎週のように来ていたのり子からの手紙が、年明けから途絶えていた。

それでも電話連絡は絶えず、この日ものり子は電話口で、「及川さんの体の方が心配になっちゃって。頑張るのはいいけど、無理しないで」と心配する。翌日、清美は、無理を続ける理由を手紙で答えた。

一九七六年二月六日　清美からのり子へ

障害者であっても、こんなことができるんだという何かを示したいんだ。

また我々の世界をより以上大きくするために、できる誰かがするべきだと思う。

ぼくももうこちらで三年だよ。昔から石の上にも三年という例えがあるとおりかもしれないねぇ。

と言っても大変！　今にも音を上げそう！というのが本当のところ。

この物にはどんな単位で、またどんな目安が的確なのかつかめないの。

自分がその物を頭で知っていても、相手にどうやって伝えたらいいかわからないの。

そんな時は一番辛い……

でもどんな時も体当たりサ！　ぼくにはそれが一番サ。


……………


二月、のり子は札幌の勤医協病院で定期検査を受けた。主治医の渡辺医師はレントゲン写真を見ながら明るい表情でこう言った。

「だいぶよくなってきましたね。そろそろ職場復帰訓練を始めましょうか」

一日も早く職場に戻りたいのり子はすぐに桜の園へ連絡を入れた。

のり子が休んでいる間に桜の園はガラリと変わっていた。見知らぬ顔が増え、同期の寮母は何人も、結婚などの理由で桜の園を離れていた。

体に無理の利かないのり子には、寮生たちの仕事を監督する係が与えられた。

竹棟の旧訓練室が作業場となっており、マッチ箱の組み立てと、マッチの封入が行われていた。この作業には、かつて清美の同僚だった須藤など、重度の障害者が従事していた。

のり子の役目は、利用者のケアではなく、その日のノルマを確実に達成させることだった。同じことのくり返しに飽きて持ち場を離れようとする者がいれば、注意し仕事に戻さなければならない。しかし、延々と続く単調な作業のくり返しは、のり子の目からも逃げ出して当然と思えた。

半年ぶりの職場復帰にもかかわらず、利用者を労働者扱いすることに強い違和感を感じた。そして監督業務を進めていくうちに、のり子はすっかり新たな職場に適応する自信を失ってしまった。

二か月ぶりに北湯沢に届いた手紙には、職場復帰への自信喪失が清美への思いをも巻き添えにしかねない、のり子の姿が記されていた。

一九七六年二月二六日　のり子から清美へ

もう、ホームは遠くなってしまった。
だからわたしは今違う道を探しているのです。
どんな道が開かれるか今はわかりません。
……ただ……探しているのです……

いまわたしは不安です。
何に対してもテンデ自信がありません。
体のこともそうだけれど、働くということにそしてあなたへの想いにも……
あぁ、わたしに何ができるの…?
ごめんね。疲れたでしょ…
明日にはきっと明るくなるから…

現実拒否

職場復帰訓練が始まって間もなく、のり子は札幌へ定期検診に行った折、同じ病院に入院していた上舞桜子を見舞った。のり子より先に腰痛に倒れた上舞も入退院をくり返し、この週から腰のリハビリのために入院していたのだ。

桜の園の同期で、腰痛という同じ病気を持った二人。労災認定を求めてともに闘うなかで、二人は友情を育んでいった。苦しむ上舞にのり子は教会の仲間を紹介し、思い悩むのり子を明るい性格の上舞は励まし続けた。

のり子は、久しぶりに復帰した桜の園の変わりようを報告するとともに、上舞から元気をもらおうと病室を訪ねた。

「あらー、のりちゃん。元気？　うれしいわ」

上舞は、いつもと変わらない明るい笑顔でのり子を迎えた。

「桜ちゃんこそ、元気そう」

「うん、今ね、運動療法をやっているの」

二人の会話ははずみ、のり子が様変わりした桜の園の様子を知らせると、上舞は少し表情を暗くし、こう言った。

「あのね、わたし、桜の園に戻らないことに決めたの」

「えっ！」

「せっかく労災をもらって、よくなったら戻れるんだけど、あそこに戻ったら、また腰を悪くしそうで怖いの。みんなにはよくしてもらったんだけど……」

親友の上舞が戻ってきたら、お互い励まし合って頑張ろう。そう思っていたのり子は、大きなショックを受けた。

この日を境に、のり子は半日の復帰訓練を数日こなすと体調を崩して全日休業、というくり返しに陥ってしまった。

…………………………………………………………………………………………

ごめんなさい……　心配かけました。本当……

あまえ、だったのですね。

あなたに対してとても恥ずかしい気持ちでいっぱいです。

今は……

目を覚まさなければ！　しっかりしなければ！

……あなたに習ってわたしも頑張ります。

一人の人間として、しっかり生きていきます。（三月三日　のり子）

寝る間を惜しんで聞いてくれるあなたに、心から言います。ありがとうサン！

ごめんね。わたしはまだまだ、自分のことしか考えられなくて、いつもいつもあなたを困らせ、傷つけてしまう。（三月一五日　のり子）

三月も半ばを過ぎると、とうとう職場に出ることができなくなり、一日中、家に閉じこもる暮らしになってしまった。そして、のり子は部屋の中で泣いた。

……

泣き虫のり子から、泣けないあなたへ。

今は泣かせてください、思いっきり、あなたの分も……

だから、だから　どうぞここに捨ててください。

あなたのその悲しみ、重苦しい疲れを…この手に……

何もない、この手に。

いつまでも待っています。

あなたを……　春を待つように…首を長くして…（三月二六日　のり子）

昨日の夜、神様に「清美さんを助けてください。どうぞ彼をお守りください」とお願いしました。

そして、神様はどうして彼を、いつまでも苦しみの中に置かれるのですか、なぜ、その救いの手を差し伸べてはくださらないのですか？　って聞きました。

長いこと祈っていました。

そうしたら、とってもキツイ答えが返ってきました。

「彼が苦しむのは、おまえのせいだ。おまえが人を人間として愛せないからだ！　おまえのわがままが、彼を疲れさせ、おまえの自分勝手が彼と、キリストとの間を隔てているのだ」…って。（三月二九日　のり子）

三月、清美との連絡がたった一本の命綱であるかのように、絶え間なくのり子から連絡があった。あえて手紙で返事をせず、電話口でのり子の訴えを静かに受け止めていた清美は、四月に入ってから「寂しいのはキミだけじゃないよ。おれはそれ以上サ」という書き出しで始まる長い手紙を書いた。

清美は、障害者施設という閉じられた空間の中で、自分が孤独と未来の見えない不安にさいなまれていることを知らせることで、〝一人じゃない〟ことをのり子に教えようとした。

一九七六年四月一一日　清美からのり子へ

ここには、優しさがない。
ここには、あの自由の象徴の海がない。
ここは、深く重く閉ざされた山並みと、荒々しく吹きぬける言葉が、
ただ複雑に形をつくろうとする機械のような感情がうごめく。
人の間違いを、乱雑に否定し、制するだけ。
ここのすべてが、誰かの命令で動いている。
そして、綿密な計算の上に一日が回る。

その中でおれは叫びたい。
おれは人間だ！
おれは、キミ等みたく、機械にはなりたくない！
おれは熱い感情がほしい。
まっ赤な血がこの身体の中に流れているように、燃える感情のままで、おれはいたい。
おまえらはそんなに機械になりたいのか。

イヤ、もうなっている。
ホラ聞こえる、キーキーとかん高い音が。
心の油切れの音が。淡い春の光の中に、ステンレスの顔が、
おれの心に不快な表情となって輝く……
ここには、心から分かち合える物が何もない……

さて、電話。とってもうれしい！
でも、どうしてキミはいつも、そんなに優しくかわいいの？
本当に行ってもいいの？　キミの傍に！
もしキミのそばに行くと、キミを食べてしまいそうだ。

ねぇ、これまでおれがこうして頑張って来られたのも、いつもキミがいてくれたから。
また、苦しい一日の中に、ポッカリと開いたむなしさを、キミがそっと埋めてくれる。
それがキミの愛、また冷たい時の流れの中に、いつもいて、
きわめてあたたかいさざ波にも似たものが、すさぶ心を濡らし潤していく。
そんな時、おれは思う。キミはとってもすばらしい人だ、と。

のり子の病の原因は、職場になじめないことでも、すきま風の吹く寒い部屋でもない。
半年も前に清美が呼び覚ましたのり子の心の奥底に巣くう何者かであることに、まだ清美ものり子

も気づいていなかった。

途絶

また桜の季節がやってきた。

清美の北湯沢湯の里での暮らしも三年目の春を迎え、オープン当初の混乱も落ちつき、終わりのない日常だけが支配するようになっていた。

四月一一日に手紙を書いて以来、清美は自分の置かれている立場とのり子との関係をこれまで以上に真剣に考えるようになった。

清美は三か月前のあの日の光景、一月一八日に湯の里で行われた重度障害者同士三組の合同結婚式の模様を思い出す。

この日、湯の里では二階訓練室を会場に、職員や寮生など三百名近い招待客が、この施設で知り合い恋に落ちた三組の結婚を祝った。結婚した三組の新郎新婦のうち谷本繁と大端明子は、清美とともに岩見沢桜の園から移ってきた仲間だった。

午後一時、真っ白いウエディングドレスとスーツに身を包んだ新郎新婦が入場。一連の儀式の後、各々のカップルを代表して新郎の一人が誓いの言葉を述べた。

「かなわぬ夢だと思っていた結婚でした。それが多くのみな様の協力で実りました。一人でできないことも二人で助け合い、ハンディをカバーし合い、歯を食いしばり、たとえドロにまみれるような人生であろうと生きていくことを誓います」

こう言った後、無数のフラッシュが焚かれた。その多くは新聞社のカメラだった。養護施設での合同結婚式は全国に例がない。緊張の面持ちの三組の新郎新婦を、施設長はじめ職員たちが感慨深げに見守っていた。

招待者の一人として清美は、うれしさを満面にたたえたカップルを見ながら、ウエディングドレスを着たのり子の姿を想像してしまうのだった。

しかし時代は一九七〇年代の半ば。報道関係者の関心の高さはそのまま重度の障害者が結婚することの困難さを物語っていた。

一月の合同結婚式から百日が過ぎた今、福祉住宅で新生活を始めた三組の厳しい様子が早くも聞こえてきた。谷本家では奥さんが包丁を振り回し、明子はといえば、顔に青アザをつくって訓練室に来て泣いていた。清美には恋愛時代とは違う結婚生活の現実をまざまざと見る思いだった。

清美の相手は障害者ではない。障害者同士が結婚することがあったとしても、障害者と健常者が一つ屋根の下で家庭をつくることなど現実的には考えられなかった。

のり子との結婚が非現実な夢物語なら、彼女との関係を清算し、この施設の中で一人の障害者として保護され、ここで一生を終えるべきなのか。この未来像も清美には耐えがたかった。だからといって、このまま煮詰まりゆく関係をだらだらと続けることもできそうもない。

結婚という非現実の中に逃避するのか。

障害者として施設の中に生涯引きこもるのか。

第三の道を模索すべきなのか。

年末にのり子が突然伊達に押しかけて以来、清美は自分が三叉路の手前にいることを常に意識していた。

五月一〇日。清美はのり子への手紙で初めて〝三叉路〟という言葉を使った。

しかし、そこには最良の結末こそがもっとも遠い結末であるというかすかなあきらめがあった。

一九七六年五月一〇日　清美からのり子へ

それはこの心のすべて、わたしのすべて、
そしてそれが青春という三叉路の道しるべ。
そしてそれはキミ。

また夜空の星にそっと願いをかけたら願いがかなうのかな？

キミはいったいどんな願いをかけるのかな？

え、ぼく？　ぼくはかけるよ、キミにこの胸の願いを！

まだ少し残っているからもう少しおしゃべりするね。


部屋で一人っきりになれた時、その肩を傍らに置きたい気がする。

そんな時その優しい肩はこの胸にいったい何を話し何を望むのか尋ねたくなる。

それが愛している証拠かもしれない……

（裏面）

――わたしは書きたい、誰にもわからない詩を、小さな小さな言葉を。
甘い梅のような匂いのする詩を書きたい。
それは誰の眼にも触れず何年も何年も机の隅に眠り、
ある時誰かが見、ホオズキにも似た淡い光が感じられ、
そのまま、またそうっとしまわれる、
そんな詩がわたしは書きたい――

…………………………………………


出口の見えない悩みの中で、清美はこんな無茶もした。

北湯沢湯の里の正面玄関前はきつい坂道になっている。坂道は長流川につながる小川を渡っていた。

この日、清美は仲間四人とともに玄関前でたむろしながら、この坂を見ていた。

「車いすでここから下りたら、すごいスピードが出るだろうな」

「危ないよ」

「でも、下がなだらかだから、転ばなければ下で止まるんじゃないか」

「下手したら、川に落ちるぞ」

「絶対、大丈夫だよ」

仲間の一人が今にも飛び出しそうだった。

それまで止める役割だった清美は、今にも飛び出しそうな仲間を抑えるため、

〈やるんならおれだ。おれがやれば、もう誰もやらない〉と考え、「おれが行く。下りられたとしても、上がってくるのは無理だから寮母さんを呼んでおいてくれ」と言い残し、あっという間に坂を下っていった。

ゆるい右カーブに差しかかったところで、清美はスピードに乗った車いすにブレーキをかけようとした。ところが、左の縁石にぶち当たり、その衝撃で車いすから投げ出され、川に転がり落ちた。頭上を車いすが飛び越えていくのが見えた。

大騒ぎになった。連絡を受けた数人の職員が転がるように走ってきた。

清美を抱き上げた寮母は、「こんな無茶して。及川さんらしくないねぇ！」とあきれた。

全身に広がる痛みに耐えながら清美は、こう言い返した。

「おれだからやったんだ！　これでもう下りていくやつはいなくなるだろうが！」

北湯沢で清美が自爆的な滑走を行った頃、のり子の心に巣くう何かは、心の奥底から這いだし、はっきりと姿を現して、のり子を支配してしまった。

六月五日、のり子は「わたしは旅に出る」という手紙を北湯沢に書き送り、清美との一切の交信を絶ってしまう。

一九七六年六月五日　のり子から清美へ

……………………

わたしは旅に出る。

優しさが壊れる前に明日の日が別れの涙で濡れる前に、帰っていこう。

あの夕陽の向こうにあの通い慣れた懐かしい道に一人で歩いたさびしさに……

とてもうれしかった、この出会いが、この交わりが、長くて短かったあなたとの日々が……

見つめてみたいこの胸の痛み、温めて来た思い出、残された未来を……


旅に出よう。また戻って来たい心の旅に……

その日までどうか元気でいてください。わたしのたった一人の大切な人……


これまで長いことありがとうサン。本当にうれしかった。

わたし、わがままだったと思います。

あなたを困らせてばかり……

辛い思いをさせてばかり……

なのにあなたは黙って聞いてくれました。

一方的なテープを手紙をそして電話を……


あぁ、だから止めにします。そして旅に出ます。

これしか、こうするしかないのです。

今のわたしがあなたにしてあげられることは……

これで精いっぱい……なんです……

どうかあなたはあなたらしくいてください。
最後まで力いっぱい走ってください。
あなた自身の人生の完成を目指して……
そしてわたしから自由になってください。
明るく強くいてください。

わたしが旅から帰った時そんなたくましいあなたにまた出会える！と信じて……
そう信じながら……。
少し長くなるかもしれない心の旅に、出かけてきます。
あなたの神が、あなたの日々を守ってくださるよう心から祈りつつ……

第九章　愛は痛み

これまで長いことありがとうサン。
だから止めにします。そして旅に出ます。
そしてわたしから自由になってください。

ショック

ついに来るべきものが来たか――。

人生の三叉路で、彼女は自分を置いて別な道を歩もうというのか――。

のり子からの手紙に清美は強い衝撃を受けた。

この手紙を受け取る数日前、電話で車いすで坂を下った顛末を話し、清美の身を案じる言葉をのり子からもらったばかり。別れの予兆など微塵も感じなかった。

いったい何があったのか。清美はパニックに陥ってしまった。

しかし、施設に暮らす清美にはショックに打ちひしがれる時間も場所もない。施設が決めたスケジュールに従い、決まり切った一日が過ぎる。

清美は努めて平静さを装い、これはのり子の冗談であって、すぐに「ねぇ、驚いた?」という電話が来るに違いないと信じた。

毎日のようにあったのり子からの連絡が途絶え、一日が過ぎ、三日が過ぎ、一週間が過ぎた。清美は急な体調の悪化か何か、連絡したくても連絡できない事情がのり子に起こったと考えた。連絡がないまま二週間も過ぎると、清美もさすがにあの手紙が〝別れの手紙〟だったことを認めないわけにはいかなかった。

職員たちも気がつき始めた。中には無遠慮に「この頃彼女から手紙がこないね」と言う者もいた。清美は努めて明るく、「振られちゃったみたい」と返した。

たとえ振られたとしても、彼女の口からきちんと理由を聞かなければならない。必ず彼女を訪ねようと清美は誓った。そうは思っても、清美の体は行動の自由を許さない。なんとも言えない気だるさの中で、忙しい日々だけがすぎていった。

そのうち、身体のあちこちに硬い芯のある吹き出物が出始めた。やがて赤く腫れ上がり脇の下から背中にかけて広がり、熱が出た。湯の里の医師は検査結果を見ながら、首をかしげて尋ねた。

「変だなあ、施設の食事ではあり得ない症状なんだけど、どんな生活をしていたの。食事はどうだったのかを話してください」

〈別れた彼女のことがショックで……〉とは言えずに清美は、「施設の夕飯を食べずに、寝る直前に毎晩インスタントラーメンを食べました」と答えた。

「あぁ、それですね。疲労のためのストレスと長い間インスタント物を食べ続けたことによる肝炎でしょう」

医師はこう診断し、身体の各部にできた吹き出物を切開した。

治療のため清美は一か月間入浴を禁じられた。塗り薬と消毒をくり返し、暑い夏をベッドの上で悶々と過ごすことになった。それからはインスタント食品特有の匂いを嗅ぐと、気持ちが悪くなり体が受けつけなくなってしまった。

葛藤

〝旅に出ます〟と宣言したのり子。しかし、彼女は家にいた。のり子の心に巣くうもの。それは、気づかぬうちに本人に取り憑き、命を脅かすほどに膨らんでしまった〝恋〟という名の怪物だった。

彼は優しい。重度の障害を負いつつも、強く優しい。
しかし、そんな彼に対して自分は何ができる？
これまで何をしてきた？
電話で振り回し、彼に負担をかけただけではないか。
彼に何を期待し、そしてこれから何を目指す？
わたしは弱い。こんなに病弱で臆病。そして現実を見ることもできない。
まして結婚などと……
こんな自分が彼とともに生きることは、自己満足以外の何ものでもないのではないか。
かえって彼を悩ませ苦しめ、

見せかけの愛で自分の弱さをカモフラージュしているだけではないのか……

もうやめよう……

のり子は、病棟と施設を往復する清美に対して、何もできない自分を責めていた。清美が苦しんでいる時に何もすることができないのに、自分の気持ちが落ち込んだ時には助けを求め、清美の都合も考えずに電話をかける。それなのに、病気がちの清美は病棟に入ってしまうと一切音信が途絶えてしまう。こうなると、電話と手紙でしか清美とつながっていないのり子は、ひたすら清美の健康が回復するのを待つしかない。待つ間にのり子の神経はすり減ってしまう。そんな自分が嫌になっていた。

そして、階段を登るほど近づいてくる「結婚」というゴールと、近づけば近づくほど深くなる健常者と障害者との壁。この二律背反の中で、のり子はすっかり自己矛盾に陥ってしまったのだ。

のり子は、これまで清美との関係を、近しい誰にも打ち明けたことはなかった。西田牧師にも相談したことはない。今さらこの悩みを打ち明け相談することのできる人はいない。

ましてや親兄弟に言えば返ってくる答えは決まっている。

「やめておけ」と。

清美の声を聞きたい気持ちを抑えて、のり子が自分の内面と向きあっている時、清美は手紙を書き、投函できないまま破り捨てることをくり返していた。そして酒に溺れた。

一九七六年六月一七日　清美（独り言）

おまえはいったい誰のものだ。
その胸はいったい誰を待つのか。

おれは今まで何回もおまえと会い、おまえと話した。
でもそのうれしいはずの見つめ合いの中に、なにか底知れない寂しさと、よどみが心のどこかに
流れているのを常に覚えていた。
それはお互いに無理な節度を保とうとするゆえに、心の底から突き上げてくる熱い何かを互いに
避けてきた。

おれはおまえと離れて暮らし始めたこの時まで、おまえの夢を見ない日はなかった。だが夢は夢
でしかないのかと思っている。

だからおまえに言おう。
今はもう、この無言の思いをわかってほしい。
そして今日という一人の夜に愛の本当の意味もないままに、ただただむなしい、という白い涙を
流す……

心の中の心

なぜ愛するおまえは遠い。

なぜそんなところにいる。

なぜおれがおまえの名を呼んでもその耳に聞こえない。

なぜおれはおまえのいない一日の中で暮らさなければならない。

なぜ愛しているのにおまえをほしいと言えない。

なぜ今涙が出るほど寂しいのに笑いを浮かべていなければならない。

なぜ確かに愛し合っているのにその隣に不安がある。

心の旅

清美と離れ、心の旅を続けるのり子。

のり子は本を読んだ。教会に行き、本棚にあった本を片っ端から読んだ。そして神に祈った。

だが、のり子の心から清美が消えることはなく、かえって心配が膨らみ夜も眠れない日が続いた。

一九七六(昭和五一)年七月一八日、日曜日。この日、のり子は岩見沢教会にいた。

壇には西田牧師が立っていた。牧師はミシェル・クオストの詩を紹介しながら、キリストの「愛」を説いた。

ミシェル・クオストは、一九一九年にフランスで生まれ、パリのカトリック大学院を卒業した司祭であり、社会学者というエリートながら、パリの貧民街に移り住み、彼らと寝起きしながら貧民救済にあたった人物だ。

「愛は痛み」

子よ、愛することは容易じゃあない
だれかを愛していると思っても
それはしばしば、自分を愛しているにすぎない
そしてすべてがだめになり、そこですべてが誤破算になる

愛することは、だれかに出会うことだ
そのためには、喜んでわが城を後にして
その人に向かって、その人のために歩かねばならん

愛することは心をかよわせることだ
その人のために自分を忘れ、
その人のために完全に、自分に死なねばならん

子よ、わかるか、愛は痛みだ
アダムとイブの贖罪このかた――よくきいておけ
人を愛するとは、その人のために
おのが身を十字架にかけることなのだ

（「神に聴くすべを知っているなら」ミシェル・クオスト著、C・H・ブシャール、藤本治祥共訳、日本基督教団出版局）


この詩を聞いて、のり子は目からうろこが落ちる思いをした。

イエスが十字架での死に至るまで、神の意志に従順だったことは知っていた。ただそれは現実の自分の生活とは無縁の、どこか違う世界の出来事、単なる理想論として理解していたにすぎない。その本当の意味を考えることもしなかった。

確かにこれまでのり子には、清美との関係で〝自分自身が痛む〟という選択肢はなかった。自分は傷つかず、誰に指さされることもない。二人の関係はこのままでいい、このままの形でいいと思っていたのだ。ただ、今の生活を崩されたくはなかった。

そんなのり子にとって、

「自分を捨て、その人に向かって歩く」というミシェルの言葉は衝撃だった。

初めて〝自分のために十字架の苦しみを負ってまで愛してくださった〟というキリストの深い思いが理解できた。

あぁ、わたしのために……、こんなわたしのために……。

今までわたしは、あの人のために自分を十字架につけたことはない。

だとしたら、今こそあの人との道に飛び込んでみよう！

やってみよう！


のり子は迷いを絶ち、決意を固めた。

そうなると、一か月半もの間音信を絶っていた清美のことが無性に気になった。

〈今、わたしがこうしている間、彼は元気なのだろうか。この瞬間に、大きな病を得てわたしの助けを求めているとしたら、死んでも死にきれない〉

自宅に戻ったのり子は北湯沢に電話をかけた。

さすがに、直接電話口に呼び出すのは気まずく、湯の里の職員に安否だけ尋ねたら、すぐに電話を切ってしまおうと考えた。

「呼び出してもらわなくて結構です。ただ元気かどうかだけ教えてください」

「あぁ、及川さんは元気ですよ。今実家に帰省しています」

清美が元気であること、そして心の準備ができていないうちに、会話を始めてしまうばつの悪さをとりあえず避けられたことにほっとした。

のり子は、一晩じっくり考え、明日の朝、清美の実家に電話しようと考えた。

再会

七月一九日。清美は実家からのいつもの呼び出しで伊達に帰っていた。

電話が鳴った。ヤエが電話をとる。

「清美、岩見沢の藤本さんから」

「えっ」

ギョッとして清美は振り返った。

電話台に逆さまに置かれた受話器。恐る恐るとったところ、ばつの悪そうなのり子の声。

「帰っていたの？　元気だった」

「あぁ、元気だ……」

清美はうめくように言った。

「だったらよかった。……また電話するね」

「……」

二日後、清美は一か月半ぶりにのり子からの封筒を受け取った。中にはカセットテープと手紙が入っていた。

この時の清美には、音信不通だったこの一か月半が、半年、いや一年にも感じられた。

一九七六年七月二〇日　のり子から清美へ

あのぉ、いいですか、お手紙しても。
でも何をどう話せばいいのか。
今日は説教テープだけお届けします。
この説教の中でやっと、やっと胸のモヤモヤが吹っ切れたように思えるのです。
そしてダイヤルを回せたのです、あなたに。
何でも聞きますから、意見を聞かせてください。
すぐにとは言いません……

カセットには、ミシェル・クオストの「愛は痛み」を読み上げる西田牧師の声が録音されていた。のり子は何を伝えようとしているのか。このテープの意味するところは、何なのか。清美は思い迷った。答えを求めて、何度もテープを再生した。
五日後、清美のもとに、再びのり子からの手紙が届いた。

一九七六年七月二五日　のり子から清美へ

あの……　思い切ってお手紙書かせてね。もういい子ぶったり背伸びしたりしないで自由になって書くことにしました。

この間のテープ聞いてくださったでしょうか？　感想はどんなでしょうか？
あのテープの中でとくにB面の「愛は痛みだ」と言うミシェル・クオストの詩にわたしはとても慰められ励まされています。というのは、あの日何もわからないままに心の旅に出てしまった投げやりなわたしを引き戻す呼び声のようでしたから……

「愛することは容易じゃない」……ということがわかった、と言ったら大げさかもしれないけれどわたしは逃げ出してしまった。あなたの前から、そして神様の前から……

そうわたしは人を愛することなんかできない。愛しているつもりでも結局は自分が喜びたかったからにすぎない。なぜっていつもお返しを期待してたもの。返事を待っていたし、それがないと情緒不安定になり、たちまち憎しみに変わってしまうんだもの。

そんなわけでわたしは旅に出たのです。もう帰れないかもしれない。そんな重たい旅でした。

だからもしミシエルの詩を聞くことがなかったら、もしこの励ましの言葉がなければ、わたしの旅は永遠に続いていたかもしれない。人との出会いを恐れながら暗く長く。

でもわたし、帰ってきました！　ちょっぴり大人になって⁉　疲れたけれどホラ笑って！
あのぉ……こんなわたしですが、また入らせてくださいますか？　その胸に……

清美はすぐに電話をかけなかった。

手紙を読み進めるにつれ、言葉にできない複雑な感情がわき上がってきた。清美は、電話をかける代わりに手紙に力を注いだ。

一九七六年八月二日　清美からのり子へ

今晩は、しばらくぶり……　本当に黙りこくってしまい、ごめん……

でも本当に自分というものを思い知らされた。あの手紙を読んだ時、わたしはただがむしゃらに悔しくなっていくのを覚えた。その中でわたしに許されることはただ待っていることしかなかった。

わたしは黙りこくった辛い時間が永遠に続くような気がした。その重苦しい孤独感の中にわたしは何度も自分に問いかけてみた。

わたしは間違ったことをしているのだろうか……？

何度問いかけて見てもその答えは同じ。

またもしこの愛が見かけだけのものだったのなら、もう誰も何も信じることができない。

それにしてもこの肉体を包む時の流れは不自由だ。

やはり心の何かが交じり合えないものがつきまとうのか……

また相手を知るということはどういうことなのか？

わたしは今日というこの日まで何のために……

そして何を話し続けていたのだろう……？

そして今気だるい寂しさの中に何を見つめ、遠ざかってしまうその胸に何を問いかけようとしているのか……。

また、行くなと言うべきなのか……

それとも一生この胸を閉ざせばすべていいのか……？

わからない……わからない……わからない……


あなたはきっと、こうわたしに告げたかったのか。

「あなた、このわたしのわがままを許してください。今わたしから見たあなたはあまりに近く、あまりに大きく見えすぎこの愛が本当かどうかわからないの。確かにあなたはわたしのことを愛してくれていることを知っています。だからかも知れません。わたしはほんの一時あなたを忘れたいのです。何もかも忘れ心の旅に出たいのです。きっと帰ってきますから。だからあなた、このわたしのわがままを何も言わず許してください……」とこんなところだろう……


さぁ、この辺でお説教だゾォ！

こんなことは二度とするな！　あんな手紙、書くんじゃない！

もし自信がないなら本日即刻、縁を切るからそう思え！

それがイヤなら女の意地でやってみろ！

いいか！　今度やったらもう帰ってこなくてもいい！

愛は頭の中じゃない、がむしゃらな勇気。

これが女と男の恋愛だと思うがキミはなぜそんなに恐れる。

なにが怖い。そんなにおれに傷つけられるのが嫌なのか？


キミは別れを目的に持つのか。

それとも一生おれと歩き通すつもりでいるのか教えてほしい。

もしそれが嫌なら離れてもいい。それこそキミの好きな言葉で言うなら思い直せるのは今のうちかもしれない。

それにキミから見た愛の形というのはどんなものなのか。

またキミから見たおれの存在は一つの気休め。

おれは今までキミの言うことをなるべく聞いて来たつもりだ。

そんな今キミに向かい、できるものならこのハラワタを叩きつけてやりたい。

鮮血のしたたり落ちるこのハラワタを！　これがキミへのおれの愛なんだ！


たまりにたまった感情のすべてを叩きつけた清美の手紙への、のり子の返事は五日後だった。そこには、わずか一か月前に見られた迷いは消え去り、覚悟を決めた者だけが持つ〝強さ〟に満ちていた。

一九七六年八月七日　のり子から清美へ

あの、まだ怒ってる？　ごめんなさい。

でもわたし、うれしかった！　あなたの手紙はとっても厳しかった。

けれどなぜかうれしくて、ヘンですか、わたし？

エエット、これからあなたのオッカナイお説教に正直にお答えします。

一、もうあんな勝手なことは致しません。今度したら本当に帰れないものと覚悟します。
二、傷つけているのはわたしの方です。あなたは何も悪くはないです。（悔しいけれども）
三、一緒に歩くことと障害があることとは、別の問題だと思うのですが。
四、ただわからないのは一緒に歩くということの意味です。最終的に結婚生活のことですか、それとも。どんなことなのか、あなたの考えをどうぞ教えてください。

わたしにはわたしなりの愛の形がありました。あなたを知る前から持っていました。

そう、見えないものを信じたかったのです。神の言葉と人の言葉を、そしてあなたと出会い歩き始めました。心に通じ合うものを感じて。

その道は確かに厳しかったし辛かった。けれど決して後悔はしていません。

泣きながら歩いた道だけれど、それはわたしにとってこの上もなく尊くかけがえのないものなのです。そしてつまずいて転んだところには決まってきれいな花が咲きました。

そんなあなたとの道を、できるならこれからも歩きたい！　これがわたしの心境です。

また電話ください。そしてゆっくりでいいですからお手紙ください。


あなたに伝えたいことはただ二つ。

ちっぽけなわたしの愛と、大きな大きな神の愛。それがあなたへのわたしの使命。


…………………………………


六月に、二人は三叉路の分岐点で立ち止まり、のり子はさよならを告げて、清美とは別な道を歩み始めた。

それから一か月半、のり子は分岐点で立ち止まったままの清美のもとに戻ってきた。遠くに行ったように見えて、のり子はほんの数歩しか清美の元から離れてはいなかったのだ。

再び分岐点の前にたった二人。目の前にどこまでも続く道を一緒に歩んでいこうと、のり子の手を引くのは清美の役目になった。

プロポーズ

札幌大通公園で街頭募金に取り組んだ「思い出の集い」は、その後、年賀状印刷や難病連の物品販売などに取り組み、大きな成果を上げた。

この年の八月二三、二四日、これらの資金で待望の札幌への外泊旅行、社会見学会が実施されることになった。それは清美にとってのり子と会う願ってもない機会となった。

担当指導員には事前にこう告げた。

「向こうに行ったら、ぼくの介助者はいりませんから」

「あぁ、あの人と会うんでしょう？」

お見通しだった。

清美は「うん、振られに行く」と頭を振った。

清美は、ここでプロポーズすることを決めていた。そして〈もし、のり子が結婚を拒み、今のまま形のないつき合いを望むなら、もう彼女とつき合うのはやめよう〉と決意を固めた。

約二十名の寮生に、同数以上の職員がバスに乗り込み、札幌へと向かった。この日の目的は円山動物園の見学。のり子とはこの中で会う約束だった。

二三日十一時。清美は仲間から外れ、車いすをこいで待ち合わせ場所に指定した博物館の中に入ろうとした。約束よりも早かったが、のり子はすでに到着しており、清美が建物に近づく姿を確認すると入り口に現れ、車いすを押した。

北湯沢から来た職員は気を利かせ、寮生仲間を博物館から離した。

ベンチに腰かけ、清美は一つため息をついてから、あえて冷たく、

「さぁて、何を話し出すのかな……」と口を開いた。

のり子は、堰を切ったようにしゃべり始めた。

「あのね、今まで長い間考えたんだけど、このままで行くと堂々巡りになって…、だからこれから先

どうしていけばいいのか決めるために来たの。このまま別れるか、それとも結婚を前提につき合うかなんだけれど……」

清美はのり子の話をさえぎり、こう言った。

「結婚を前提につき合ってください。わたしはわたし自身のためにあなたを愛します。あなたもあなた自身のためにわたしを愛してください」

それがプロポーズの言葉だった。

数秒の沈黙。のり子は、小さくうなずいた。そして、表情を崩して言った。

「お弁当をつくってきたの。せっかくだから食べよう」

持参のおにぎりを清美に一個食べさせている間に、残りはすべて、のり子一人が食べてしまう勢いだった。

その後二人はたわいない会話をし、のり子は清美の宿泊先の電話番号を聞き、「明日電話するね」と言って帰っていった。

博物館のベンチで清美が一人余韻に浸っていると、湯の里の職員たちが「どうだった?」と集まってきた。

「振られた……というのはウソ。婚約しました!」

「おーっ、よくやったぁ！　今夜は及川の婚約パーティーだぁ」

その夜、札幌のホテルで宿をとった一行は、清美をさかなに盛り上がった。

若い職員たちは「おまえらも文句ばっかり言ってないで、及川みたいに寮母さんをゲットしろ!」

と寮生たちをけしかけた。

翌日。朝食をとっているとホテルの係から「及川さん、お電話が入っています」

指導員に抱きかかえられて電話に出るとのり子だった。

「昨日のこと本当だったんだよねぇ？　実はわたし、今まで食べものがのどを通らなかったんだけど、今は嘘みたいに何でも食べられるようになったの。まだ夢を見ているような気がするけど」

清美が受話器を置いてから指導員にそのことを言うと、指導員は「おーい、みんな。及川はここにほっぽっといて帰るべ」とはやし立てた。

北湯沢に戻った清美はすぐに手紙を書いた。

一九七六年八月二五日　清美からのり子へ

キミはこのおれを旦那様として迎えてくれるのか？

本当にこんなつまらない男でいいのか？

それでキミは一生悔いはないのかい？

え！　おれか。


おれはズーッとキミのことを思い続けてきたヨ。

もちろんキミをおれの奥さんにすることサ！

ただおれはどうすることがキミが心から喜んでくれるのかどうかはっきりつかめなかったし、自信がなかったのサ。

それにある日キミはおれに言ったことがあった。

「二人でお互いを見つめ合っていると疲れる」と…

その時おれはもう少し聞き返したかった。どうしてもその勇気が出なかった。

ただ思うことはキミの思い通りになってやろうと思った。

またやがてキミの身体も全快する時がくる。そしてその時、キミがこの胸をわずらわしくなったらただ黙って離れてやろうと。

それまでの間一緒に祈っていたいと…


おれが今まで思ってきたことはキミが、少しでも早くその健康を取り戻し、少しでも早く前の生活に戻りありふれた幸せをつかんでほしいと、今までそう思ってきた。

その反面自分本来の思いを捨てきれず、かといってすべてを語りかけるその勇気、というよりキミがこのおれにその権利を与えてくれているのかどうかつかめなかった。


ねぇ、キミ？　おれはキミが知っているように過去に傷を負ったこともあった。

また愛の本当の意味、本当の苦しさ、その中の自分を少しは知っているつもり。

というよりも思い知らされたと言うべきだと思う。

だから言うべきことも言えなくなってしまう。

でもこれからは何でもはっきり言うつもり。キミだけには…

またそれをキミが認めてくれるのなら…

え！「どういうふうに？」って。

もちろん、恋人兼婚約者にそして未来の旦那様にしてくれる？

そしてキミがおれの奥さんになってくれることを本当、本当に信じていいんだねぇ…

本当にそう信じていいんだねぇ…ねぇ…ねぇ……

清美からの手紙を受け取ったその日にのり子は返信をポストに投函した。

一九七六年八月二八日　のり子から清美へ

わたしの人、清美さん。こんにちは。

さてとあの日はお互いにご苦労様！

でも、会えて本当によかったと思っています。

「互いに向き合っていると疲れる」というのは、二人がただ見つめ合うだけしかない場合のことです。

もし二人に共通の目的（わたしたち流に言えば信仰がなければということですが……）、どうもう

……………………………………………………………


まく説明できないけどわかってもらえた……かな？？

あなたとわたしは何に向かって立ち、どこに向かって歩くことになるのでしょうか？

ともかくわたしはあなたの後をどこまでもついていきます。

わたしにもこうしてついていける人ができたことがうれしい！です！


あなたは言う、悔やみはしないか？……

それはすべてをかけて、ついていってみなければわからないことのように思えます。

だってわたしはあなたに決めてしまったのですから。そのことは言いっこなし、ね！

それから教えてほしいことがあります。

どれだけ理解できるかわかりませんが、あなたがこれまでどうしても言えずに苦しんできた心の重荷を、どうぞわたしにも負わせてください。

第一〇章　最後の壁

生活設計

互いに葛藤を乗り越えることで、結婚の意思を確認し合った二人。しかし具体的な生活設計となると五里霧中。どのような生活を組み立てるにしろ、今は休職中ののり子の体調を戻すことが先決だった。それでも、長く苦しい〝心の旅〟から復帰したことによって、のり子は心の元気を取り戻し、体調も回復に向かっていった。

九月に入り、職場復帰訓練が再開。道央自動車道の工事に伴い、移転した桜の園で五時間勤務を週二回続けることになった。

のり子の新しい仕事は、弁当箱に入れる醤油容器の首切り作業の指導だった。のり子は気持ちを新たにして指導に取り組んだ。

さらに、うれしいことは、一度は退職を宣言した親友の上舞桜子も、のり子と一緒に職場復帰訓練に参加したことだった。

一方、北湯沢の清美も、新たな気持ちで湯の里での活動に取り組んだ。

秋の文化祭に向けて、カメラクラブで日帰りの自然撮影会が実施された。

六名のクラブ員と職員ボランティア十三名が被写体を求めて三階滝、支笏湖などの近場の名所をマイクロバスで探索。清美は支笏湖畔の森でシャッターチャンスを探し、ミズナラの巨木が風で揺れるとシャッターを切った。カメラの設定を変えながらフィルム一本を使い切った。

清美はフィルム感度と設定の関係を研究しながら施設内の日常を撮影し、島田と二人で現像、焼き増しの作業をした。

文化祭の作品づくりのため暗室にこもっていると、差し入れを持って入ってきた石沢指導員が清美の撮ったスナップ写真を見て声を上げた。

「おぅ、寮母さんもこうやって見ると、なかなかえぇ女やなぁ！」

文化祭には支笏湖で撮影した写真も含め四枚がパネル展示されることになった。電話でこの話を聞いたのり子は「ぜひ見たい」と言った。

「今度の文化祭に、ぼくの彼女が来るんだけど……」

清美が指導員にそのことを話すと、湯の里はまるで芸能人を迎えるような騒ぎになった。

一一月三日、北湯沢湯の里の文化祭を訪れたのり子は、そのまま北湯沢温泉の「星の宿」という温泉旅館に宿をとった。

その日、北湯沢に初雪が降った。指導員の計らいで清美は外泊が許され、しんしんと雪が降る中、夜遅くまでこれからのことを話し合った。清美は湯の里で家雷修理の仕事を続け、のり子が北湯沢で寮母職につく。そして湯の里内に建てられた福祉住宅で暮らすという計画を明かした。

一一月二三日、勤労感謝の日を利用して、今度は清美がのり子の家を訪ねた。

この後も、結婚生活に対する考えのズレをなくそうと二人は直接会って会話する機会を設けるように務めた。

何度かのり子の部屋を訪問するうちに大家の家族とも面識ができた。奥さんと娘さんはとても気さくで良い人そうだったが、一癖ありそうな旦那の眼は、獲物を狙うオオカミの眼に見えた。

清美が「あの旦那、大丈夫かい」と聞くと、疑うことを知らないのり子は「口数は少ないけど、いい人だよ」と答えた。

「だから危ないいんだよ、気をつけろよ」と言い、清美は帰った。

年の瀬になってのり子が泣きそうな声で電話をかけてきた。

「あのね、昨日わたしが二階で寝ているとね、下の方から声がして、『帰ったぞぅ！』と言いながらガタガタと戸を開けて、酔っ払った男が『おれが悪いんじゃないからなぁ』とわめきながら二階に上がってきたの。

わたし〝危ない〟と思って、階段を勢いをつけて駆け降りて、その男の横をすり抜けて隣の奥さんのところに逃げ込んだの。

するとね、〝あ、うちの旦那かい〟と言うの。すっごく怖かったよ」

「やっぱりか、大丈夫だったか」

家族への報告

プロポーズをした男として、清美には果たさなければならない務めがあった。のり子の両親へのあいさつだ。

すでに清美の両親と旧知の間柄だったのり子とは異なり、清美はのり子の妹夫婦としか面識がない。

兄真一とは、顔を合わせたことはなかった。

清美からプロポーズを受けた後、のり子は信頼する西田牧師に報告。そしてその足で、岩見沢に住む妹へ報告した。前後して、所用で岩見沢を訪れていた兄にも報告することができた。のり子のキリスト教入信を手引きし、労災認定でも支援を惜しまなかった兄の了解を得たことがのり子の心を軽くしていた。

腰痛の問題や引っ越しの問題で苦労をかけ続けてきた茂世丑の両親には、体が治ってから報告しようと考え、兄妹には「まだ言わないで」と頼んだ。

それでも、ほどなくのり子の婚約は両親に知られることになる。最初に、勘づいたのは、のり子の母フサだった。

住む場所を失った放浪時代、茂世丑の実家に滞在しながらも、のり子は教会の説教を録音したテープづくりだけは欠かさずに続けていた。その姿を見ながら、フサは愛娘が恋の病の渦中にあると悟ったのだ。

のり子は、清美に送った「ひたむきに愛を求めて」の朗読テープを、本を読むことのできない母にも聞かせていた。幼くして親を亡くした著者、船越氏の生きざまによって、同じく幼い頃に両親を亡くし、孤児として辛酸をなめてきた母を励まそうと考えたのだが、キリスト教に出合い、重い障害を持つ二人の子どもを育てながら障害者問題に取り組んでいた船越氏の姿から、フサはのり子の相手が障害者であることを察知した。しかし、フサは何も口に出さず、静かに娘を見守っていた。

家と家との結婚という考えが強く、障害者同士の結婚でさえ驚きのニュースとして伝えられた時代。障害者と健常者との結婚など、考えることすらできないものだった。のり子の両親が頭ごなしに反対したならば二人の結婚はなかっただろう。

孤児だったフサには、結婚相手を自分の意思で選ぶという自由は与えられなかった。それだけにたとえ相手が誰であろうと、娘の気持ちを大切にしようと見守っていたのだ。

また父も、ここ一年ほどの娘の憔悴が恋の悩みによるものであることを知ると、フサの言葉もあり、黙って成り行きを見守ることにした。

未踏の地に踏み出そうとする娘を信じ、静かに見守る両親の配慮にまだ気づいていないのり子は、労災問題で心配をかけた両親にこれ以上悩みを与えたくないとして「両親への報告は後回しでもいいから」と清美に告げていたのだった。

そう言われても男としては「はい、わかりました」とはならない。のり子の家族にどのようにあいさつをするかは、清美にとって頭の痛い問題だった。


一九七七(昭和五二)年五月の連休、ひょんなことから兄の真一との顔合わせが実現した。

連休を利用して、清美は自分のステレオをのり子の部屋に持っていこうと考えた。

湯の里の買い物バスにアンプ四台とスピーカー二セット、オープンテープデッキ一台とカセットデッキ一台を載せ、札幌でのり子が手配した車に載せ替える段取りだった。

約束の時間、清美が現れるはずののり子を探していると、近くに止まっていた農業用トラックから三十代半ばの日焼けした男が降りてきた。「北湯沢湯の里」とボディに書かれたマイクロバスに乗り込み、「及川さんだね。妹から聞いている。これを運べばいいんだね」と声をかけた。

男は、緊張する清美を尻目にてきぱきとステレオセットをトラックに積み込んだ。そして「ちょっと失礼」と声をかけてから、ひょいと清美を抱きかかえて助手席に座らせ、何事もなかったように車を出発させた。

「あの、のり子さんは……」

「岩見沢で待っている」

「札幌に、お兄さんと一緒に来ることになっていたんですが」

「聞いていないな」

「妹さんを待たなくていいんですか」

「いなかったら、追いかけて戻ってくるだろう」

「そうですね」

「……」

車中の真一は寡黙だった。清美は緊張しながら、何を話したらよいのか考え続けた。しかし、どうしても言葉が出てこなかった。

車中では小柳ルミ子の歌う「瀬戸の花嫁」がただ一曲、エンドレスで流れ続けていた。

清美は、この歌に兄の気持ちを感じたのだった。

清美とのり子が清二とヤエに婚約の報告をしたのは一九七七(昭和五二)年九月一八日だった。

清美は三日前から伊達に戻っていた。相変わらずアルコールと仲よくしている清二に清美は言った。

「くれぐれも酔った勢いでよけいなことは言うなよ。破談になったらあんたの責任だからな」

酩酊状態の清二は下品な言葉を吐いた。

「オー！　そこまでこぎ着けたんか。どこまでやった？」

「だから！　そんなことは言うなよ！」

それでも当日は、朝の一杯を封印し、清二なりに正気を保とうとした。そして、押し入れの奥にしまってあった古い写真機を大事そうに持ち出し、

「こんなの藤本さんは見たことあるかな？」と言いながらベランダで組み立て始めた。

ヤエもどことなく緊張していた。

「三日くらいは泊まっていくんだろう？　美津子も呼んだからな」

やがて国道の向こうから聞き慣れた汽車の音が近づき、そして消えた。十五分後、のり子の赤いハイヒールがベランダから見えた。

「ごめんください」

一連のあいさつの後、写真機を興味深く見つめるのり子に清二は
「のぞいてごらん」と得意げに言った。

「まぁ、逆さまに見える！」

のり子は驚きの声を上げ、体を傾けて、逆さまになるしぐさをした。

ヤエと清二は笑い声を上げげた。

やがて美津子もそろい、あらたまったところでのり子が
「わたしたちは婚約しました。認めてもらえますか？」と切り出した。

「あんた方さえよかったらいいよ」と清二が言い
「こんなのでよかったら、よろしくお願いします」と美津子とヤエも言った。

清美は心の中で祈っていた。

〈それ以上は黙ってろよ。よけいなことはしゃべらないでくれよ〉

その後、軽い酒盛りをし、岩見沢に戻る電車に間にあうようにのり子は帰っていった。

駅に向かうのり子の後ろ姿を見送りながら、清二がこう言った。

「なぁ、清美よぉ、あんな人が本気でおまえと結婚なんかするわけねぇだろう。遊ばれてるんだろう。やめとけよ」

そして姉の美津子も言った。

「結婚って大変なんだよ。生活はやっていけるのかい？　向こうの親御さんにも迷惑かけるっしょ。あんな病み上がりのヒョロヒョロしたお嬢さんより、不細工でもババでもいいから、もっとガッチリした人と結婚しなさいよ」

「あんたらは、泥舟で向かい風の中に舟出するのと同じじゃないか。本当に大丈夫かい？」

清美はいら立ちながらこう吐き捨てた。

「あぁ、あんたらに迷惑がかからないようにせいぜい頑張るよ」

翌一九日。北湯沢に戻った清美は、すぐに電話をかけ、父や姉の失礼な物言いを詫びた。のり子はすぐに手紙を出し、不愉快な思いをしたのではないかという清美の心配を打ち消した。


…………………

一九七七年九月一九日　のり子から清美へ

今日はわたしが今ちょっぴり悔しいと思うことを聞いてもらいたくて……

あなたのふるさとの人たちはとても優しかったし温かだった。わたしはとても幸せだった。

あなたのふるさとは、そのままわたしにとってもかけがえのないふるさとでもあるのです。

だからこそ、そこにいる人たちが懐かしいし大切に思えるのです。

それなのにあなたは言いましたね。

「オヤジのことは聞かなかったことにしてくれ」と……

どうか教えてください。知らない振りをしなければならないのですか？

あなたのふるさとの優しい人たちが今辛い闘いをしているというのに……

どうかお願いです。


一日も早くわたしをあなたの大切な家族の悲しみにも参加させてください。

清美とのり子の父藤本繁との対面は七八年正月のことだった。

正月の休みを利用して、清美は二週間ほどのり子の住まいに滞在した。のり子の部屋にトイレはなく、大家のトイレを借りていた。滞在中の清美のためにのり子は、玄関の土間に石油ポリタンク三個をコの字状に並べ、その上にビニールをかけた簡易トイレをつくった。

正月休みが明け、のり子が仕事に出かけた後、部屋に残った清美は便意を催し、簡易トイレで用を足していた。

その時、玄関の戸をガタガタと揺らす音とともに閂《かんぬき》が外れて、戸がガラッと開いた。

「のり子はいないのか？」

初めて見る初老の男が立っていた。

「あぁ！」

男は、排便中の清美を見て叫び、戸をバタンと閉めて出ていった。

初対面だったが、清美は直感的にのり子の父親だと理解した。

〈まずい。きっと〝娘をたぶらかして何やっている〟と怒っているに違いない〉と思った。

はたして十分ほど後、父親は戻ってきた。清美の心臓が口から飛び出しそうになった。

父親はアンパン十個入りの袋をおどおどしている清美の前に置き、ぶっきらぼうに言った。

「食えよ」

袋からパンを取り出して一つを清美に、もう一つを自分の口に運んだ。

そして「兄さん、どんな仕事やってるの？」と聞いてきた。清美は「施設の中ですけど、電気屋の真似事をしています」と答えると、父親は少し表情を崩して「あぁ、うちの吾郎（のり子の妹の夫）と同じだな」と言った。

やがて「残ったパンはのり子にやってくれ」と言い残し、ヨッコラショと立ち上がって帰っていった。

〈これで、結婚を認めてくれたのかな〉

清美は大きく息を吐いた。

予行演習

一九七七(昭和五二)年八月七日九時十二分。有珠山が三十二年ぶりに噴火した。

一万メートルにまで噴き上がった噴煙は、火山灰を周囲にまき散らし、地元住民は避難を命じられ、周辺への立ち入りは規制された。清美が生活する北湯沢湯の里と有珠山は直線距離でわずか二十キロだった。

この日、清美は岩見沢ののり子宅を訪ねることにしていた。

朝から快晴だった。しばらくすると木々がゆっくりと白い霧のようなものにのみ込まれていくのが、窓から見えた。

〈あれ……なんだろう〉

不思議に思っていると、予約していたタクシーが正面玄関に着いたことを知らされた。

玄関に出てみると、洞爺湖の方向から噴煙が立ち上る様子がはっきりと見える。不思議な思いに駆られながら、車いすを積み込み、岩見沢に向けて出発した。

運転手が「ラジオをかけますね」と言いスイッチを入れると、有珠山噴火のニュースが飛び込んできた。

中山峠に向かう途中ですれ違う多数の緊急車両や自衛隊の車両が、事態の深刻さを告げていた。定山渓を過ぎたあたりで、「有珠山噴火のため、中山峠がつい先ほど閉鎖になりました」と臨時ニュースが入った。

運転手は「今通ってきたばかりの道ですよ。あと十分遅かったら巻き込まれて行けなくなっていたところでしたね。これで彼女の家に長居ができますよね」と笑い、火山灰をかき分けて進んだ。

その後、北湯沢湯の里を含む周辺地域も立ち入り規制区域に指定され、清美が北湯沢に戻れたのは十日後のことだった。

有珠山が二人に与えてくれた機会を利用して、のり子は清美を教会に連れていき、西田牧師や仲間にあらためて婚約者として紹介した。

またこの十日間は、結婚生活の予行演習にもなった。


何日目かの夜、寝る間際にのり子は「結婚したらダンスを習ってもいい？」と言った。

〈この人は自分の言ったことの意味がわかってないんじゃないか〉

清美は尋ねた。

「ダンスの相手って女じゃない、男だな」

「…………」

「あんたが他の男と踊って帰ってくるのを、おれは待っていることになるな。もしそれでもダンスを習いに行くなら、ダンスのできるやつと結婚しろ」

「なるほどそうねぇ、ごめんなさい」

のり子はうなずいた。清美の目に涙があふれた。

数日後、のり子の住まいに「近くまで来たから」と言って湯の里の職員山岸が訪ねてきた。帰りは夕方の列車に間に合えばよいと聞くと、昼間にもかかわらず、清美はのり子に「あの酒、出してあげな」と言いつけ、酒とつまみでもてなした。

山岸が帰ったとたん、のり子は台所に行って、高級そうなその酒をドボドボドボと惜しげもなく捨て始めた。

「どうした！」

清美は驚いて叫んだ。

「友だちとこんなつき合い方をするんだったら、わたし、ついていけない」

のり子が、寂しげに言った。

〈そういえば、オヤジが家に客を連れてきて、飲んで騒いでいった後、おふくろはいつもブツブツ文句を言いながら後片づけをしていたっけ〉

清美は母親の姿を思い出し、心から謝った。

「ごめん、もう絶対にしない」


清美の滞在が長くなると、のり子の手料理のレパートリーも底をついてきた。明日には北湯沢に帰るという昼、のり子はインスタントラーメンを取り出し、「今日はこれで勘弁してね」と言いながら湯を注ぎ出した。

清美は少し考え、思い切って言った。

「すまない、インスタントは食べられない。食べ過ぎて肝臓を悪くしている。何もない時は納豆でいい」

「あぁ、そういうことだったの。これから気をつけるね」

そう言いながらものり子は、インスタントに頼らないでやっていけるか不安になった。

障害という名の障害

十日に及んだ結婚生活のリハーサルは、現実の結婚生活にはさまざまなハードルがあること、そして二人の受け止め方にも大きな違いのあることを明らかにした。

生活のためのり子は働き続けなければならないのだが、そのことでのり子がもっとも懸念したのは「やはりあなたを部屋に残したままの八時間は長く続けられそうにない」ことだ。

清美をのり子の目の届くところに置くとするならば、どちらかがどちらかの施設に移らなければならない。

幸い、湯の里は障害者の結婚に対して進歩的で、職員たちはのり子と清美の交際を陰日向になって支援してくれていた。二人が望めば、寮母としての採用はまず間違いないと思われた。

そうなると、のり子は仲間と離れて、一人北湯沢に移ることになる。生まれてこの方、岩見沢周辺でしか暮らしたことがないのり子にとって、それは不安なことだった。心の支えである教会から離れる決断がなかなかできずにいた。

一方、清美は〝のり子を射止める〟という大きな目標を達した後、深い脱力感にとらわれた。そして、一家の長として家庭を築いていくことへの不安と戸惑いが、日増しに大きくなっていった。

九月、清美は不安定な気持ちを手紙にした。

一九七七年九月一〇日　清美からのり子へ

自分が何をどうしたらいいのかわからない。
ただうごめく時の流れの中に呆然と立ち尽くすしかない気がする。
また確かに何かを言おうと心の口を開こうとするが、声が出る前に口の中に、
ザラザラと砂がなだれ込んでくる。
何時からあの青々とした潤いの日々を失ったのかわからない。

なぜこの心に驚きがないの。

ほんの少し前にはこずえが午後の日差しに揺れることにも驚きが感じられたのに……

今はなぜ……


この一日はとてもわずらわしく思える。何か底知れない闇の中にぐんぐん押し流される。

それを押し戻そうとしてもその正体がつかめない。

それはまた果てしなく見え隠れする岸辺は限りなく遠い気がする。

この流れを横切り目指す岸辺を望むには、もう若くはないような気がする。


この手紙を読んだのり子は、清美の不安を分かち合おうと、すぐに北湯沢を訪ねた。二人で話し合うことで、漠然としていた不安を、清美は次のように整理した。

一九七七年一〇月一〇日　清美からのり子へ

夫婦とは何ぞや？　普通の人たちは夫特有の「座」があり、妻には妻の「座」がある。その内訳は昔の言葉で言えば男は一家の大黒柱だと言う。その支えは健康な身体プラス収入がなければ資格者とは言えなかった。だから女が男に寄りかかる時、健康な身体プラス収入プラス心というわけ。

その三つの物がそろわなければ結婚する資格はないと見なされる。おれには、その中の何もない。あるすれば心だけ……

また心はその人たちには見えない。おれには結婚はおろか病しかない……

おれ本来の心配はというと、キミは施設職員として勤める時、勤めから帰ってきてもその延長のような気がするのではないかと思う。うまく切り替えができるかどうかが心配。

そしてまた家事と施設での勤務で過剰労働になることを……

それともう一つ。施設と私生活が両立し、なおかつ割り切れるかどうか……という問題。

おれの心配はそこにあるのサ。

とにかく一度歩き始めると後に引き返したくない道だから。おれは残念ながらまだわからないことがたくさんあると思うので手をとって教えてくださいねぇ。

清美は、戦前の教育を受けた両親に育てられてきた。夫唱婦随という古い言葉のまま、清二は家長であることを盾に、横暴をくり返してきた。ヤエは夫のどんな理不尽にも耐えてきた。

そんな両親を見てきた清美にとって家長制度の呪縛は強かった。

相部屋の島田から「おまえは本当に女みたいなやつだな」と蔑まれたことのあった清美だが、〝男〟という性に対するこだわりと誇りは強かったのだ。

そんな清美だからこそ、施設で寮母に介助され、家庭に戻っても妻から介助される姿は耐えがたいものだった。この葛藤を、手紙の後段でのり子への心配という形にしたのも、清美の〝男〟としてのプライドだった。

一週間後、清美はさらに手紙を書き、不安な胸のうちをのり子にさらした。

障害を持つ者も、健常な者も、同じ社会条件の中で暮らすというノーマライゼーションの考え方が普及するのは、この何年も先の話。障害者のための施設整備が、先進的な取り組みとして語られていた時代だった。

一家を背負い、家族を養う家長としての「男」。重度の障害を抱えているために、そうした存在になることができない自分。そして、結婚生活の中で、〝妻〟という肩書きの寮母に生涯介護を受け続けなければならない自分との相克。

障害者である清美がのり子と結婚し、家庭を築くためには、伝統的家族観、家長観、そして〝男〟という観念と戦い、乗り越えなければならなかった。

一九七七年一〇月一七日　清美からのり子へ

さて世間一般の婚約とは、また結婚とは何を意味するのか考えてみました。結婚がスタートラインだとしたら婚約はその前の準備期間だろうと思います。また人それぞれに考え方が違うように暮らし方も違います。

従って準備にかかる時間が違い、またその中の基本の線が違います。というよりも型にはまった物は何もない。

さらに婚約はここまでという一つの目安はあるとしても、それは単なる棚ボタ式に通用するような気がする。

たとえば結婚という形がとれるのにあえてとらないでいるなら、一夜の反動でしかないというなら、それは悪の何ものでもないと思う。でもぼくとキミの心の中にはそんなふしだらな面があるというの?

これまで歩いてきた時の流れは決して楽と言える道ではなかったはず。それは死に物狂いだと言ってもいいくらいだろう。それにぼくが障害者のためとキミがほんの少し健康を損ねているために他の人たちにはない不合理さを持っている。だからそれをお互いに認め合ってかばい合っていかなければならない。

しかしそれは話し合いを幾度してみても互いに理解し合えない面がありすぎるくらいにある。ただ空回りのまま時が流れて、いざ結婚して暮らしたらどうなると思う？　それに今までのようなことがあったから、暮らしていけることがわかったのではないのかな。

今歩んでいるわたしたちの道はあまり他の人たちにはない道なのかもしれない。だから他の人に相談したとしても素直にわかる面があまりないかもしれない。だからまたわたしたちの胸の中にも歪んだ心配がめぐるのかもしれない。

まず自分たちがしっかりと手を携えてその不安に勝たなければならない。それはとても険しいことかもしれないし、またそれは当たり前なのかもしれない。今はそれが愛のすべてだと思う。

揺れ動く清美は、続く一〇月二四日の手紙で、あれほど求め続けてきた共同生活としての「結婚」に躊躇を示し、離れたまま暮らす今の姿を続けたいとほのめかした。

一九七七年一〇月二四日　清美からのり子へ

婚約という形はあたりの人から見た形であったとしても、表面的ではなく二人の心の中が強い絆で結ばれていれば人になんと言われてもいいのではないかと思う。

もし何かの都合でこのままの生活が続いたとしても、何年でも待っているよ、キミだけを……

キミはぼくの心の奥さんだもの。

ぼくの心はこうなんだけれど、これについて聞きたいことがあったらその旨を聞かせてね。


それから二人の目的なんだけれど、前にも話した気がするのさ。そしてその時も結論が出なかったんだ。ぼくはいったいどういう目的があるのかと言われても、今のところははっきりしたものがないの。


キミは将来というものに対して何を思っているのかな？

今ぼくが近い将来に望むことはできるなら身をもって何かを証明していきたいと思う。

それは生きている証拠のようなもの。それが誰に向かってか何に向かってかはわからないの。

それはまた、ただの空回りになって終わりになるのかも知れない。

それでもキミは付き添ってくれるかな？　それが……僕の……心の祈り……サ……


そして清美は、己の身体が、自分の命をどこまで支え続けることができるのかという障害を持った者が宿命的に背負い続ける死への恐怖を「生きる目的がない」という言葉で表現した。

迷い、悩む清美を励ますのは、今度はのり子の番だ。のり子は一〇月二八日に次のような返信を送った。

一九七七年一〇月二八日　のり子から清美へ

あなたは今、本当に生きる目的がわからないのですか？

自分の使命がつかめないというのですか？

あなたはまだあなた自身の中からほとばしり出ている数限りない光り輝く宝を隠そうというのですか？　これまで心を込めてしてきた一つ一つの働きと言葉、そして胸にしっかりと温め続けてきた尊い神の宝を。

あなたは今まで、あなたでなければできないことを、あなたらしい言葉で語り、あなた自身の手で行動してきたし、生きてきたことをわたしは知っています。

わたしはそんなあなたが大好きだったし、これからだってずっとついていきたい！

だから清美。あなたはあなたらしくいてください。

もう寂しい北風をこの胸に吹き込むのはやめてください！

そしてもし、そのあなたの寂しい胸の中に、もしも場所が、小さな場所ができましたら、どうぞこのわたしを呼んでください。

「来い！」と呼んでください。それまでわたしは静かに待っています。

結婚というゴールに向けて、何もかもが不安な時期にこう言って清美を叱咤するのり子。しかし彼女も、すべての葛藤を乗り越え、すべてを確信していたわけではない。同じ手紙の文末には、こんな言葉があった。


あのね、今わたしの中にモヤモヤしたものがあってね。

でもまだ、その正体がわからないの……


…………

バプテスマ

——正体がわからない。

と手紙に書いたのり子だったが、清美が最後の壁を前にして乗り越える覚悟を固めきれないでいるのに対して、のり子ははっきりとその〝正体〟をつかんでいた。

それは〝信仰〟だった。

長い間、のり子の愛はキリストにだけあった。このことと清美への愛。この矛盾がのり子を苦しめた。そしてこれを乗り越えたことがのり子を救ったのだ。

一一月一六日、のり子はこのことを清美に気づいてほしく、一歩踏み込んだ手紙を送る。

一九七七年一一月一六日　のり子から清美へ

神様、わたしたちは、あなたに導かれてここまで歩いてきました。

そして今できれば結婚したいと願っているのです。

どうか神様、御心でしたら、わたしたちの結婚を一日も早く実現させてください。

わたしたちの結婚はこの社会の中ではまだとても厳しいものとされているのです。

でも神様わたしたちはきっと頑張りますから、それに耐えるだけの力と勇気を与えてください。

そしてともに歩いていく時の目当てを具体的にお示しください。


のり子が求めた「ともに歩いていく時の具体的目当て」。それは、清美とのり子がともにキリストに信頼し、同じ信仰を抱いていくことだった。

のり子と出会うはるか以前から、ラジオを心の友としてきた清美は、キリスト教の伝道放送を聞き、その教義に心引かれていた。そして、毎週、彼女から送られてくる教会の説教を録音したテープ。何よりものり子自身からキリスト教を学んでいった。

もし一年も前に、のり子が清美を教会に誘い、キリストを信じる信仰を決意させていたならば、清美はその場でキリスト教徒になっていたかもしれない。その後の身を削るのり子の苦しみはなかったかもしれない。

たとえそうであったとしても、のり子は自分の口から清美にキリストを信じる信仰を求めるひと言も発しなかった。のり子は、清美が自らの意志で入信を決意する日をひたすら待っていた。

キリスト教徒になるためにはバプテスマ（洗礼）を受けなければならない。バプテスマを受けるためには、「信仰告白」をしなければならない。しかし、一九七七（昭和五二）年が終わろうという時になっても清美から信仰告白はなかった。

この頃、清美は結婚というゴールに近づけば近づくほど自分を不安に陥れるものの正体を突き止めようと、自分の内面を探っていた。

一九七七年のクリスマス。その正体の一つを確かめ、意を決して長文の手紙をのり子に送った。

一九七七年一二月二四日　清美からのり子へ

こんばんは、さて今夜はクリスマスイブ。イエス様がお生まれになった日。

わたしもこうして今まで何度助けられ救われてきたか……

わたしが自分というものを他と比較するようになったのはいつからだったのでしょう。とにかくはっきりとは覚えていません。やはり皆が言うとおりわたしは神様が泥田の中のドロでわたしをおつくりになったせいなのかもしれません。またわたしをつくる際に他の人より何かを一つ混ぜ損ねたのかもしれません。

わたしが物心つくと、もうわたしを取り囲む大人たちはわたしを出来損ないだとか失敗作、月足らずの知恵遅れだとか言っていましたから、わたしも自分をそうなんだと思っていましたよ。皆がいろいろな物を持っていてわたしには何もなくても、わたしは別に不思議に感じなかった。それが当たり前のように思えていましたから。

父や母はわたしに、
「おまえはバカなのだから学校へ行ったところで金を損するだけだ。そんな金があったら酒を一杯でも多く飲んだ方がいい」と。
また母は
「おまえは大きくなっても兄弟の世話になるのだから、みんなの言うとおりにしなさい。姉ちゃんや浩二に物を与えるのは、父さんと母さんが年をとって世話になるためなんだよ。だからおまえは我慢しなさい」と……

わたしは蔑みを当たり前のように受け、また同じ皿から取り寄せて食べることを許してはもらえなかった。それは他の兄弟にわたしの病気がうつると思われていたからです。また家の中がうまくいかない時には、家族の嫌なことを全部わたしのせいにされた。
わたしはその嫌なことを全部抱え一人きりでそれを解こうとした。また空が晴れようが曇ろうがわたしにはおよそ関係がないと思った。また嫌なものを見せられ嫌なことを言われることが、わたしの役目のように思えた。

その中でわたしが一番辛かったことは、母の嫌なことをわたしがいるせいにされることなのです。そんな時わたしは自分の居場所がなくなり自分がとてもうらめしくなりました。まるで汚いボロ布のように感じ、また生まれてきたことがとても悪いことに思えました……

だからわたしは将来の夢はおろか大人になった自分を考えると、怖くて怖くていても立ってもいられないくらいだったのです。ただ一つ思ったことは少しでも親兄弟に面倒をかけたくなかった。

またかすかな夢は自分で暮らし、自分で生きたいと思うだけ……

それが漠然と広がった夢だったのです。

その頃のわたしの唯一つの楽しみはラジオを聞くこと。それがたった一つの楽しみだった。ラジオはみんなの蔑みの声の代わりに心にあたたかい言葉を教えてくれた。また数多くの番組の中で「今日の祈り、心の祈り」という番組の中で、人としての本当のあり方を話していました。でも確かに毎日聞いていましたがその頃のわたしにはあまりにも漠然としすぎ、途方もなく遠くの言葉に感じるほかなかったのです。また心の底の方でこんな世界がほしいと思ったことも確かです。

そんなことのくり返しで二十四歳の春、それが本当の春になったようです。

とうとう長年暮らした家を出ることになったのです。それから丸七年の今日、わたしはこの世に生を受けてよかったと心からそう思います。

自分というものについて静かに思う。自分に与えられた過去の道はすべて人である弱さと真実というものを教えるための道だったと知ったのです。またこのわたしに混ぜ損ねたものがあるとするなら、それは神様が、当たり前ということがどんなにつまらないものなのかを教えるために、そして人の艶めかしい悪を気づかせるためにあえて、このわたしを辛い道に立たせた……

今わたしはそれは単なる夢ではない漠然とした遠くの世界ではない、このわたしを包む現実なのだと。だから目覚めていよう。主なるキリストの前で、暗闇を照らす輝を見張る眼差しで……

ホラ見てごらん。その目を凝らしてごらん。今過ぎようとしている時の流れを。降り積もる真っ白な雪の下に思い出は眠る。キミとぼくが出会った日々が時が、あんなに深く雪に埋もれている。もうすぐだねぇ。二人で主の御前《みまえ》に立てるのも。

ホラごらん、冬の満天の星を。あんなに潤んで輝いている。あれはきっとキミの涙だねぇ。だってキミの左頬にもまだ、涙の粒（ホクロ）があるもの。
ねぇキミは今までいくつくらいその頬に涙をこぼしただろう……

こんなぼくでも、バプテスマなんて受けられるのかな?

ぼくは断固主張するよ。権利として!

神様がぼくをおつくりになった時、他の人よりも何かを混ぜ損ねたとすればその足りない分を神様から受ける権利があるはずだもの! それがバプテスマということ。

ぼくはもう一度生まれ変わる。イエス様の一滴の血の中より、それがぼくの権利だもの!


手紙を受け取ったのり子は、文面を別紙に写し取り教会に持っていった。

この年の一〇月、岩見沢教会の牧師は西田牧師から山口雅弘牧師に交代していた。山口牧師はのり子が持参した文書を読み、こう言った。

「確かにこれは信仰告白です」

これによって、最後までのり子の中に残っていた曇りはきれいに払われた。

故郷を離れるかもしれない不安。夫が障害者という偏見。もはやそれらは結婚へ進むのり子を引き留めることはできない。

山口牧師の言葉を受けて、のり子は障害者である及川清美を夫として迎える決意を職場で披露した。

一九七八年一月一九日　のり子から清美へ

職場でこんな話をしました。

障害者と健常者の結婚の場合、健常者の親はどんな人でも反対する。障害者と結婚するとあらゆる面で束縛されるし不自由になる。果たしてどれだけ我慢できるか、など。

あなたはどう思う？　とても考えさせられる問題だけど、わたしはこう思うの。

わたしたちの結びつきは親や周りの人に理解できないくらい深いのだし、束縛や不自由さを一緒に戦っていける相手であれば、それは我慢ではなく、力強い自由ではないかと思う。

だからわたしは言ったの。

「それでもわたしは結婚したい！」と。

障害と労働

年が明けて一九七八(昭和五三)年になった。

年明けから二人は、二週間ほどのり子の部屋に泊まり、具体的な段取りを確認した。

のり子が桜の園を辞め、清美と一緒に北湯沢湯の里の福祉住宅に暮らすこと。式は岩見沢教会で挙げ、その場で清美は洗礼を受けることなどを確認し合った。

清美が北湯沢へ戻ると、のり子は、山口里子牧師夫人から、ウエディングドレスを選びに行こうと誘いを受けた。里子夫人には札幌のデパートに友人がおり、外国製のウエディングドレスが無料で借りられるというのだ。ウエディングドレスとともに花婿の衣装を決めて二人は意気揚々と岩見沢に引き上げた。

この間、清美は新型の電動タイプライターを入手。さっそくのり子へ手紙を書き送った。

一九七八年一月三〇日　清美からのり子へ

のり、お待たせ！　待ちに待ったタイプが届いたヨ――！

札幌に出かけてウエディングドレスのピッタシのがあったと言ったけど、早く見たいなぁ。

そうそうキミはわたしたちの結婚は苦労が多いからほとんどの父や母は反対だ、と言ってたねぇ。

また物質的に困る。親としてそれが一番心配だと。それは確かにそうだろう。その言葉に対してきちんとした答えは残念ながら見つからないの。

手紙の中で、清美は、無収入のまま一家の主になる違和感がまだ整理できていないことを告白した。

二月七日になると、清美は「入籍しない」という提案をした。

一九七八年二月七日　清美からのり子へ

ねぇ、少し考えたことがあるの。ちょっぴり難しいことだから誤解のないように聞いてねぇ。

ぼくたちが結婚するのは間違いはないよねぇ。そこで、結婚するとキミがぼくの籍に入るのがごく当たり前だよね。そこでもし、籍を入れなければどうだろう？

たとえばぼくがリハビリを退所して、キミがぼくの身元引受人になるの。そうしたら生活保護を受けられるし、電動車いすももらえる。

これは書類上のことだけになるのだけれど、もしキミが納得してくれたとしてもここに一つの問題がある。この状態で住宅が一軒借りられるかどうかは、聞いてみないと今のところはわからないの。

それから、これから直面していく二人の生活の上でなにがしかの不都合がないか、とか一番大切な心の問題とかいう、いわゆる心の風紀の問題をどう受けとめていったらいいものか、また損得だけを考えればいいものかどうか……

心の安全をとるか、物質面の安全をとるべきか……

この二、三日それやこれやと考えあぐんでいます。今度会う日までキミにも考えてほしい。

手紙を読んだのり子から、「何を弱気なことを」と励まされた清美は、結婚を具体的なスケジュールにのせるべく、親しい指導員にのり子の湯の里への就職を相談した。

指導員は「任せてくれ」と胸を叩いた。

数日後、相談員が清美の部屋を訪ねた。

「藤本さんの就職のことだけど、施設長が本人と会ってから決めたいって言うんだ。まぁ、手続きだよ。一応、正規の職員として採用するのならば、手続き上面接が必要ということさ」

二月二三日、のり子の面接が行われた。

二階玄関ホール横の事務室応接室でのり子を待っていたのは、施設長と指導課長だった。質問は主に指導課長が行い、業務の経験など型どおりの質問をした最後に、指導課長がこう尋ねた。

「現在の職場で腰を痛めたのは本当ですか」

「はい」

「今の具合はどうなんですか」

「寮母の仕事はまだできませんが、作業訓練の方で頑張っています」

それまで黙っていた施設長が身を乗り出した。

「労災に認定されていますよね」

「はい」

「そうですか」

この後、二人は二言三言、言葉を交わし、最後にこう告げた。

「終わりました。ありがとうございました。結果は追って連絡いたします」

「よろしくお願いします」

のり子は部屋を後にした。

面接を終えたのり子は、清美とともに「星の宿」で一泊。両親の記念品や、式で流す音楽などを話し合った。面接にはいささか冷たい空気も流れていたが、春から北湯沢で新婚生活が始まることを二人はまったく疑っていなかった。

三月一〇日、のり子のもとに湯の里からの通知が届いた。

結果は「不採用」。

まさに青天の霹靂《へきれき》。

通知には「労災認定されているため、今の職場で働くのが最良」と理由が記されていた。

まだ病院に通院しているのり子が桜の園を離れてしまえば、労災補償が打ち切られる。北湯沢湯の里にとっても、腰の障害から回復していない者を正規職員として受け入れることになってしまう。北湯沢湯の里の決定は決して理不尽なものではない。むしろ労災認定を受けているのり子の身を案じてのものだった。しかし、結婚を前にして視野を狭めていた二人には、そのことが見えていなかった。


のり子は、清美に涙声の電話をかけ、これからどうしたらいいのか話し合った。

二月に清美が書き送ったように、のり子が清美の身元引受人になって二人で生活保護を受けるという案もあった。しかし、これは最後の手段だ。

北湯沢への就職が断たれた以上、清美が岩見沢へ移ることが、もっとも現実的な選択肢だった。まだ訓練期間中とはいえ、桜の園でののり子の職場復帰は順調で、春からはフルタイムで働けそうな見通しも立っていた。

ところが、清美が岩見沢に移るとなると、清美は「仕事」を失ってしまう。

収入的にはボランティアに近いものの、北湯沢の清美には家電製品の修理という「仕事」があった。それを岩見沢で継続できるとは現実的には考えられない。

「仕事」を失うことは、男としての〝立場〟を失うことに等しい。清美は一日中家にいて、妻が帰るのをただ待つだけの身となる。そんな〝ヒモ〟のような暮らしを受け入れることができるだろうか。

清美は「考えさせてくれ」と言い、のり子も力なく「そうね」と言って受話器を置いた。

一週間後、清美から「手紙を送ったから読んでほしい」という電話があった。手紙は二日後に届いた。開封すると、それは「障害者と労働」という題の論文だった。

一九七八年三月一七日　清美からのり子へ

障害者と労働

わたしは小さい時から、よく父にこう言われていた。「働かざる者食うべからず」と。労働できなければ食べてはいけない。つまり、おまえは生きるにあらず、と。

さて、この世の中には、昔から遊んでいて食べている人は大勢いる。たとえば、土地ころがしの土地成金、小作人をこき使って大きな屋敷にふんぞり返っている長者と呼ばれている人たち。要するにこういう人たちを指して、働いても働いても取り立てられる年貢に苦しめられていた下々の庶民が、中傷の意味を込めてささやかれていたのが、「働かざる者食うべからず」という言葉だと聞いている。

しかし悲しいかな、時代とともに大がかりな教育的洗脳により、貧しい庶民は格差社会の目くらましに合い、自分より弱い者を軽べつし、苦しさのうっ憤を晴らすように仕向けられていき、働けない人への差別が根づいていった。

その典型が戦争中の「非国民」という言葉。これによってどれだけ多くの障害者、老人、女、子どもが踏みにじられ辱しめられてきたか、想像にかたくない。


さて話を今の社会に戻そう。

まず、障害者も労働者として見るのは、間違った考え方だと思っている。

おれは、今は義務を捨てるのも自分に残された権利だと言いたい。なぜその悲痛の手を休めようとはしないのか。休めるのがそんなに怖いのかい。みんなに置いていかれるのが。

今の制度では、労働にはとうてい満たない賃金でしかない。また、一人で生活できるだけには至っていない。いったいどこまでが訓練と見なされる物なのか。本当の社会復帰に向けた訓練だろうか。そして、本当の社会とは？　その中に我々の座れる場所はあるのだろうか。

もうひと言追加すると、一概に「働く」「働ける」と言うけれど、この社会のメカニズムの流れの中で、一人ひとりの人権がどれだけ守られているだろう。また、人の心より力優先で、今日も昼夜を問わず生産と言う馬鹿でかい歯車が、肉体という悲しい労働を薄っぺらな紙にすり替えながら猛スピードで回っている。

人としての発達と肉体的訓練ならびに作業は、あまり密接なつながりを持つとは言えない。訓練という足かせの重さの前に打ちほろぼされた人たちの、罪とその責任は、いったい誰がどう償うのか。

おれは、ただ労働が嫌で反対しているわけではない。ある方面では絶対必要だ。しかし障害者にとっては衣服の着脱一つをとっても、また、まばたき一つするにしても立派な労働ではないかと思う。

一般社会の歯車の一部になるだけが労働ではないはず。弱者の権利は、義務をあえて捨てることも権利なんだ、ということを知ってほしい。

……………………………………………………………

重度の障害者にとって「生きること」こそが労働だ――。

日々をしっかりと生きる。そのことが行えているならば、何ひとつ卑下することはない。そして誰に対しても気後れすることはない。そう清美は宣言した。

この宣言は、心の中で社会と戦い続けた清美の到達点だった。

手紙から力を得たのり子は、桜の園に戻り、理事長に二人の結婚を認めるよう願い出た。これに対して理事長は、施設として可能な限りの支援を約束した。

一九七八(昭和五三)年三月。二人の結婚を阻むものは、もう何ひとつ残っていない。

終章　出発の誓い――一九七八年五月一二日

五月一二日昼過ぎ、清美とのり子は北湯沢から三時間かけて二人の新居にたどり着いた。そこは岩見沢市志文にある市営住宅だった。

タクシーの運転手が「お疲れさん」と言いながら、清美を抱きかかえて玄関のあがりかまちに降ろした。のり子は外でタクシー代の精算をしている。

清美は這ってすぐに台所に入った。ダイニングの正面に置かれた真新しい食器戸棚が目に飛び込んできた。床には四畳半くらいの新しいじゅうたんが敷かれていた。

後ろからのり子が「疲れたでしょう」と言いながら台所に入ってきた。

左側の小さな窓の下に流し台がある。反対側のふすまをのり子は開け放した。すると家の中がフワッと明るくなり、のり子が一瞬影絵のようになった。

「こっち、こっち」とのり子は清美を光の中へ招き入れた。

清美が敷居を越えると、その部屋には見覚えのあるオレンジ色のじゅうたんが敷かれ、真新しいタンスが並んでいた。そして押し入れと平行にベッド用のマットが置かれていた。のり子の部屋で使っていた物だ。

清美はさっそくマットに横になった。そして大きく深呼吸し、これから始める生活へ思いをめぐらせた。

次の日の朝になった。のり子は炊飯器にスイッチを入れ、味噌汁をつくる。卵焼きとキャベツの浅漬けと納豆で朝食ができる。

清美は夢うつつに野菜を切るまな板の音を聞き、幸せを味わっていた。

やがておみおつけの匂いがかすかに漂ってきた。薄目を開けて頭を少しもたげ、台所の方を見るとかいがいしく料理をするのり子の姿。それを確認しながらまた枕に頭を沈める。

しばらくして、のり子がそばに来て

「おまえさん、ご飯ができたから起きてね」と言った。

「おはよう」と二人は軽いキスを交わし食卓を囲む。和やかな食事風景。のり子が聞く。

「おつゆの味どう？」

「ちょっと薄いかな？」

「あら、わたしはちょっとしょっぱいと思ったんだけど……」

「いや絶対薄いと思うよ！」

「ううん、絶対にしょっぱいはずよ。あぁ、あなたはタバコをのむからじゃないのかなぁ」

「そうかもな」

「どれ、舌を見せて？」

「ベー」

「アラー、舌に白いコケが生えてる！」

このひと言をきっかけに、清美は十代から吸っていたタバコをやめることにした。

その後しばらく清美の口には何かがくわえられていた。それは時に鉛筆だったり割り箸だったり、つまようじだったりした。

清美は二十歳過ぎた頃からずっと朝食抜きの暮らしをしており、それは施設に入っても変わらなかった。ところがここに来て新妻の手料理を断れず、三度の食事をきちんととった。そして一週間ほどたったある日、突然吐き気に襲われ胃けいれんが起きた。

二人は話し合い、清美はコーヒー一杯だけの朝に戻った。そんな新婚生活のスタートだった。

五月一四日、大勢の人々の祝福を受けて清美の洗礼式が行われた。会場となった岩見沢教会の礼拝堂は、そのまま一週間後の結婚式のリハーサル会場となった。


五月二一日、結婚式当日は晴れだった。

のり子は普段着のジーンズ姿で礼拝に出席し、終わると別室で里子牧師夫人の手を借りながら、総レースの花嫁衣装に身を包んだ。

一人家に残った清美のところでは、吾郎がのり子の上の姉千鶴と一緒に身支度を手伝った。そこへ桜の園から迎えの車が来た。メガネをかけたのり子の上司が入ってきた。

「あらー、お嫁さんはどこへ行ったの！」と言いながら新郎の清美を教会まで搬送した。痛恨の連絡ミスだった。


清美が教会に着き、緊張の面持ちで待っている控え室に、伊達から駆けつけてきた両親と姉美津子夫妻が慌ただしく入ってきた。

怒鳴り声の主は美津子だった。

「あんた！　招待状には〝平服で〟って書いてあったっしょ！　だから普段の服で来たけどサ。藤本さんの親御さんたちは式服じゃないの。どういうことよ！」

控え室にいた清美の姿を見つけると、こう言った。

「ついでに言うけどサ、あんた、結婚は許すけどサ、子どもだけはつくるんでないよ。あんたみたいなおかしな子ができたら困るからね！」

「おめでとう」のひと言も言えない姉を清美は困った表情で見返した。

「おれの病気は遺伝しない。もしそうなら姉のあんただって遺伝している。何もわかっていないな」

礼拝堂ではオルガンが静かに美しい旋律を奏でていた。

結婚式には、北湯沢からもたくさんの職員や仲間たちが参列した。教会側の聖歌隊や信徒たちもそれぞれに祝福の眼差しで座っている。

その横でカメラクラブの仲間、島田は清美の晴れ舞台をひとコマ残らず撮ろうとカメラを構えていた。

いよいよ式が始まった。

最初に新郎清美と仲人である桜の園の理事長が、祭壇の前で花嫁を迎えるために立ち上がった。

やがて対面する廊下から花嫁ののり子が理事長長夫人に付き添われ、オルガンの結婚行進曲に合わせて近づいてきた。

途中、のり子の足元にドレスがからまった。その時、通路側に座っていた石沢指導員の夫人が手を出してドレスを軽くつまみ、ブーケを持っている花嫁の手にそっと持たせた。無事のり子は進むことができた。車いすの清美には、背の高い仲人に隠されてバージンロードを歩くのり子の姿を見ることができなかった。

ようやく、二人は祭壇の十字架に向かって並んだ。山口牧師が二人に宣誓を求めた。

「及川清美。

あなたは藤本のり子と結婚することを、神のみ旨と信じ、今からのち、豊かな時も、貧しい時も、幸いな時も、災いにあう時も、健やかな時も、病む時も、互いに愛し敬い仕えて、ともに生涯を送ることを約束しますか」

「はい、約束します」

「藤本のり子。

あなたは及川清美と結婚することを、神のみ旨と信じ、今からのち、豊かな時も、貧しい時も、幸いな時も、災いにあう時も、健やかな時も、病む時も、互いに愛し敬い仕えて、ともに生涯を送ることを約束しますか」

「はい、約束します」

誓いの言葉の後、聖書が朗読された。

「人はその父母を離れ二人の者は一体となるべきである。そして神が合わせられたものを人は離してはならない」

披露宴も終わり、北湯沢から来た参列者はマイクロバスに吸い込まれていった。

「おーい、兄貴も一緒に帰ろうよ！」

「悔しいからこれから、ススキノに行くぞー！」

騒ぎ声を乗せて、バスは遠ざかっていった。

清美三十一歳、妻のり子三十二歳の春だった。

あとがき

怒りを笑顔に変える自分になればいい――夫　及川　清美

三年前この本を書き始めたとき、題名は「おれは失敗作か」にしようと思った。重度の脳性マヒとして生まれたわたしは、父からいつもこう言われていた。「おまえはおれの失敗作だ」と。

敗戦間もないドサクサで当然学校も免除され、未就学のまま在宅で放置されて育った。十七歳になったときテレビでこんなコマーシャルが流れた。

「英文からカタカナに置き換えられたタイプライターで、従来の物よりコストが安く、ノート代わりにも使える」

わたしは必死で父に頼んだ。「これなら俺にも使えると思う。買って欲しい！」と。しかし父は「おまえは学校も行っていないし本も読めないくせに、そんな高い物買って何になる！ドブに金を捨てるような物じゃ。そんな金があるなら、少しでも酒を飲んだほうがましじゃ」といとも容易く却下した。わたしは思った。「いつかきっと自分の本を出してやる！」と。

一九七一年、二十四歳の年に岩見沢の施設に入所、年金で待望のタイプライターを手に入れた。それからというものわたしは「これで世界が手に入った！」と思えるほどの喜びと自信を得た。

そして七年間の恋愛の末、結婚した。

夫婦は女と男が創る一つの社会である。その二人の暮らしと社会の仕組みとが、互いの間に深くて暗い谷間を作り、どうしようもないことで弱者である子どもを傷つける。その態度が子どもに憎悪を抱かせる場合もある。だから自分は、言葉を吐く前に相手のことを考えようと思って生活してきた。子どもには絶対に傷つく言葉をぶつけないように心がけた。そのためには夫婦間のトラブルや溝をなるべく避け、自分の小さい頃の家族を反面教師としていつも考えた。

少年犯罪が多発しているのは、夫婦間の倫理、モラルがなくなってしまっているからだと思う。そして人を愛するということが、薄っぺらで短路的になってしまっているからではないかと思う。

わたしは今、心から思っている。あの父が、不器用な仕方で見せてくれた生活の全てのヒダを。あの母が、もがき苦しみながら涙の中で精一杯にかかわってくれた一つ一つを…そして兄弟たちの係わりを…わたしは感謝をもって受け入れられる。人生が常に逆説から成り立つということ、怒りや矛盾、憎悪や殺意さえも深い神の摂理に裏打ちされ導かれる、ということを……。

だから自分を理解させようとする前に全てを受け止めよう。自分が叩かれたから叩き返すなら、戦争は防げないだろう。そうであるなら自分はじっと耐え、その後に笑顔にして返していこう。腹の中の怒りを、じっと抑え笑顔に変えられる、そういう自分になればいい、と。

彼の全てを知っていたわけではなかった――妻　及川　のり子

一九七一年に夫と出会ってから三十六年を経て、今改めて夫の深さを知りました。確かに若い頃二人は沢山の手紙のやり取りをしました。行き来もしました。そして結婚し生活を共にし、三人の子どもも育てました。

でもそれで彼の全てを知った訳ではなかったのです。全てを分かち合って来た訳ではなかったのです。それはほんの表面の、ほんの見える部分、触れられる部分の断片でしかなかったのです。

わたしは二〇〇五年の七月に永年勤めた施設を定年退職しました。夫に重度の障害があるにもかかわらず在宅で三人の子供を育て、ようやく末の娘も就職し、やれやれといったところです。

わたしは退職の前日まで働いていましたので、一か月程はのらりくらりで何も手に付きませんでした。ある日暇に任せて棚を整理していると古いダンボールの箱…、その中から出てきたものは三十六年前、夫と知り合った当時の手紙の束でした。手紙はこんなふうに始まっていました。「この手紙をあなたの手にあげることが、あなたを苦しめ悩ませる結果になることを恐れつつ、あえて書きます」と。

二十歳の頃から教会に通っていたわたしは、その頃、誰かれの区別なく教会に誘ってキリストを知る為の勉強会に連れ出していました。もし出来れば彼も、と思いました。しかし、障害が重度のため彼を誘い出すのはムリと思われましたが、それでも何か気になる存在となりました。

ちょうどその頃彼がタイプで詩を書いていて、それにカットを描く機会がありました。

「宛名のない手紙」と題して、その小冊子が園内を巡るようになりました。職員であるわたしは返信はせず、もっぱらカット付けに専念していました。ところがある日その関係に終わりが来たのです。北湯沢なる遠いところへ彼は転所を余儀なくされ、行ってしまったのです。その日からわたしたちの文通が始まり、それから約六年間で延べ三百通にも及ぶこの往復書簡になったのです。

カタカナでビッシリと打ち連ねられた何枚もの手紙。しかし、その一文字に込められた彼の痛み、そして希望が、あの頃のわたしにはいくらも分かってはいなかったのです。あの頃はただその封書が彼の生活の場から抜け出し、遠く岩見沢のこの場所に、そしてこの手に届けられた、ただそれだけでわたしは満足し、心を躍らせていたに過ぎないのです。その内容の重さ深さは、とうてい図り知ることなど出来るはずはなかったのでした。そして、わたしのわがままな心は「今度の便りはいつ？」という身勝手なおねだりを始めるのでした。

それにもかかわらず彼は施設の厳しい生活カリキュラムの合間を縫って、タイプライターの前に膝を折り、左の人差し指に力を込めキーを打つ。肩や指の痛みを堪え、汗にまみれてひとつひとつ文字を打つ。時にはひんぱんに起こる痙攣で体勢を崩し、とっさにタイプを壊さぬように横に飛び退き転がり、周りの人に気を使いながらもう一度チャレンジを繰り返すのです。

その辛い六年間　互いに引き合う力と神の力が働き、決して健康とはいえない二人ではありましたが、信じて待つ事、互いを労わり合い育て合うこと、そして自分と向き合い弱さを知り、生かされている喜びを分かち合うことを学んでいきました。

さて結婚後二十余年を経て　初めて夫の生い立ちを聞いたとき、妻として少なからずショックを隠せませんでした。彼が帰るふるさとの裏側。施設内での耐え難い肉欲の現実。両親が亡くなるまで封印されていた家庭内での過酷な幼児虐待の事実……。

わたしは「何故今になって」、「何もそこまで」、そう反発し、しり込みしました。彼はハラワタを搾るようにいいました。「子ども達が大きくなった今だから、親が他界した今だから書きたいんだ。それが俺の使命なんだ！」と。

そしてその彼の深い思いやりと勇気に背中を押され、わたしはペンを走らせパソコンに向かいました。耳をふさぎ逃げ出したい現実を、今夫は長い間流したことのない赤い涙と共に解き明かしてくれているのです。

じつは、これを夫はワープロを使い自分の手で書き上げたかったのです。しかし、幼い時の節水制限の弊害で腎臓病を患い、結婚後も入退院が繰り返されました。今は唯一自由に使えた左手も使えなくなり、やむなく、全て妻のわたしが口述筆記をすることになりました。

長い間せき止められていた水が堰を切ったように、夫は一気に、ほとばしる思いを話し始めました。それはそれは、ヘドロを吐く思いで…。また腹わたをえぐる思いで、うめきながら胸を叩きオエツしながら、その思いは彼の体からしたたりにじみ、そして血と汗の匂いがモウモウと立ち昇っていったのです。それは、いたいけな一人の幼い子どもだった彼が背負うにはあまりに重すぎる現実でした。

こうして、わたし達が歩いて来た証を一冊の本にまとめながら、一人でも多くの人に、今なお虐待に苦しむ声無き弱者の立場と、障がいを持って生きる者が、不合理な生かされ方をしている現実を少しでもわかって欲しいと願い、三年かけて書きおろしました。

この本が世に出るにあたり、岩見沢教会の牧師、佐藤幹雄さん・瑞子さんご夫妻に、大きなお力添えと励ましを頂きました。そしてエディアワークスの森浩義さんには一年間に亘り陰日向無く膝を交えての深いかかわりと導きを頂きました。ここに心を込め深く感謝申し上げます。

物語はまだ続いている――編集　森　浩義

今年、二〇〇九（平成二一）年七月、六十二歳の清美さんは膀胱にできた石の摘出手術を受けました。これを含め結婚後、清美さんは四度大きな手術をしています。

一度目は結婚の翌年、一九七九年八月、膀胱から尿管に尿が逆流して入院。小さな頃から尿を我慢させられていた結果、尿は外に向かわず、体内に逆流しやすくなっていたのです。市立病院に入院すると、清美さんが岩見沢の施設時代に入院し、のり子さんが松前漬けとお雑煮をもって見舞ったことをレントゲン技師が覚えており、「あの人と結婚したのかい。子どももできたのかい」と驚いたとか。及川さん夫妻が最初の子どもを授かったのは入院の直前。四月にかわいい女の子が生まれました。しかし清美さんは、初めての子の乳幼児期を満足に見守れませんでした。入院からおよそ三年にわたり入退院を繰り返したからです。

症状がもっとも重かった時、体中にチューブが取り付けられたまま集中治療室に横たわる夫の姿を見て、乳飲み子を抱えたのり子さんは「もう二度と家に戻って来られないのでは」と思い涙を流しました。三十年以上にわたる結婚生活で、のり子さんが夫清美さんのことで〝泣いた〟のは、後にも先にもこの時だけだったといいます。

排尿機能に障害を負い、一人で用を足すことができなくなった清美さんは再び施設暮らしを余儀なくされるところでした。愛妻、そして生まれたばかりのかわいいわが子と引き離されたくない。この一念から、清美さんはオリジナルの排尿器具の開発に取り組みました。のり子さんに命じて、さまざまな材料を取り寄せ、試行錯誤を繰り返す姿は鬼気迫るものがあったそうです。

努力のかいがあって清美さんは、自宅での暮らしを続けられることになりました。健康を取り戻した清美さんとのり子さんは、八四年一二月に長男を、そして八七年六月に次女を授かります。のり子さんが仕事で不在になる昼間、清美さんは三人の子どもたちと愛犬に助けられ、体の不自由を補ったそうです。

現在、長女は岩見沢市内に勤めながら両親と同居し、父の機械好きの血を引いた長男は東京でIT技術者として活躍。次女は、これも父の動物好きの血を引いて、女性には珍しい鷹匠として活躍中とのこと。

二度目の大病は一九九六(平成八)年。腎臓に石ができました。札幌の泌尿器科の専門病院に六月と九月の二回に渡り入院。脇腹から穴を空け、ドリルで石を割る大手術。しかし、九九年に再び手術をしたものの完治せず、今も清美さんは腎臓に石を抱えています。

そして二〇〇四(平成一六)年、再び腎臓が暴れ出し、一か月半の入院となりました。この時、長時間にわたって利き腕に点滴を受けたために運動機能が低下し、タイプライター(このときはすでにパソコンのキーボード)が打てなくなってしまったのです。そして、このことが「おれは失敗作か」の誕生につながっていきます。

翌二〇〇五(平成一七)年、六十歳になったのり子さんは、長年勤めた施設を定年退職します。

悠々自適となったのり子さんは、家の片付けから三十年前に夫と交わした手紙を保存した箱を発見しました。手に取ってみると一部はすでに崩れ始めています。何かに写し取らないと手紙は失われてしまう。危機感を持ったのり子さんは、六十の手習いとしてパソコンに取り組み、手紙をワープロソフトで写し始めました。目の悪いのり子さんは、スキャナーで取り込んだ手紙をパソコン画面に拡大表示して、入力を続けたといいます。

のり子さんの入力速度が上がった頃、キーボード入力のできなくなった清美さんが、自分で書こうと思っていた自叙伝を、のり子さんに打ってもらうよう依頼しました。二〇〇三(平成一五)年に実母が亡くなり、三年の喪が明けるこの時を待って、自身の生い立ちを記録に残そうと考えたのです。すでに実父は一九八〇(昭和五五)年、他界していました。

清美さんが語る言葉を、のり子さんがキーボードで写し取る毎日。清美さんは、これまで誰にも明かしたことのなかった生い立ち、施設に入るまでの虐待され続けてきた毎日を初めて妻に明かしました。あまりの事実の重さにキーボードを打つ手を止めるのり子さんに対し、清美さんは「その通りに打ち続けてくれ」と何度もお願いしたそうです。

この原稿に、二人の手紙、そしてのり子さんのイラストが加わって「おれは失敗作か」の最初の原稿ができました。清美さんの原稿をのり子さんが清書し、イラストをつける。つまり最初の「おれは失敗作か」は、三十数年ぶりに再開された「宛名のない手紙」だったのです。

そしてこの「おれは失敗作か」を目にした岩見沢教会の佐藤幹雄牧師の後押しもあり「出版物として世に出すべきだ」というアドバイスで、今回の出版にいたりました。

縁あって私が最初の原稿を読んだ時、「おれは失敗作か」は、前半の清美さんの生い立ちと後半の書簡集のおおよそ二部構成になっていました。清美さんが生い立ちを赤裸々に告白する前半に目を奪われましたが、何度か読み直すうちに後半の書簡集、なかでも清美さんの詩情あふれる表現に惹かれていきました。

ところがこの時の「おれは失敗作か」には、手紙のもう一方の当事者、のり子さんの生い立ち、人となりは一切紹介されていません。平成版の「宛名のない手紙」として、のり子さんは清美さんの〝おつきの者〟に戻っていたのです。それでも、丹念に手紙を読んでいくと、清美さんとは違った意味で波乱に富んだのり子さんの歩み、のり子さんが次第に清美さんに惹かれていく様子が見えてきました。そして、清美さん、のり子さんから聞き取りし、手紙と手紙の間を埋めていく作業を行いました。

お二人が結婚されたのは一九七〇年代。日本にはノーマライゼーションという言葉もなかった時代です。障害者自身による自立運動の先駆けとされる「札幌いちご会」の始まりは一九七七年一月。この時すでにお二人は結婚を決意されていました。

八〇年代を通して障害者問題への市民運動は高揚し、九〇年代に入ってようやくノーマライゼーションという考えが日本でも定着。障害者の結婚も基本的な人権の一つとして広がっていくのですが、九〇年代にお二人はもう三人のお子さんを育てていらっしゃいました。お二人の存在が、これまでまったくマスコミの話題とならなかったのは、お二人の結婚生活があまりにも自然で、あまりにも静かだったためでしょう。

さらに手紙を読み解いていくと、この国が障害者の問題を受けとめていったこの三十年、四十年の社会変化の軌跡が、七年間の手紙のやり取りの中に凝縮されていたのでした。これは驚きでした。

社会の変化は一握りの先覚者たちの活動によって始まります。であれば、先覚者はどのようにして先覚者となるのか。事実の変遷は記録に残っても、心の変遷が記録に残ることは希です。このため先覚者の心の中にある時代の本当の始まりが、つまびらかにされることはほとんどありません。

ところが、及川夫妻は、障害者と健常者との結婚にいたる心の変化を、三百通近い手紙の中に記録し現在に残しました。さらに、心というつかみどころのないことを、清美さんのたぐいまれな洞察力、詩人としての表現力が、高解像度に活写したのです。これは二十世紀の記録だと思いました。

本書では、お二人の名前を除いて、直接関わった方々、施設機関などの名称は原則として仮名としました。それは、〝事実の経過〟よりも〝心の経過〟、そして〝三十年前の昔話〟ではなく、〝今の物語〟として読んでいただきたいためです。

ところで、国立社会保障・人口問題研究所の「人口統計資料集（2009）」によれば、一九七〇年にわずか一・七％だった男性の生涯未婚率は、二〇〇五年に一五・九六％になったそうです。

もちろん結婚しない人生も、結婚する人生も等しく尊いのですが、私たちは今「結婚とは何か」ということをもう一度考えてみる必要がありそうです。この本は、「結婚とは何か」を考える本として読むとよいかもしれません。この四十年間、一九七一年から七八年にかけての清美さん、のり子さん以上に、この問題を深く考えた人は今にいたるまで、ほとんどいないと思いますから。

［著者］
及川　清美（おいかわ　きよみ）
1946年、室蘭市生まれ。岩見沢バリアフリーの会会長。脳性麻痺による1種1級の身体障害を持ちながら、詩作、写真、音楽、映像制作と幅広い趣味を持つ。2004年までは自分の手でキーボードを操作し創作活動を続けていたが、この年の入院によって利き手の機能が低下し、キーボード入力ができなくなったため、現在では口述筆記によって創作を続けている。本書は、2005年に口述した生い立ちを妻のり子が筆記した半生記が底本になっている。

及川　のり子（おいかわ　のりこ）
1945年、北海道栗沢町生まれ。1971年に岩見沢市の福祉施設で及川清美と出会う。2005年、60歳の定年退職まで福祉施設の職員として勤めた。イラストを得意とし、清美のタイプ文字を書き写し、挿絵を添えるなど、長年夫の創作活動を支えてきた。定年後、30年前の交際時代に交わした二人の往復書簡約300通を全文データ入力。これも本書の底本になっている。

［編者］
森　浩義（もり　ひろよし）
1962年、札幌市生まれ。企業組合エディアワークス。ライター、編集者。主な編著に「風の地域宣言」（共著・民衆社）、「富良野市―もうひとつの『北の国から』」（共著・北海道新聞社）、「常呂町―カーリングを育てたホタテ王国」（共著・北海道新聞社）、「銀の海峡―魚の城下町らうす物語」（共著・羅臼町）など。北海道と人との生き様にこだわった編集活動を続けている。

おれは失敗作か

2009(平成21)年9月22日　発行

著者　及川清美　及川のり子
編者　森　浩義

発行所　株式会社共同文化社
〒060-0033
札幌市中央区北3条東5丁目
電話011-251-8078
http://www021.securesites.net/kyodobunkasha/

印刷　株式会社アイワード
装幀　佐々木正男(エディアワークス)

ISBN 978-4-87739-170-6　C0095